SCIENCE FICTION

Herausgegeben
von Wolfgang Jeschke

Howard Waldrop

IHRE GEBEINE

Roman

Deutsche Erstausgabe

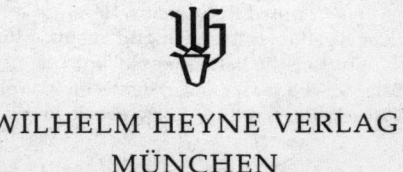

WILHELM HEYNE VERLAG
MÜNCHEN

HEYNE SCIENCE FICTION & FANTASY
Band 06/5494

Titel der amerikanischen Originalausgabe
THEM BONES
Deutsche Übersetzung von Margret Krätzig
Das Umschlagbild malte Andreas Reiner

Umwelthinweis:
Dieses Buch wurde auf
chlor- und säurefreiem Papier gedruckt.

Redaktion: Wolfgang Jeschke
Copyright © 1984 by Howard Waldrop
Erstveröffentlichung
by Ace Books/The Berkley Publishing Group, New York
Mit freundlicher Genehmigung des Autors
und Utoprop, Literarische Agentur, Hamburg
Copyright © 1996 der deutschen Ausgabe und der Übersetzung
by Wilhelm Heyne Verlag GmbH & Co. KG, München
Printed in Germany 1996
Umschlaggestaltung: Atelier Ingrid Schütz, München
Technische Betreuung: M. Spinola
Satz: Schaber Satz- und Datentechnik, Wels
Druck und Bindung: Elsnerdruck, Berlin

ISBN 3-453-10933-3

*Für Leigh Kennedy,
die weiß, wie es ist,
einen Monat lang nicht
ans Telefon zu gehen.*

»Das Leben kann nur in der Rückschau verstanden, es muß aber vorwärts gelebt werden.«

– Kierkegaard

❖

»Ich denke oft an die Millionen und Millionen Bewohner der Zeiten, die nicht die Zeit teilen, in der ich lebe.«

– Claude Ray

❖

»Aus den Monumenten, Namen, Worten, Sprichworten, Traditionen, privaten Aufzeichnungen und Beweisen, Fragmenten von Geschichten, Buchpassagen und ähnlichem, retten und entdecken wir etwas von der Vergänglichkeit der Zeit.«

– Francis Bacon

❖

»Die Vergangenheit ist nicht tot, sie ist nicht mal vergangen.«

– William Faulkner

BESSIE I

»Da ist ein Pferd in dem kleinen Hügel«, sagte Bessie. Dr. Kincaid saß ohne Hemd hinter seinem Camptisch in dem heißen Zelt und rauchte seine Pfeife. Die Kerosinlampe auf dem Tisch war zu hoch gedreht; ihr Glaszylinder rußig.

Auf dem Berliner Bijou Phonographen, dessen Messingtrichter nur Inches von Kincaids Kopf entfernt war, tröteten Louis Armstrong und seine Hot Seven ›Potatoe Head Blues‹.

Kincaid, ein großer Mann in den Fünfzigern, hatte bei Bessies Eintreten mit einem Bleistift den Rhythmus der Musik auf sein Feld-Notizbuch geklopft. Er war lediglich soweit gekommen, ›17. Juni, 1929‹ oben quer über die Seite zu schreiben. Wenn er Musik hörte, vergaß er seine Umwelt – die Hitze, Moskitos, die Feuchtigkeit, das Rußen der Lampe.

Bessie Level wartete direkt diesseits des Netzes der Eingangslasche. Sie trug Jodhpurs, Wickelgamaschen, Khaki-Hemd und Tropenhelm.

Kincaid steckte seinen Bleistift ins Notizbuch, schloß es und legte es auf den Klapptisch. Sein gebräuntes Gesicht nahm einen besorgten Ausdruck an. Er stand langsam auf, langte hinüber, hob rasch den Tonarm von der sich drehenden Okeh-Platte und schaltete das Gerät aus. Dann schob er die Platte vorsichtig in ihre Hülle, nahm die Pfeife aus dem Mund, zog sein weißes Hemd an und stopfte dessen Enden sorgfältig in seine Segeltuch-Jagdhose. Er klipste eine schwarze Fliege an seinen Kragen, setzte seinen feschen L. L. Bean-Segeltuchhut auf und steckte die Pfeife wieder in den Mund. Die ganze Prozedur wurde mit großer Bedachtsamkeit ausgeführt.

Er machte zwei tiefe Züge an seiner Pfeife; das und das Wispern der Kerosinlampe waren die einzigen Geräusche im Zelt. Von draußen wehten die Laute der Sümpfe Louisianas herein – Vogelstimmen, ein Ochsenfrosch *Tschank*, Gleeper, unbestimmte Säugetiergrunzer. Kincaid nahm seine Bruyèrepfeife aus dem Mund.

»Das ist unmöglich, Bessie«, sagte er.

»Ich weiß«, sagte sie. »Aber es ist ein Pferd, es ist in dem kleineren Hügel, und William hat es gefunden. Er sagte: ›Miss Bessie, ich hab ein Pferd gefunden.‹ Ich sagte: ›Nein, William, hast du nicht‹, und er sagte: ›doch Ma'am, ich hab! Kommen Sie, sehen!‹ Und ich ging hin. Es ist ein Pferd.«

»Also, gehen wir es uns ansehen«, sagte Kincaid. Er hob den Glaszylinder und blies die Lampe aus. Sie traten aus der Dunkelheit des Zeltes in die Dunkelheit der Nacht.

»Ich habe William schon nach dem Azeton geschickt«, sagte Bessie.

Kincaids Pfeife glühte. Die Nacht ringsum war schwarz, gebrochen nur vom einzigen Licht auf dem Steilufer, dem geisterhaften Umriß des Arbeiterzeltes, an dessen Wänden sich die Schatten der Ausgräber bewegten. Leuchtkäfer tupften die Luft. Ochsenfrösche brüllten los im Bayou. Bessie und Kincaid gingen den Pfad vom Steilufer hinunter, das sich zu beiden Seiten erstreckte.

Vor ihnen lagen die Hügel, als schwache Umrisse vor den Wassern des Bayou erkennbar. Ein Hügel zur Linken, auf der alten Flutterrasse des Suckatoncha Bayou, war als Hügel Eins gekennzeichnet. Er maß dreißig Fuß im Durchmesser, zehn in der Höhe. Zu einer anderen Zeit wäre er vielversprechend gewesen. Sie hätten ihn als ersten angegraben.

Doch während Bessie und Kincaid den Pfad vom Camp entlanggingen, wandten sie sich nach rechts, dem anderen Hügel zu.

Eigentlich waren es zwei Hügel, 2A und 2B auf den Vermessungskarten. Sie waren jedoch durch einen schmalen, sechs Fuß hohen Kamm miteinander verbunden. Der größere Hügel, 2A, war es, der sie angezogen hatte. Er war unregelmäßig, die Basisplattform war etwa zwölf Fuß hoch und fünfundfünfzig Fuß lang bis zum Kontaktpunkt mit dem Kamm, der ihn mit dem kleineren Hügel verband. Doch auf dieser flachen Plattform von 2A stand ein konischer Hügel, dreißig Fuß im Durchmesser, der sich in achtzehn Fuß Höhe zu einer gewölbten Spitze emporreckte.

Ein Plattformhügel war oft Hinweis auf einen Tempelplatz oder das Haus eines Häuptlings. Ein konischer Hügel war oft Begräbnishügel. Bessie hatte in zwei Jahren Grabungsarbeit keinen so ungewöhnlich geformten Hügel gesehen. Kincaid in seiner dreißigjährigen archäologischen Arbeit auch nicht.

Sie waren darüber so aufgeregt gewesen bei ihrer Ankunft am Grabungsort wie die Archäologen der Vermessungsexpedition im Jahr zuvor. Um sich zu mäßigen, hatten sie damit begonnen, den kleineren Hügel, 2B, anzugraben. Sie waren am Spätnachmittag angekommen, hatten das Camp aufgeschlagen und das Hügelgebiet in fünf Fuß große Raster abgesteckt, mit der Spitze von 2A als Zentrum. Wie üblich, hatte Kincaid die Arbeit beendet, sobald die Sonne über dem Bayou sank.

»Ich dachte, Sie hätten die Arbeit eingestellt«, sagte er, als sie zwischen den Pflöcken auf den kleineren Hügel zugingen. Im Nordosten reckte sich der größere Hügel empor, dessen Verbindungswall aus Erde in die Basis des kleineren floß.

2B war ein konischer Haufen, der sich elf Fuß hoch von der Grundlinie erhob. Er maß etwas über fünfzehn Fuß im Durchmesser. Auf der dem großen Hügel abgewandten Seite flachte der Erdwall zu einem Punkt in Bodenhöhe ab.

Von oben betrachtet, sahen 2A und 2B wie der verzierte, nach Südwesten weisende große Zeiger einer Standuhr aus.

»Es gab noch ein bißchen Licht, deshalb hat William weitergegraben. Nach den ersten vier Fuß, nichts. Ich habe die Stratigraphie in meinen Feldaufzeichnungen vermerkt. Sand und Lehm gemischt, wie erwartet. Ein paar individuelle Erdaufschüttungsabdrücke, aber keine Behältnisse. Wir können morgen durchsieben, aber die ersten vier Fuß sehen für mich ziemlich steril aus.

Dann, fünf Fuß tief, etwas Asche und Glimmerplättchen. Ich ließ William den Graben nach außen erweitern. Da war es schon ziemlich dunkel. Während ich den Glimmer etikettierte und neben die Siebbox legte, fand William das Pferd.«

Sie standen am Rand von Hügel 2B. Der Testgraben zeichnete sich als dunkle Aushöhlung gegen die grasbewachsene Seite des Hügels ab.

Oben auf dem Steilufer kam eine Laterne um Truck und Zelte herum und bewegte sich den Pfad hinunter.

»Miss Bessie?«

»Hier unten, William!« rief sie.

Kincaids Pfeife zeigte in der Dunkelheit hierhin und dorthin. Bessie wußte, daß er sich diesen Ort vorstellte, wie er Jahrhunderte früher gewesen war. Sie hatte ihn dasselbe auf Grabungen im Vorjahr tun sehen. Er war so lange in dem Metier tätig, daß er seine Vorstellungen fast zum Leben erwecken konnte. Das hatte er in den Vorlesungen während ihrer Studienzeit getan. Es hatte ihr Leben verändert. Sie hatte Englisch als Hauptfach aufgegeben, sich der Anthropologie zugewandt und war Dr. Level geworden, damit sie an die Universität zurückkehren und mit ihm arbeiten konnte.

Sie war immer noch neu genug in dem Metier, um die schweigenden Hügel selbst zu sehen, als wären sie einst Lebewesen gewesen, die hier verstorben waren, um ihre Geheimnisse Inch für Inch, Lage um Lage in einer Art Sezierung preiszugeben. Manchmal enthielten sie keinerlei Geheimnisse, sie waren nur leere, für einen nie vollendeten Zweck errichtete Erdhaufen.

Bei diesen Hügeln hatte sie so ein gewisses Gefühl gehabt, als sie sie letzten Winter bei der Vorbereitung der Sommer-Bergung auf den Übersichtsfotos das erste Mal sah. Es war ein kühler Tag gewesen, und sie hatte sich vorgestellt, sie in dem Klima anzugraben. Jetzt war sie hier, inmitten einer Hitzewelle, die die Luft dick und schwer machte.

William eilte mit der Laterne herbei. Er brachte die Konservierungsausrüstung – Azeton, Kollodium, Firnis, Schellack, Pinsel, Pickel, Gaze, alles in einem Werkzeugkasten – und stellte sie ab.

»Hat Miss Bessie Ihnen erzählt, was ich gefunden habe?« fragte William, ein alter Schwarzer. Er trug unförmige Kleidung und unförmige, für entzündete Ballen aufgeschlitzte Schuhe.

»Sie sagt, du hast ein Pferd für uns entdeckt, William«, sagte Kincaid.

»Sie hat mir zuerst auch nich' geglaubt, Dr. Kincaid. Aber mein Onkel Bodie hat immer in 'nem Schlachthaus in Memphis gearbeitet, als ich noch klein war. Und ich hab denen immer beim Ausbeinen zugesehen. Ich schätze, ich habe mehr Kuhschädel und Schweineköpfe gesehen, als Sie je sehen werden. Und auch Pferdeschädel. Ich verwechsel die nie nich', nee, nee!«

»Du hast vermutlich mehr gesehen, William«, sagte Kincaid. Sein Gesicht nahm wieder einen besorgten Ausdruck an. »Zumal ich mich meistens mit einer Zeit befasse, bevor das Pferd nach Amerika gebracht wurde.«

Kincaid nahm die Laterne und ließ sich gemächlich seitwärts in den Testgraben hinab. Kniend bearbeitete er die Erde der Grabenwand mit einem kleinen Pinsel.

Niemand sagte etwas. Ein Moskito flog Bessie in die Nase; sie schnaubte und wedelte die Hand vor dem Gesicht. Die Ochsenfrösche hatten sich beruhigt, aber die Nacht war voller Gleeper-Geräusche. Ein Hund bellte, weit entfernt, drüben auf dem Skirville-Besitz im Nordosten, hinter dem Stacheldrahtzaun, der quer über die alte Bayou-Terrasse verlief. Von dort drehten die langsam fließenden Wasser ab, um ihren Lauf zum Mississippi zu nehmen.

Kincaid trat aus dem Graben und öffnete den Kasten mit der Konservierungsausrüstung. Er nahm eine Flasche mit bernsteinfarbenem Azeton, zwei Ein-Inch Bürsten und einen rundgebogenen Eispickel. In seine linke Hemdtasche stopfte er eine Rolle Gaze.

»Stimmt, es ist ein Pferd«, sagte er. »Gleich morgen früh will ich alle Vermessungsnotizen und Ihre Stratigraphiekarten sehen, Bessie. Wann geht die Sonne auf, William?«

»5 Uhr 32, Dr. Kincaid.«

»Alle sollen um 4 Uhr 45 aufstehen, frühstücken, und du sorgst dafür, daß sie hier auf ihre Schaufeln gestützt stehen, sobald die Sonne über dem Steilufer hochkommt.«

»Klingt, als wollten Sie kräftig graben lassen.«

»Bevor du und die Jungs fertig werdet«, sagte Kincaid, »müßt ihr vielleicht diese ganze Gemeinde ausgraben.«

»Ja, Sir.«

»Geh schlafen, William, denn möglicherweise bekommt keiner von uns in der nächsten Woche oder so überhaupt Schlaf.«

»Ich dachte, wir wär'n nur bis Donnerstag hier und würden dann weiter raufgehen nach Pecania«, sagte William.

»Die Pläne könnten sich ändern«, sagte Kincaid.

»Ja, Sir. Rufen Sie, wenn Sie mich brauchen, Doktor. Miss Bessie.« Er ging davon, auf Steilufer und Zelte zu.

»Sie auch, Bessie«, sagte Kincaid. »Ich hoffe, daß wir bei der Ausweitung des Grabens morgen als erstes eine von der anderen Seite kommende, nachträgliche Eingrabung finden. Denn, was Ihnen jetzt Sorge bereitet und mir auch, ist die Frage, wie ein Pferd in einen unangetasteten Begräbnishügel aus dem dreizehnten Jahrhundert gelangt.«

Er wandte sich wieder dem Graben zu und stieg hinein. Pfeifepaffend begann er zu arbeiten, stippte den Pinsel ins Azeton und bestrich das Ding, das er vor sich hatte.

»Gute Nacht«, sagte Bessie. Kincaid grunzte. Bessie ging den Pfad hinauf und wich vorsichtig den Absteckpflöcken aus.

Oben auf dem Steilufer blieb sie einige Minuten lang stehen und betrachtete den beleuchteten Graben, in dem Kincaid arbeitete. Die Laterne warf seinen Schatten über die Seite des größeren Hügels hinauf, daß es aussah, als bewege er sich springend durch die Nacht.

Sie ging in ihr Zelt zurück, schloß das Netz und zog ihre Kleider aus, ohne die Lampe einzuschalten. Ein Moskito war in ihrem Zelt. Sie wußte, er würde sie auszusaugen beginnen, sobald sie einschlief.

Nach einer Weile wurden die Arbeiter in ihren Zelten ruhig. Ein Hund bellte gelegentlich von der Straße, die am Latouche-Farmhaus vorbeiführte.

Einige Zeit später ging der Mond auf und beleuchtete Lagerplatz und Steilufer.

Bessie schlief unruhig.

Mitten in der Nacht wachte sie auf. In Kincaids Zelt, das sie durch das Moskitonetz sehen konnte, brannte ein schwaches Licht. Der Phonograph spielte wieder Louis Armstrong, immer noch ›Potatoe Head Blues‹, aber leiser diesmal, so daß nur die lauten Passagen herübergetragen wurden. Kincaid mußte die leise Nadel auf den Tonarm gesteckt haben, was er selten tat.

Bessie schlief wieder ein.

Die Sonne war fast aufgegangen. Der Osten war golden und wo das Licht die Wolkenunterseiten traf, rosa. Bessie hatte Schinken, Eier, Toast und einen Becher fürchterlichen Zichorienkaffee von Eli geholt, einem der Gräber, dem wöchentlich 2 Dollar extra gezahlt wurden, damit er kochte. Sie trug Teller und Kaffee zu Kincaids Zelt. Es spielte keine Musik.

»Klopf, klopf«, sagte sie.

»Kommen Sie herein, Bessie! Genau die Frau, die ich sehen wollte.«

»Sie sind besonders munter heute morgen.« Sie blieb stehen. Auf dem Camptisch vor ihr lag der Pferdeschädel, die leeren Augenhöhlen starrten sie blicklos an. Der Schädel war mit Firnis bedeckt und von matter, ölig gelber Farbe.

»War dünn wie Papier an manchen Stellen«, sagte Kincaid. »William ist ein guter Gräber. Sagen Sie mir, was Sie hier sehen.« Er deutete auf die Schädelmitte, genau über dem Auge.

»Ein Loch«, sagte sie. Sie stellte ihr Frühstück auf einen Stuhl und trank einen Schluck pfefferigen Kaffee.

»Benutzen Sie diesen Bleistift«, sagte Kincaid. Er reichte ihr einen Venus #2. »Unglücklicherweise werden Sie feststellen, daß er ganz durchgeht, und neben dem Foramen Magnum austritt.«

Bessie ließ den Bleistift vorsichtig in das Loch gleiten und drückte. Er blieb stecken. Sie bewegte ihn und drückte, bis sie ihn den Tisch berühren hörte.

Sie begutachtete das Loch.

»Es sieht nicht aus, als wäre es gebohrt worden«, sagte sie.

»Weiter.«

»Kann keine Wurfgeschoßspitze gewesen sein.« Sie schob den Schädel vorsichtig zur Tischkante, bis sie, von unten hochguckend, seine Rückseite und das Austrittsloch sehen konnte. »Die hätte entweder die Schädelrückseite zertrümmert oder wäre selbst zertrümmert worden.«

»Sie sind wunderbar, Bessie«, sagte Kincaid. Dann reichte er ihr einen Mineralklumpen Erde, grün und korrodiert.

»Was ist das?« fragte sie. Sie nahm ihren kleinen Pinsel aus der Tasche und bürstete kleine harte Schmutzpartikel ab. Etwas trat zutage – blaugrün, hohl und zylindrisch.

»Ein Haarschmuck?« fragte sie. »Ein kupferner Pfeifenstiel? Das wäre neu, so weit südlich. Shetrone hat letztes Jahr in Ohio welche gefunden. Warten Sie. Dieses Metall sieht zu dünn aus, um kalt getrieben zu sein.« Sie beäugte es genau, Ende voran.

»Sie sollten sich das andere Ende ansehen«, sagte Kincaid. Er lächelte. »Ich habe noch einen wie den da. Ich fand beide unter dem Schädel, während ich daran arbeitete. Tut mir leid, daß ich das Auffinden nicht Ihnen überlassen konnte.« Er gab ihr einen grünlichen Metallzylinder von der Größe ihres kleinen Fingers.

»Wir sind in Schwierigkeiten, wenn wir keine Anzeichen einer nachträglichen Eingrabung finden, Bessie. Ich werde in jedem Fall die Universität benachrichtigen und den Leiter der Expeditionen herholen. Selbst wenn wir eine Erklärung finden.«

Bessie drehte den Gegenstand herum. Ein Ende hohl, das andere geschlossen, mit einem erhabenen Rand auf der Rückseite. In der Mitte des Randes war ein Klumpen.

»Ich habe so etwas noch nie gesehen«, sagte Bessie. »Weder auf einer Grabung noch in der Literatur.«

»Natürlich haben Sie, Bessie. Sie sehen so etwas immer, wenn Sie zur Jagd gehen.«

Sie blickte auf den Pferdeschädel und das Loch über dem Auge, dann wieder auf den Gegenstand in ihrer Hand.

»Was sollen wir tun, Bessie?« fragte Kincaid. Seine Augen hinter den Brillengläsern wirkten ernst.

Sie erkannte, daß das, was sie in der Hand hielt, grün und mit der Zeit korrodiert, eine Gewehrpatrone aus Messing war.

LEAKE I

>»Studiere die Vergangenheit, wenn du die
>Zukunft voraussagen willst.«
>
>– Konfuzius

Ich bin kein Audie Murphy.
Also nahm ich, als es Zeit wurde, die Zügel des Pferdes, atmete tief durch und trat durch die Zeitpforte.

Es bestand jede Möglichkeit, daß das Pferd und ich in einem B-25 Mitchell-Bomber oder, etwas früher, in einem Bulldozer oder einer Dampfwalze landeten. Oder in den Wänden eines fahrbaren Gebäudes. Sie hatten angenommen, das wäre nicht passiert, weil es keinen Bericht über eine Explosion gab, die während des Zweiten Weltkrieges halb Louisiana zerstört hatte.

Noch wahrscheinlicher war, daß wir genau vor einem Bulldozer, einer Dampfwalze oder einem B-25-Bomber auftauchten, und atomisiert wurden, wenn man uns überrollte.

Ideal wäre, wenn wir an der Stelle herauskämen, wo der Flugplatz gebaut werden *würde*, irgendwann in den dreißiger Jahren des 20. Jahrhunderts oder etwas früher.

Es gab einen Ruck und ein Geräusch, als wir durchkamen – einen Satz, als ob ein Lift eine Etage verpaßt und zurückspringt. Auch das Pferd spürte es, doch es hatte Scheuklappen auf.

Ich *fiel* ein paar Inches. Das Pferd auch, und es gefiel ihm nicht.

Ich sah mich um.

Etwas war oberfaul.

Okay, hier war kein Flugfeld aus dem Zweiten Weltkrieg. Gut. Besser als gut.

Keine Bauarbeiten im Gange. Noch besser. Das bedeutete, vor 1942.

Aber da oben im Süden gab es kein Haus, nichts als Wald und Gras. Keine Straße. Keine Telefonmasten.

Im Norden *war* ein Abhang, der dort hinabführte, wo der Bayou sein sollte. Doch das Wasser war nicht da. Ich konnte es durch die Bäume sehen, in etwa einem Kilometer Entfernung.

Das Steilufer erstreckte sich hinter mir nach Osten und Westen.

Die Sonne schien hell. Ein leichter Wind blies durch das Gras. In der Luft lag ein Geräusch wie von einem sehr weit entfernten Wasserfall. Dieser gesamte Teil des Staates liegt nicht höher als 25 Meter. Das Geräusch konnte kein Wasserfall sein.

Meine erste Aufgabe war es, das Gebiet zu sichern und aus dem Weg zu gehen. Ich warf den nach Nordosten zeigenden Rastermarker zu Boden und nahm den Karabiner Kaliber-30 herunter. In einer Minute würde eine Menge Zeugs durch die Pforte kommen – hundertvierzig Leute, Pferde, Wagen, Haustiere, Generatoren, Versorgungsgüter.

Ich zog das Pferd voran. Es gab keine Anzeichen einer Behausung ringsum. Wenn es die gäbe, müßte sich jemand entschuldigen. Also muß ich mir keinen Fuchsbau graben. Oder anfangen, den CCC-Leuten zu erklären, wer ich war, und woher ich kam, oder was die anderen hundertvierzig Leute taten, die mitten aus der Luft kamen.

Das Wasserfallgeräusch wurde lauter und veränderte sich von einem leisen Rauschen zu einem trommelnden Schwirren. Ich blickte nach Süden, woher es zu kommen schien.

Zuerst dachte ich, es sei ein Tornado, und ich wäre ein toter Mann. Eine Wolke kam aus dem klaren Himmel auf mich zu, und zwar schnell. Aber sie war dünn, und sie war keine Wolke. Es war eine Woge von Vögeln, eine

Tsunami. Ich stand versteinert da. Ich hatte noch nie so viele Vögel gesehen. Die Säule mußte einen Kilometer breit und zwanzig Meter hoch sein. Sie erstreckte sich, soweit das Auge reichte, bis zum südlichen Horizont.

Dann schoß der erste über mich hinweg, Formen mit schnittigen Flügeln – Tauben? Dann mehr und mehr, und das Flattern wurde wieder zum Rauschen.

Das Pferd tänzelte. Die flatternden Vögel flogen so dicht, daß sie die Sonne verfinsterten. Ein wandernder, dunkler Schatten bedeckte Lichtung und Wälder. Tausende flogen jede Sekunde über mich hinweg, ein paar hundert Meter hinaufreichend. Die Säule erstreckte sich südlich, soweit ich sehen konnte. Da zogen sie hin, kleine gefiederte Raketen, im 100-km-Tempo. Nie dünnten sie genügend aus, daß die Sonne zwischen ihnen durchschien.

Es begann zu schneien. Zuerst sah es wie Schnee aus, weiße Flocken, die niederwirbelten. Dann trafen sie mich und das Pferd, dessen Flanken bei jedem winzigen Aufprall zuckten. Es war kein Schnee, es war Kot. Warme Klümpchen, die in einem Blizzard herunterkamen. Der Geruch war überwältigend. Ich packte die Zügel und zog das Pferd in den Schutz des nächsten Baumes.

Was für ein Empfang für Spaulding und die anderen. Sie würden durch die Pforte ins Halbdunkel und in einen Scheißeregen treten. Jesus, die Burschen, die diese Operation geplant haben, haben damit nicht gerechnet.

Ich zog das Pferd unter den Baum. Zum Glück hatte ich ihm die Scheuklappen nicht abgenommen. Die Vögel zogen über mir dahin, ein Wellenschlag von dunkel und hell gegen den Himmel. Ihre spitz zulaufenden Flügel pumpten und arbeiteten, und immer noch erstreckte sich der Schwarm endlos gen Norden und Süden. Das Rauschen war ohrenbetäubend.

Ich beobachtete sie, tätschelte beruhigend das Pferd

und behielt die Zeitpforte im Auge. Die anderen hätten schon durchkommen müssen. Ich wartete.

Und wartete und wartete.

Ich konnte es nicht glauben. Nach der Uhr war ich zwei Stunden hier, und niemand sonst hatte es geschafft. Etwas stimmte nicht da oben in der Zukunft.

Die Vögel flogen immer noch über mir. Ich hatte mich fast an den Geruch und das Geräusch gewöhnt. Der Boden, die Bäume sahen aus, als wäre der erste Schnee des Winters gefallen. Alles war mit kleinen, weiß-grau gefleckten Klümpchen bedeckt.

Die Vögel sahen wie Tauben aus, aber sie waren bläulich-braun und hatten rötliche Brüste. Als ich das sah, erkannte ich, wie ungeheuer schief es da oben in der Zukunft gegangen war.

Ich wußte, es gab nicht so viele Vögel auf der Welt. Eine Säule von einem Kilometer Breite und zwanzig Metern Tiefe, die zwei Stunden lang im 100-km-Tempo über mich hinwegzog. Ich bin nicht gut in Mathe, aber das müßten mindestens eine Milliarde sein.

Es gibt nicht so viele Vögel auf der Welt, aber es gab sie mal.

Ich hatte die letzte Wandertaube vor acht Jahren in Washington gesehen (als es noch ein Washington gab). Sie hieß Martha, und sie war ausgestopft. Sie starb am 1. September 1914, als so vieles starb, wie das Viktorianische Zeitalter.

Ich erinnerte mich auch an etwas aus meiner Kindheit am Mississippi. Auf dem Natchez Trace Parkway gab es einen Platz, wo wir manchmal Picknick machten. Er hieß Pigeon Roost Creek – Tauben-Schlafplatz-Creek. Ein riesiges Gebiet mit zerstörtem Wald. Große Bäume, deren Äste sämtlich abgebrochen waren. Ein Schwarm Wandertauben hatte vor mehr als einem Jahrhundert dort gerastet. Es waren so viele gewesen, daß die Bäume auf dreißig Quadratkilometern niederbrachen.

Das da oben waren Wandertauben. Milliarden von ihnen. Es hatte seit zwanzig Jahren keine großen Schwärme mehr gegeben, als Martha, die letzte ihrer Art, starb. Ich erinnere mich an etwas wie einen Hagelsturm, der die meisten Tiere des letzten großen Schwarms in den achtziger Jahren des 19. Jahrhunderts tötete (nachdem die Vögel anderthalb Jahrhunderte lang millionenfach gejagt und in Fallen gefangen worden waren).

Also war dies höchstens das Jahr 1894.

Die Projektwissenschaftler hatten versucht, etwa die 1930er Jahre zu erreichen. Fünfzig Jahre daneben, vielleicht. Aber die Karten, die wir studiert hatten, besagten, daß die Straße, so mies sie war, in den 1870er Jahren gebaut wurde.

War ich bis in die Bürgerkriegszeit zurückversetzt worden?

Und wo waren die anderen? Warum war keiner durch die Zeitpforte gekommen? Was war schiefgegangen?

Ein Augenblick existenzieller Angst, er ging vorüber.

Ich bin Madison Yazoo Leake. Ich war kein Neuling bei dieser Art Unternehmung. Ich war vor fünf Jahren, 97, im Zypernkrieg gewesen. (Falls man das, was ich tat – das Befragen von Zyprioten in Internierungslagern –, als im Krieg gewesen bezeichnen will. Ich habe nie einen Abzug betätigt, Gott sei Dank, außer auf dem Schießstand.)

Ich war aus einer ausgebombten Zeit, in der jeder schließlich an Verstrahlung, durch Krankheit oder durch Chemikalien sterben würde. Ich, wir, die Special Group, unternahmen einen letzten Rettungsversuch, die Menschen der Erde vor dem völligen Aussterben zu bewahren. Wir wurden durch die Magie einer unperfekten, kaum getesteten, einbahnigen Zeitreise, angeblich in die Vergangenheit transportiert, wo wir hofften, den Dritten Weltkrieg zu stoppen, bevor er ausbrach. Ich war tatsächlich ein Weichensteller. (Ich wurde im Zypernkrieg eingezogen, im Dritten Weltkrieg wurde *jeder* eingezogen.)

Ich denke immer noch, in die Vergangenheit zu kommen, um den Krieg zu stoppen, enthält ein Zeitparadoxon. Ich habe das neulich gegenüber einem Projektwissenschaftler erwähnt.

»Und was, wenn wir *tatsächlich* alles ändern?« habe ich gefragt. »Was ist, wenn es keinen Krieg gibt? Was ist, wenn wir es so machen, daß Sie nicht geboren werden?«

»Was kümmert es Sie?« sagte er. »*Sie werden* trotzdem leben.«

Was, soweit ich es begriff, stimmte.

Hier war ich also, bedeckt mit Wandertaubenkot (er läßt sich abbürsten, wenn er trocken ist, aber ich brauchte trotzdem ein Bad, ziemlich bald), und wartete, daß der Rest der Special Group durchkam.

Der Schwarm über mir dünnte sich aus. Die Sonne schien mehr und mehr durch die flirrende Taubenbewölkung. Dann kam sie in ganzer Pracht heraus, und nur ein paar Nachzügler schossen noch vor ihr her.

Das Pferd und ich blieben in einem stinkenden Winterwunderland zurück.

Ich wartete, daß die anderen in der Zeitpforte erschienen.

Vier Tage lang.

Etwas war sehr, sehr, *sehr* schiefgegangen. Ich war allein hier. Ich hatte genug Essen für zwei Wochen, doch danach mußte ich auf Wurzeln, Beeren und ansässiges Wild zurückgreifen. Und es sah aus, als neigte sich der Sommer hier dem Ende zu.

Ich begann dies als Überlebensübung zu betrachten – die vielleicht mein restliches Leben dauerte.

Ich hatte Angst.

Ich hatte mich Richtung Bayou im Norden bis zu einem Kilometer vom Rastermarker entfernt. Wo ich am zweiten Tag gebadet hatte, doch waschen hier ist wie Baden in Comet-Reiniger. Ich kam heraus, naß, aber sandig.

Ich hatte das Pferd gehobbelt und ließ es am Waldrand grasen, wo der sonnenverbackene Taubendung nicht alles bedeckt hatte.

Ich hatte nie so viele Vögel und Tiere gesehen wie in den letzten paar Tagen. Kaninchen, Eichhörnchen, Wachteln, Rehe, Feldmäuse. Ich hörte etwas, das quiekte und etwas, das hustete, aber nichts annähernd Menschliches. Vögel hopsten in bunter Vielfalt durch die Äste der Bäume: Hüttensänger, Kardinäle, Drosseln, rotflügelige Amseln, Wiesenstärlinge. Auf Nüsse, Beeren und ansässiges Wild zurückgreifen zu müssen, würde nicht so übel sein, wie ich gedacht hatte.

Da blieben mir ein paar schwierige Fragen. Sollte ich hierbleiben und auf die anderen warten – die vielleicht nie kamen? Sollte ich versuchen, andere Menschen zu finden, herauszubekommen, *wann* ich war, und nach Baton Rouge gehen? Ich allein konnte die Geschichte nicht ändern.

Hatte die Maschine einen Defekt, hatte sie mich Jahre vor den anderen abgesetzt? Schlimmer noch, Jahre, nachdem sie durchgekommen waren? Wir hatten einen alternativen Treffpunkt in Baton Rouge. Was, wenn es noch kein Baton Rouge gab?

In den letzten beiden Fällen wäre ich sowieso auf mich allein gestellt. In diese ganze Operation war sorgfältig alles eingeplant worden, *außer* das hier. Meine erste Aufgabe war es gewesen, durchzugehen und alles zu verscheuchen, was sich der Zeitpforte näherte. In den Tagen danach hätte ich andere Aufgaben übernommen, aber sie hatten nicht damit gerechnet, daß ich verschwinde, oder daß kein anderer es hierher schafft.

Diesen Kummer brauchte ich nun wirklich nicht. Ich hatte in den letzten sechs Wochen da oben im Jahr 2002 genug gesehen, daß es mir lange, lange Zeit reichte.

Menschen finden, das war es, was ich wollte.

Also traf ich die Entscheidung. Ich schrieb eine Notiz und ließ sie am Rastermarker zurück. Ich erinnerte mich an mein Pfadfindertraining und kerbte alle Bäume ein, falls andere Versprengte wie ich auftauchten. Auf der Notiz stand, ich würde dem Suckatoncha Bayou abwärts zum Mississippi folgen und dann weiter nach Baton Rouge.

Denn das war mein Plan.

Auf meinen Karten verlief der Suckatoncha Bayou nördlich, dann ostsüdöstlich. Fließen ist nicht das angemessene Wort. Die meisten Menschen denken, Bayous wären stehende Sümpfe. Es sind Sümpfe, aber sie fließen, langsam. Wir hatten keinen Namen für sie, als ich in Mississippi aufwuchs, weil man sie ausschließlich in Louisiana und Süd-Arkansas findet. Große ebene Wasserflächen voller Strünke und Stümpfe; der Zusammenfluß vieler kleiner Bäche und Kanäle, doch das Land ist so flach, sie dehnen sich über Meilen aus.

Der Suckatoncha war nicht dort, wo er sein sollte. Das Pferd und ich gingen an seinen Rand. Dann stieg ich auf, und wir stapften weiter.

Ich habe Pferde nie gemocht. Ich mag sie immer noch nicht. Als ich klein war, wollte jeder ein Pferd haben. Außer mir. Dieses mochte mich nicht und war zu nervös.

Als die Special Group beschloß, in die Vergangenheit zu gehen, zog sie Pferdestärken Fahrzeugen vor. (Selber Grund, weshalb wir alle mit 30er-Kaliber-Waffen ausgerüstet wurden, anstatt mit den Standard-7.62-mm-Gewehren. Wenn wir gelandet wären, wo wir sollten, in den 1930er oder 40er Jahren, wäre 30-Kaliber-Munition viel leichter zu finden gewesen.) Dies war das hinterwäldlerische Louisiana, das um 1930 kaum ins Bronzezeitalter eingetreten war. Pferde hätten nicht viel Aufsehen erregt. Sie konnten sich außerdem vermehren, suchten sich ihren Treibstoff selber und benötigten keine Ersatzteile.

Ein paar Stunden lang patschten wir durch den schwammigen Boden des Bayourandes. Der Bayou verlief fast genau östlich. Er würde sich in den Mississippi ergießen, jedoch etliche Kilometer nördlicher, als er laut Karte sollte.

Entweder mein Kompaß war kaputt, oder ich steckte in weit größeren Schwierigkeiten, als ich mir je vorgestellt hatte. Wir hatten uns Karten bis zurück zur französischen Besetzung dieses Gebietes Ende des 17. Jahrhunderts angesehen. Der Bayou floß stets ostsüdöstlich und ergoß sich bis auf wenige Kilometer Abweichung an derselben Stelle in den Mississippi wie A.D. 2002.

Seit 320 Jahren.

Ein Wasserweg brauchte lange, seinen Lauf um so viele Kilometer zu verlagern. Ich mußte weit, weit in der Vergangenheit dieses Landes gestrandet sein.

Falls die Gruppe auch hier ist, muß sie sich auf einen langen Weg gefaßt machen. Es wird nicht allein die Arbeit einer Lebenszeit sein, die Geschichte zu ändern. Es wird die Arbeit von Generationen sein. Sie werden nie die Vollendung dessen sehen, was sie in Gang gebracht haben. Sie werden es nie wissen.

Falls sie hier irgendwo bei mir sind.

Bei Sonnenuntergang hielt ich auf einer Bodenerhöhung an (etwa einen Meter hoch). Hier ging eine leichte Brise, aber ich wußte, daß die Moskitos (manche so groß wie Libellen) bald kommen würden. Während Frösche und andere, unbekannte Bewohner in einen gotteslästerlichen Chor einstimmten, durchwühlte ich meine Futterbeutel nach Eßbarem.

Am Morgen des fünften Tages stieß ich in den Piniennadeln auf einen Wildwechsel. Da er den Sumpfrand säumte, folgte ich ihm. Im Wasser sonnten sich Alligatoren so groß wie Kanalröhren auf verrotteten Stämmen.

Heute morgen, als ich ins Wasser pißte, schwamm eine acht Fuß lange Wassermokassinschlange vorbei auf der Suche nach Fröschen. Die Froschlaute letzte Nacht waren unglaublich gewesen. Die meisten Tiere wirkten furchtlos, nur gelinde argwöhnisch. Ich habe mir überlegt, heute abend Froschschenkel zu essen.

Eben stieß ich auf einen am Ufer watenden riesigen Reiher. Er fing an zu laufen, spreizte die Flügel und begann, sich aus dem Wasser zu erheben. Ich dachte, es würde ewig dauern. Dann legte er den Kopf zurück, hob die langen Beine und breitete die blauen Schwingen über der Luft aus. Und war fort.

Gegen Mittag entdeckte ich einen Fußabdruck auf dem Wildwechsel. Ich hielt das Pferd an. Es gibt Menschen hier, endlich. Ich bin nicht in irgendeiner trüben Holozän-Vergangenheit. Der Abdruck ist schwach und hat nur den einzigen Umriß einer Sohle. Also haben wir es mit Indianern, oder Cajuns oder einem Burschen in Hausschuhen zu tun.

Nun ist es an mir, argwöhnisch zu sein. Ich spreche keine Indianerdialekte. (Mein Großvater war ein Choctaw und meine Urgroßmutter eine Chickasaw. Jedoch gehörten sie zu den Choctaws und Chickasaws, die im 19. Jahrhundert *nicht* umgesiedelt wurden, sondern Sklaven besaßen, wählten und in Backsteinhäusern wohnten. Ich bezweifelte, daß irgend jemand in meiner Familie seit hundert Jahren oder mehr einen Eingeborenendialekt gesprochen hatte. Ich sehe indianisch aus, hohe Wangenknochen, leichte Andeutung von Mongolenfalte, jedoch habe ich dem kaum Beachtung geschenkt, während ich aufwuchs. Außerdem bezweifle ich, daß mir Choctaw oder Chickasaw diesseits des großen Flusses viel nützen würden.) Französisch? Das hier ist schließlich Louisiana. Ich kann auf französisch nicht mal nach dem Scheißhaus fragen. Etwas Spanisch. Wenn ich Glück habe, ist es nach De Sotos Trip hier durch, und vielleicht sprechen sie etwas Spanisch. Mein

Griechisch wird mir so viel nützen wie Zitzen an einem Eberferkel. Englisch. Da ist immer noch Englisch. Gesten? Ich habe weder indianische noch amerikanische Zeichensprache studiert.

Vielleicht ist das hier nur ein Bursche in Hausschuhen. Vielleicht bin ich nicht in irgendeiner undenkbaren Vergangenheit gestrandet. Vielleicht stoße ich auf Dampfboote, Riverboat-Spieler, Telefone und Autos, wenn ich zum Fluß gehe.

Keine Chance, solange der Bayou pfeilgerade Richtung Osten in den Mississippi fließt.

Madison Yazoo Leake, du bist allein.

Es war später, und ich badete in einem Bach, der aus den Pinien kam und in den Bayou floß. Ich war einige Stunden den Fußabdrücken gefolgt, und sie sahen mir nicht frischer aus. Es war warm und drückend.

Ich mochte weder die Schlangen noch die Alligatoren, noch die schlammigen Wasser des Bayou. Deshalb war ich sofort zur Großreinigung bereit, als ich auf dieses klare Wasser stieß. Wo ich badete, war es nur einen halben Meter tief und einen Meter breit. Es war kühl und erfrischend. Ich hatte jede Öffnung zweimal gereinigt. Ich hatte mich eingeseift, abgespült, und nun weichte ich ein und betrachtete mein schwebendes Bauchhaar.

Das Pferd wieherte leise.

Ich drehte mich um.

Da standen sie und beobachteten mich: Larry, Curly und Moe.

Außer daß diese drei fast nackt waren. Sie trugen Lendenschurze. Sie hatten Bögen, Pfeile, Speere und Knüppel. Sie trugen Federn in den Haaren und Perlen um den Hals.

Mein Herz blieb stehen.

»Nah Sue Day Ho«, sagte Moe.

Er sah eigentlich kaum wie Moe aus, außer daß ihm die Haare als Pony in die Stirn fielen und er einen kleinen Schmerbauch und O-Beine hatte. Larry sah kaum wie Larry aus, außer daß er das Haar zu zwei Knoten geschlungen trug, einen über jedem Ohr. Seine Nase war groß, und er war der Knochigste der drei.

Curly sah genau aus wie Curly. Untersetzt, gebaut wie ein Gorilla, und der Schädel kahlrasiert. Er war am ganzen Körper tätowiert – Kreise, blaue und grüne Bänder. Ein Hakenkreuz bog sich über seinen Nabel.

Alle drei trugen teetassengroße Ornamente in den Ohrläppchen.

»Nah Sue Day Ho«, wiederholte Moe.

Mein erster Eindruck schwand. Das hier waren drei Indianer, und sie waren bewaffnet. Jeder von ihnen hatte einige Kaninchen und Eichhörnchen mit Rohlederriemen am Lendenschurz befestigt.

»Nah Sue Day Ho«, sagte Moe. Ich wußte nicht, ob es eine Frage war, ein Gruß, eine Warnung. Ihre Gesichter waren neutral. Ein sehr unkomisches Gespann Dr. Howard, Dr. Fine, Dr. Howard.

»Hallo«, sagte ich und hielt grüßend die rechte Hand hoch, Handfläche nach außen. Das war angeblich universal. Während ich das tat, glitt ich aus dem Wasser, stand auf, und meine linke Hand fand die Kolbenplatte des Karabiners.

Während ich stand, blickten sie leicht erstaunt auf meine edlen Teile. Ich widerstand der Versuchung, nach unten zu sehen. Es war wahrscheinlich ein alter Trick.

»Hallo«, sagte ich wieder, dann: »Freund.« Ich wußte nicht, ob ich ihr Freund sein wollte oder nicht. Ich wollte nur keinen Kampf. Ich schämte mich, weil ich es zugelassen hatte, daß sie mich überraschten.

»Cue Way No Hay?« fragte Moe. Seine Augen wanderten wieder zu meinem Gemächt, dann zurück zu meinem Gesicht. »Ho Gway din Now.«

»*Amigos!*« sagte ich. »*Como se llama?*«

»Cue Way No Hay?« fragte Moe, das Gesicht verzerrend. Curly hielt eine große Kriegskeule mit einer Kugel und einem einzigen großen Dorn daran. Ich hatte solche Keulen in Gemälden von Thomas Hart Benton gesehen.

Das Pferd machte wieder ein heftiges Geräusch. Die drei zuckten zusammen, sahen dann zu ihm hinüber. Ich schämte mich meiner nicht mehr so sehr. Es mußte hinter den Büschen gewesen sein, als sie herankamen, und sie hatten es nicht gesehen. Sie rissen jetzt wirklich die Augen auf und wandten sich ihm zu. Sie tuschelten untereinander.

Ich zog mit der Linken den Karabiner hoch (ich bin Linkshänder), während ich die Rechte erhoben und offen hielt.

»Bu Show Mot Toy?« fragte Moe.

»Condo Ku Moy no-hat?« fragte Curly.

»Moy Doe!« sagte Larry, hob den Speer und sah Richtung Pferd.

Das Pferd stampfte auf, daß Gras hochflog. Es war aufgeregt.

»Cue Way No Hay?« fragte Moe wieder. »Cue-Way-No-Hay?« fragte er langsam, als wiederhole er es für ein Kind.

Larry war der, über den ich mir Sorgen machte. Er würde bald gegen das Pferd vorgehen. Ich hatte Angst, er würde es mit dem Speer niederstrecken.

»*Amigos*«, sagte ich. »Freunde. Hallo.« Mein Verstand funktionierte nicht mehr.

Curly wich vor dem Pferd zurück. Er sagte etwas zu Moe.

Ich mußte etwas unternehmen.

Ich feuerte mit dem Karabiner einmal in die Luft.

Ich weiß nicht, welche Reaktion ich erwartete: Angst, Verwunderung, Zorn. Es war nicht das, was ich erlebte.

»Ah Muy nu-ho«, sagte Moe achselzuckend. Er machte eine verächtliche Geste mit den Händen, als würde er es aufgeben mit mir.

Das Pferd versuchte, sich von dem Baum loszureißen, an den ich es gebunden hatte. Die drei machten leicht erschrockene Augen. Wer hatte Angst vor einem Pferd, aber nicht vor einem Gewehr?

Ich sah zum Pferd hinüber.

Als ich mich wieder umdrehte, waren die Männer fort. Einer der nahen Büsche schwankte noch ein wenig, wo sie ihn auf ihrem Weg gestreift hatten.

»He, wartet!« schrie ich.

Meine Hand begann zu zittern. Ich hatte sie die ganze Zeit in die Höhe gehalten.

Ich folgte ihren Spuren. Sie trafen sich mit anderen auf einem Pfad. Ich ritt langsam. Ich glaube nicht, daß ich sie wirklich einholen wollte. Es war später Nachmittag. Ich näherte mich dem Mississippi.

Ich sah das Dorf lange, bevor ich in seine Nähe kam. Der Baumbestand wurde lichter. Dann war da ein gerodetes Gebiet, abgeholzt und niedergebrannt, einen halben Kilometer im Durchmesser. Dahinter lagen die Felder, sie erstreckten sich einen Kilometer in drei Richtungen. Ihr Dorf lag jenseits der Felder.

Es war von Palisaden umgeben und einem Erdwall, höher als die Felder ringsum. Der Mississippi lag dahinter. Ich sah zwei erhöhte Stellen innerhalb der Umfriedung – auf einer war ein Gebäude mit irgendwelchen Statuen auf dem Dach. Ich zählte Hausdächer, runde und lehmbedeckt. Mindestens fünfzig in dem Teil der Mauer, den ich sehen konnte.

Am nahegelegenen Rand der Felder waren zwei riesige Erdhügel. Zehn Meter hoch, zwanzig im Durchmesser. Sie waren glattgeschabt, und es wuchs nichts auf ihnen.

Die Felder waren voll mit verschiedenen Bohnensorten, Kürbissen, Gartenkürbissen und Flaschenkürbissen. Es war spät im Jahr. Kletterbohnenranken hingen in der Luft auf sonnengebleichten Schilfrohrstangen. Zur Rechten, soweit ich sehen konnte, wuchsen Reihe auf Reihe kleine Maisstengel mit kleinen Kolbenansätzen daran.

Ihre Blätter begannen sich einzurollen und gelb zu werden. Es mußte September sein hier.

Es hätten Menschen zu sehen sein sollen, aber da war keiner. Ich dachte, daß sie vielleicht alle weggelaufen wären. Dann sah ich, die Mauern, die Schutzwälle im Innern haben mußten, starrten vor Speeren. Durch die Lücken zwischen den Stämmen beobachteten mich zweihundert Leute, reglos.

Dann sah ich, daß die Felder nicht völlig verlassen waren. Jemand saß auf einem Stumpf und arbeitete an etwas in seiner Hand. Schnitzend möglicherweise. Der Stumpf war neben dem Pfad, der, umgeben von Pfefferpflanzen, durch die Felder verlief.

Ich ritt bis auf dreißig Meter an ihn heran, stieg ab und band das Pferd an einen anderen Stumpf. Ich löste die Sicherung des Karabiners und behielt das Dorf im Auge. Sie starrten nur zurück, reglos.

Ich ging auf den Mann zu, hielt die Hand hoch. Wind raschelte durch den Mais. Der Mann unterbrach seine Tätigkeit. Er hatte irgendeinen Stein in der Hand und schnitzte mit einem Stück Metall daran herum.

Er war unbewaffnet. Er trug einen rot-weiß gestreiften Lendenschurz und Mokassins. Sein Haar war schwarz, zu zwei Zöpfen geflochten, und es steckte eine einzelne Feder darin. In seinem linken Ohr steckte eine kleine Perle. Er war weitaus vertrauenerweckender als die drei, die mich an der Quelle überrascht hatten.

Ich blieb stehen. Er betrachtete mich ruhig. Seine Haut war von gleichmäßig kupferner Tönung, wie ein alter Penny. Er hatte keine Tätowierungen.

Sein Blick wanderte zu dem weit weg angebundenen Pferd. Dann betrachtete er mich, meinen Karabiner, meine Kleidung.

Mein Arm war immer noch im Gruß erhoben.

»Hallo«, sagte ich. »Amigo. Freund.«

»Hallo«, sagte er auf griechisch.

DIE KISTE I

Armee Formular 1

Komp. 147

Angetreten z. Dienst

146

Vermißt in Ausüb. d. Dienstes

1

Total: 147

1432Z 01. Okt. 2002

Gesamtzahl 148

Für: S. Spaulding

Col. Inf.

Kommandeur

Barnes, Bonnie

Cpt. ADC

Adjutant

Smithes Tagebuch

4. Oktober

Wir brauchten zweieinhalb Tage, um alle durchzukommen, obwohl wir im Dreißig-Sekunden-Takt starteten. Ich kam mitten in der ersten Nacht durch.

Fünfundvierzig Minuten später kam Sergeant Croft hinter mir aus der Pforte.

Und so weiter, die ganze Nacht hindurch, den nächsten Tag, die Nacht, bis in die frühen Morgenstunden des zweiten Tages.

Einhundertsechsundvierzig von uns.

Es gibt immer noch keinen Hinweis auf Leake, oder sein Schicksal. Dr. Heidegger dachte, das Flackern auf den Instrumenten, direkt bevor Leake durchkam, könnte etwas damit zu tun haben. Unsere Vorhut könnte wieder am Ausgangspunkt sein, ein paar Tage vor oder nach unserer Startzeit Da Oben.

Falls das stimmt, weiß er eher, wo er ist, als wir. Oder wann, was das betrifft. Colonel Spaulding hat in alle Richtungen Scouts auf zweistündige Ritte ausgeschickt. Alles, was sie fanden, waren Pfade, aber sonst nichts von Menschen Gemachtes. Kein Rauch, keine Fußabdrücke, keine Boote, keine Häuser, keine Flugzeuge.

Wir haben das Camp auf dem Steilufer über dem Bayou aufschlagen. Es ist kilometerweit der höchste Punkt. Spaulding ließ uns die üblichen sternförmigen Verteidigungslinien graben, wir durften jedoch noch nichts Dauerhaftes errichten.

Jeder bekommt diesen wilden Ausdruck in die Augen, falls er ihn nicht schon hatte, bevor wir Da Oben verließen. Dies wär's dann, wann immer und wo immer es ist. Wir sitzen hier fest, es sei denn, Da Oben geht das Leben irgendwie weiter, und sie finden einen Weg, uns zu holen. Wir wußten das, als wir durchkamen, aber wir dachten auch, wir würden ungefähr achtzig Jahre vor der Startzeit landen.

Spaulding nimmt es richtig und tut so, als wäre dies nur eine weitere Übung, irgendein Problem, das das War College ihm aufgegeben hat. Was haben wir von einem Dreißigjährigen erwartet? Wenn ich so darüber nachdenke, was hat eine Helicopter-Pilotin wie ich eigentlich hier zu suchen? Noch dazu als diensthabender assistant Adjutant.

Es ist besser, als Da Oben zu sein und mit dem Rest zu sterben.

Diensthabender assistant Adjutant, ich sehe schon, wie ich eines Tages, wenn alle anderen aus dem Camp sind, den CIA-Spionen Befehle erteile. Die haben alle verschlagene Augen und sehen aus wie Versicherungsagenten beim Nachtcamping. Jesus.

Es gibt hier mehr Leuchtkäfer und größere Moskitos, als ich in Louisiana je erwartet hätte.

Und nun, wie Pepys immer sagte, ab ins Bett.

BESSIE II

Sie sahen aus wie ein Haufen Ameisen. Sie taten mehrere Dinge gleichzeitig mit einem Minimum an Aufregung. Hacken und Schaufeln wurden gehoben, fielen und schöpften. Zwei Arbeiter warfen Erde in die Luft über einen Rahmen mit feinem Maschendraht. Nur Kincaids Schuhe und Ellbogen guckten aus dem Testgraben.

Bessie überzog den zweiten Pferdeschädel mit Schellack. Er hatte keine Einschüsse. Es war ein solches Durcheinander an Knochen in dem Hügel, daß es unmöglich war, den oberen *in situ* zu belassen und trotzdem etwas herauszufinden. Pferdeknochen, alle in einem verschlungenen Haufen, fünf, sechs, vielleicht mehr komplette Skelette.

Bessie blickte auf zu dem großen Doppelhügel mit seiner Reihe von Pflöcken. Ein kleiner Schauer durchrann sie. Sie rieb sich die Arme. Die Luft war heiß und klar, ohne eine Verheißung von Regen.

Der Suckatoncha Bayou war durchweg grau und flach. In der großen Flut vor zwei Jahren ertranken dreißig Menschen in seinen Wassern. Aufgedunsenes, zerrissenes Vieh trieb wochenlang in ihm. Ganze Häuser fand man fünfzig Meilen von ihrem Bauplatz entfernt. Das Wasser stand bis zur halben Höhe des Steilufers.

Unter Huey ›Kingfish‹ Long hatte der Staat das Bayou-Entlastungs-Projekt ins Leben gerufen, eine Serie von Dämmen, die zukünftige Fluten zurückhalten sollten. Der erste Damm war zehn Meilen entfernt, und das Land rings um den Bayou sollte in den nächsten zwei Jahren langsam überflutet werden. Die staatliche Bergungsvermessung hatte jene archäologischen Plätze kartiert, die überflutet werden würden (und hatte im Zuge dessen ein paar neue entdeckt). Bessie, Kincaid und fünf weitere Teams gruben jetzt an den Rändern des Bayou und versuchten, so viel wie möglich zu erfahren, bevor das Wasser alles auf ewig bedeckte.

Das Bergungsprojekt hatte unter der Maßgabe begonnen, daß noch drei Monate Zeit blieben, bevor der erste Hügel überflutet war. Das war, bevor der Frühlingsregen die Leute von der staatlichen Wasserbehörde veranlaßte, die Dämme vor dem Zeitplan zu schließen. Die Überläufe zehn Meilen stromauf waren noch nicht fertig, deshalb hatten sie ein paar weiter stromabwärts geschlossen, so daß das Wasser langsam zu steigen begann.

Zeit und Regen waren jetzt die Feinde. Falls Regenwetter einsetzte, würde das Wasser in wenigen Tagen rasant steigen. Gleichzeitig müßten sie die Grabungen an allen Orten verlangsamen oder einstellen. Die Bergungscrews würden ihre gesamte Zeit für den Versuch benötigen, die geöffneten Hügel und die Dorf-Grabungsplätze trocken und intakt zu halten.

Möglicherweise gab es am Nachmittag Regen, das übliche südliche Abendgewitter. Die Luft war feucht und beklemmend, obgleich bisher keine Wolke am Himmel war.

Der frühe Morgen war nicht weniger hektisch gewesen. Kincaid war nach Suckatoncha gefahren, hatte das Telefon des Marshalls benutzt und die Universität angerufen. Er hatte mit dem Projekt-Direktor gesprochen und ihm die Wahrheit gesagt. Er wollte zwei weitere Teams zur Grabungsstelle holen, plus Innendienstpersonal, Fotografen, Zeichner und Kuratoren.

Das war auf der Basis des ersten Pferdeschädels geschehen.

Während er in der Stadt war, hatte Bessie den zweiten aus dem Testgraben geholt. Jetzt war Kincaid zurück und in die Grabung versunken.

William brachte ihr ein paar Topfscherben mit Kincaids in Tinte gekritzelten Lokalisationsnummern darauf. Sie erkannte sie sofort; Coles Creek, rote, weiße und schwarze Ränder. Das bedeutete normalerweise, irgendwann zwischen 700 und 1500 A.D. Keine Überraschung also, außer beim oberen Datum. Das könnte die Pferde erklären – obwohl, eigentlich nicht. Das erste war nicht vor der zweiten oder dritten Dekade auf dem amerikanischen Kontinent erschienen, in dieser Gegend waren Pferde unbekannt bis zu de Sotos Durchmarsch nördlich von hier im Jahr 1540.

Möglicherweise hatte dieses Segment der Coles Creek-Kultur ein paar Dekaden länger überdauert, vielleicht bis zur Mitte des Jahrhunderts, noch lebensfähig, als die Spanier durchkamen.

Aber was war mit der Patrone?

Das war keine spanische Musketenkugel, keine Arkebusen-Ladung. Die meisten Conquistadoren verließen sich ohnehin bis Mitte des 16. Jahrhunderts auf Armbrüste als Hauptbewaffnung. Für gewöhnlich hatten sie nur zehn oder zwölf Feuerwaffen, plus ein paar kleine Kanonen je hundert Soldaten. Das hier war eine moderne Messing-Patrone.

Es mußte eine neuzeitliche Eingrabung geben. Die Erdlagen auf beiden Seiten des Testgrabens waren unzerstört. Sie hatten einen zweiten Graben vom anderen Ende her gezogen. Er würde den ersten etwas neben der Mitte des Hügels treffen.

Bisher war auch dort die Erde unberührt, mit gleichmäßigen Ablagerungen, wie Kincaids letzte Notiz besagte, die ihr mit den Scherben gebracht wurde.

Bessie verließ das Sortierzelt und ging das Steilufer hinunter zur Grabung. Sie stieg hinter Kincaid in den Graben. Alles, was sie von ihm sah, war sein Rücken.

»Wie geht's den Topfscherben?« fragte sie.

»Falls dies ein Streich ist«, sagte er und entfernte Staub mit einem kleinen Malerpinsel, »ist es ein guter. Kommen Sie hier herunter.«

Bessie zwängte sich neben ihn in den Graben. Der Geruch trocknender Erde umgab sie, drang ihr in Nase und Kleidung. Sie ließ ihren Blick vom mit Pferdeknochen gepflasterten Boden des Grabens zu der von Kincaid bezeichneten Stelle hinaufwandern.

Über den Knochen und Schädeln, eingebettet in Erde, befanden sich Grabbeigaben – Waffen, Gefäße, schwarze Hohlformen, wo hölzerne Axtgriffe gelegen hatten. Alle waren an einer Stelle an den Einschußlöchern zerbrochen, wobei ein einziger Durchschuß die Tongefäße für den täglichen Gebrauch nutzlos machte.

Aber nicht für das Leben im Jenseits. Die Menschen, die diese Hügel gemacht hatten, zerbrachen die Gegenstände, die sie ihren Toten beigaben, töteten sie, damit sie leblos waren wie die begrabenen Menschen oder Tiere.

Bessie stand auf. Sie wischte sich die Hände an ihren Jodhpurs ab und richtete einen Markierungspfahl am Grabenrand gerade. Kincaid stand ebenfalls auf.

»William! Washington?«

Die beiden Männer legten ihre Arbeit beiseite und kamen herbei.

»Jassör?«

»Legt Plane Nummer zwei über den Hügel, ja? Steckt Markierungsstifte in alle Pfahllöcher, aber laßt es, wie es ist. Vielleicht eine Stütze in der Mitte des Grabens. Hört hier auf zu graben. Ich will es so haben wie jetzt, wenn der Direktor herkommt.«

»Gemacht«, sagte William. »Was ist mit dem andern Testgraben?«

»Mehr Pferde?«

»Zwei oder drei, vielleicht mehr.«

»Grabbeigaben?«

»Jassör.«

»Was ich erwartet habe. Ich wußte, du hättest bei einem weiteren ungewöhnlichen Fund gerufen. Wir beenden den hier, sobald die anderen herkommen.«

»Sobald ich dran gewöhnt war, so'ne Pferde zu finden, war ich okay«, sagte William. Er wischte mit der Hand über die Pudelmütze, die er während des Grabens auf dem Haar trug.

»Das hier entwickelt sich zu einer umfangreichen Grabung. Wie steht es mit den Essensvorräten?«

»Genug für uns. Wieviele Leute kommen?«

»Die übrigen Mannschaften haben ihre eigenen Vorräte. Die Innendienstleute kommen. Ich glaube, sie bringen das große Zelt mit.«

»Ich nehme an, wir können das Essen strecken«, sagte William. »Wir müssen sowieso Ende nächster Woche neuen Proviant holen. Muß es vielleicht ein paar Tage vorziehen.«

»Also, laß mich wissen, sobald der Hügel sicher ist. Danach können wir überlegen, was zu tun ist.«

Bessie ging neben Kincaid das Steilufer hinauf ins Sortierzelt und setzte sich an den Tisch. Der erste Pferdeschädel mit dem Einschußloch darin starrte sie an wie ein dreiäugiges Monster.

»Es sieht Ihnen nicht ähnlich zu schweigen«, sagte Kincaid, setzte den Hut ab und zündete sich die Pfeife an.

»Nun, hier steht unser Ruf auf dem Spiel, oder?« fragte sie. »Ich meine, es *könnte* eine Erklärung geben, die Sinn ergibt.«

»Ich sehe es so«, sagte Kincaid lächelnd. »Jemand hat ein Loch gegraben, füllte es mit toten Pferden, durchschoß sie mit einem modernen Gewehr, warf die Patronen in die Grube, füllte sie bis zur Höhe der Pferde auf, legte Coles Creek-Grabbeigaben dazu, beendete den Hügel und pflanzte einen Baum obenauf.

Und all das geschah vor mindestens sechzig Jahren, als die ersten Metallpatronen allgemein in Gebrauch kamen, so daß sie irgendeinem armen verdammten Narren von Universitätsprofessor im Jahre des Herrn 1929 einen tollen Streich spielen konnten.

Das ist die offensichtliche Erklärung«, schloß er.

»Lassen wir es dabei, bis der Direktor kommt?«

»Bei Hügel 2B in jedem Fall. Sobald William die Plane drübergelegt hat und ich meine Pfeife geraucht habe, gehen wir 2A angraben.«

Bessie ging zur offenen Zeltlasche und sah die Männer so viel wie möglich von dem kleinen Hügel abdecken. Sie hörte das Anreißen von Kincaids Streichholz, das Paffen an seiner Pfeife.

Er starrte in die Augenhöhlen des Pferdeschädels, als könnten sie ihm etwas erzählen.

Sie blickte zurück zu dem großen Hügel, der den anderen wie ein kleines Fort überragte. Ihre Knie zitterten.

»Verdammt«, sagte sie leise.

Kincaid sah sie durch seine dicken Brillengläser an. »Ich bin ganz Ihrer Meinung«, sagte er.

LEAKE II

> »Die Zeit wird ans Licht bringen, was verborgen; sie wird verbergen und verdecken, was jetzt im hellsten Glanz erstrahlt.«
>
> – Horaz

Sie versuchten mein Pferd mit Fleisch zu füttern.

Der Mann hieß, wie er sagte, Dauerte-seine-Zeit, wegen der außergewöhnlichen Schmerzen, die seine Mutter bei seiner Geburt hatte.

Ich fragte ihn, wo er Griechisch gelernt hätte. Er sagte, ein paar Händler hätten ihn als Jungen von seinem Volk entführt und ihn gezwungen, für sie zu dolmetschen. Er war geflüchtet, sprach aber trotzdem noch Griechisch, weil die Händler, viel Nettere jetzt, immer noch jährlich zurückkamen, um Geschäfte zu machen.

Er fragte, ob ich ein Händler oder ein Nordmann wäre.

»Nein.«

»Das haben wir uns gedacht« – er gab der Menge, die aus dem umfriedeten Dorf gekommen war, Zeichen –, »weil dein Ding nicht beschnitten ist.«

Ich errötete.

»Alle unsere Männer sind's«, sagte Dauerte-seine-Zeit. »Und die Nordmänner und Händler auch, obwohl ihre Bräuche nicht mit unseren zu vergleichen sind.«

»Hm, wo bin ich?«

»Genau hier«, sagte Dauerte-seine-Zeit.

»Nein. Ich meine, was ist das für ein Fluß?«

»Mes-A-Sepa«, sagte er. »Das heißt Großer Fluß. So nennen wir ihn.«

Ich sah die scheue Menschenmenge Tonschüsseln mit Fleisch wenige Meter vor mein angebundenes Pferd stellen. Es wurde nervös.

»Könntest du ihnen sagen, es frißt Gras?« sagte ich.

Er sah mich mit seinen dunklen Augen an, dann sagte er etwas in seiner Sprache. Sie sahen ihn an, dann liefen einige von ihnen in die Umfriedung zurück.

»Sie denken, es ist ein großer Hund«, sagte er. »Was ist es?«

»Ein Pferd«, sagte ich.

»Ah«, sagte er und betrachtete es genauer. »So sehen die also aus! Ich dachte immer, die hätten Flügel.«

»Du kennst sie?«

»Ich habe von ihnen gehört, den Namen«, sagte er. »Manchmal sprachen die Händler untereinander über nichts anderes. Die ganze Zeit sprachen sie über ihr Zuhause jenseits des Meeres und ihre Pferde. Aber ich habe nie eines gesehen. Sie rennen schnell?«

»Dieses nicht«, sagte ich. »Möchtest du es mal anfassen?«

»Sieht mir gefährlich aus.« Er sagte etwas in der anderen Sprache. Ich bemerkte eine leichte Veränderung in sechs oder sieben der Burschen mit Speeren und Keulen. Sie begannen anstelle des Pferdes mich zu beobachten.

»Ich muß dich das fragen, alter Brauch«, sagte Dauerte-seine-Zeit. »Willst du uns schaden, oder bist du ein Dieb?«

»Hm? Nein, ich möchte niemandem weh tun. Ich habe mich verirrt.«

Dauerte-seine-Zeit sagte etwas zu den anderen. Sie lächelten und wandten sich wieder der Betrachtung des Pferdes zu.

»Falls du dich verirrt hast, können wir dir helfen, den Weg zu finden?«

»Ich hoffe es. Habt ihr andere wie mich gesehen?«

»Männer mit ihren Dingern nicht beschnitten auf Pferden? Ich bin sicher, du bist der erste.«

»Einige könnten Frauen gewesen sein. Aber sie wären auch geritten.«

»Das würde den Durchschnittsmann zu Tode erschrecken«, sagte Dauerte-seine-Zeit.

Jemand rollte etwas Kohlartiges vor das Pferd. Es streckte den Hals und begann, an den Blättern zu nibbeln.

»Uuuuh«, sagte die Menge.

»Bist du kürzlich heruntergefallen oder so was? Entschuldige«, sagte Dauerte-seine-Zeit. »Ich vergaß, dich nach deinem Namen zu fragen.«

»Madison Yazoo Leake«, sagte ich.

»Yazoo ist ein Name, den ich aussprechen kann«, sagte er. »Also, Yazoo, möchtest du mit zum Essen in mein Haus kommen?«

»Wird mit dem Pferd alles in Ordnung gehen?«

»Ich garantiere, *niemand* wird es anrühren«, sagte er.

Er nahm mich mit in seine Hütte aus Flechtwerk und Latten, die aussah wie alle anderen. Eine sehr hübsche, etwa im achten Monat schwangere Frau kochte darin.

»Das ist Sonnenblume, meine Frau«, sagte er. »Wir werden bald ein Kind haben.« Er sagte etwas zu ihr, sie antwortete ihm und lächelte. In einem Topf kochte ein Eintopf aus Mais, Bohnen und irgendeinem Fleisch. Der Topf war nicht über dem Feuer. Rotglühende Tonbälle waren in der Kohle aufgehäuft. Gelegentlich hob Sonnenblume einen an und ließ ihn in den Eintopf fallen. Bald brodelte er. Es roch wunderbar.

Der Raum war dunkel und mit Fellen ausgelegt. In den Ecken lagen verschiedene Steine, Stöcke und irgendwelche Schnitzarbeiten. Ich sah mir eine an. Es war ein kleiner Waschbär mit einem Fisch in den Pfoten – man sah jeden Streifen des Schwanzes und jede Schuppe des Fisches.

Dauerte-seine-Zeit nahm ihn zur Hand. »Nicht besonders gut«, sagte er. »Also, mein toter Onkel, der konnte *wirklich* Pfeifen schnitzen.«

»Tust du das auch?«

»Pfeifen schnitzen? Ja« – er sah auf den Boden –, »sie sagen, das tue ich.«

»Die sind schön«, sagte ich.

Er lächelte und sagte etwas zu Sonnenblume. Sie sah mich an und lächelte, lachte dann.

»Das Essen dauert noch ein Weilchen«, sagte er. »Möchtest du gern einen Spaziergang durch die Stadt machen? Vielleicht hilft es dir, dich an deinen Weg zu erinnern.«

»Sicher«, sagte ich.

Das Dorf mit Blick auf Felder und Fluß, war um einen zentralen Platz herum angeordnet. Auf jeder Seite der Plaza war ein großer Hügel. Auf dem abgerundeten stand eine Hütte, nur wenig größer als die anderen. Gegenüber, auf der anderen Seite des hartgebackenen Platzes war ein weiterer Hügel wie eine abgeflachte Pyramide. Darauf stand ein langes, niedriges Gebäude aus großen Stämmen. An jedem Ende und in der Mitte befand sich ein geschnitztes Abbild eines großen, schopftragenden Vogels mit langem Schwanz.

»Das ist unser Tempel«, sagte Dauerte-seine-Zeit. »Nichts Besonderes, aber wir mögen ihn.«

»Wer lebt da drüben?« fragte ich und deutete über den Platz.

»Nun, wenn wir noch ein paar Minuten bleiben, wirst du es sehen. Da lebt der Sonnenmann. Er ist der Häuptling. Jeden Morgen ruft er die Sonne herauf, und jeden Abend schreit er in Qualen, wenn sie untergeht. Alle Sonnenmänner tun das.«

»Wieviele gibt es?«

»Oh, jede Stadt hat einen. Tausende vermutlich, vielleicht mehr. Wir gehören zu dieser Konföderation, das meiste davon liegt auf der anderen Flußseite. Nach Westen, da, wo die Huasteken, die Meshicas leben. Sie sprechen eine Sprache, in der der Name ihres Gottes wie ein

Vogelfurz klingt. Es sind gemeine Leute, aber wir handeln mit ihnen und führen ein paar rituelle Kriege.«

»Was tun deine Leute die meiste Zeit?«

»Jagen. Fischen. Pflanzen anbauen. Ich mache Pfeifen, andere gerben Häute, machen Speere, solche Sachen. Wir handeln mit anderen Sonnen-Dörfern. Begraben unsere Toten, ziehen Kinder auf – das übliche.«

»Und ihr handelt mit diesen Händlern und Nordmännern?«

»Einmal im Jahr oder so. Du hast sie verpaßt. Müssen bis zum Frühling warten, kurz vor der Ernte, bevor du sie sehen kannst. Im Winter machen wir die meiste Zeit Tand und irgendwelche Sachen. Sie verkaufen uns Tuch, Äxte, Messer, Perlen, Sachen, die wir aus Faulheit nicht gelernt haben selbst zu machen.«

Neben einer der größeren Hütten nördlich der Plaza stand eine Gruppe Menschen. Die meisten von ihnen, Männer und Frauen, waren über und über mit sonderbaren Mustern tätowiert. Wie bei den drei Burschen, die ich am Nachmittag getroffen hatte.

Tatsächlich waren Moe und Curly in der Gruppe. Curly winkte Dauerte-seine-Zeit zu.

»Das ist einer der Jäger, die ich heute nachmittag gesehen habe«, sagte ich.

Ein anderer drehte sich um und starrte mich an. Sein Gesicht war ein grünes Muster aus Blitzen und Tränen. Ein drittes tränendes Auge war ihm auf die Stirn tätowiert. Er trug Ohrringe aus Bärenzähnen. Auf seinen Händen waren in endloser Reihenfolge die immer kleiner werdenden Umrisse von Händen eingeritzt.

»Das sind die Bussard-Kult-Leute«, sagte Dauerte-seine-Zeit, ohne den Mann anzusehen, der uns anstarrte. »Der Mann, der dich ansieht, ist Hamboon Bokulla, das bedeutet Träumender Killer. Er ist ihr Anführer.«

»Bussard-Kult?«

»Unser Volk, das Sonnen-Volk nimmt den Tod, wie er kommt. Wir begraben unsere Toten in großen Erdhaufen und geben ihnen schöne Sachen mit im Tod. Aber die Bussard-Kult-Leute sind etwas Neues. Sie verehren den Tod selbst, das Trauern, das Weinen, den Verfall. All diese Hand-und-Augen-Sachen. Sie beten den Specht nicht an.« Er deutete mit einem Nicken in Richtung Tempel.

»Aber sie gehören trotzdem zum Dorf«, sagte er. »Sie sind plötzlich überall. Sie glauben, das Ende der Welt kommt bald, und sie tanzen einen kleinen Tanz, um es zu beschleunigen.«

»Was glaubst du?«

»Ich glaube, das Essen ist fertig.«

So fing es an. So lebe ich in diesem Dorf von zweihundert Hütten am Mississippi, mit Menschen, die den Specht anbeten, und ihre Toten in Hügeln bestatten.

Ich hatte nicht vor, hier zu leben, aber es ist geschehen. Ich war gewissenhaft. Ich versuchte herauszufinden, wo und wann ich war, und niemand schien es zu wissen.

Am zweiten Tag hier stellte ich das Pferd in der Nähe der Plaza unter. Die Leute häuften Futter rings um es auf und redeten stundenlang über das Tier.

In jenen ersten paar Tagen prüfte ich mein Funkpeilgerät alle paar Stunden, um festzustellen, ob sich an der Zeitpforte etwas getan hatte. Dauerte-seine-Zeit stellte mich dem Sonnenmann vor, ein netter alter Bursche, und seinem Neffen, der wahrscheinlich der nächste Sonnenmann wird. (Wenn ein Sonnenmann stirbt, kommen alle Frauen zusammen und wählen einen neuen. Der nächste Verwandte, der Sonnenmann werden kann, muß von der Schwesterseite des alten Sonnenmannes stammen.) Ich versuchte, soviel wie möglich herauszubekommen, Dinge, die jeder zu wissen schien – wieviele Sonnen-Dörfer es gibt, wie lang der Fluß ist, wann die Pflanzen gesetzt werden sollten, wo die besten Angelplätze sind, wie man Babys macht. Für all dies fungierte

Dauerte-seine-Zeit, geduldig wie sein Name, als Dolmetscher. Ich schnappte von ihm und Sonnenblume ein paar Worte und Sätze auf (›Kick‹ zum Beispiel).

Das Dorf heißt Dorf, der Fluß ist der Fluß, der Himmel, der Himmel und das Volk, das Volk. Am dritten Tag meines Aufenthalts hielten Dauerte-seine-Zeit und Sonnenblume eine Konferenz ab und fragten mich, ob ich als Gast bleiben möchte, bis ich die Leute gefunden hätte, die ich suchte.

Ich sagte, ja. Ich begann, Sonnenblume in der Hütte zu helfen, unternahm Spaziergänge mit Dauerte-seine-Zeit, versuchte zu sehen, wie er Pfeifen machte. Ich lernte Worte und kümmerte mich um das Pferd.

Zuerst ölte ich mein Gewehr jede Nacht und hielt mein Messer scharf. Ich prüfte den Funkstrahl alle paar Stunden, dann einmal am Tag, alle zwei Tage.

Ich schlug den Karabiner in eine geölte Haut ein und stellte ihn hinter meinen Platz in der Hütte. Ich wusch meinen Drillichanzug im Fluß und lernte die örtlichen Sitten. (Am zweiten Tag fragte ich Dauerte-seine-Zeit bezüglich gewisser Körperfunktionen. Er deutete außerhalb des Dorfes auf einen Hang, der zum Fluß hinunterführte. »Der heißt Scheißhügel«, sagte er. »Paß auf, wo du hintrittst, da oben. Pisse überall hinter der Anbaugrenze.«)

Da bin ich also und lerne etwas über Pfeifensteine. Sonnenblume hat mir gerade einen Lendenschurz gemacht. Ich kam mir albern vor, zog aber meinen Drillichanzug aus (hinter einem Schirm aus Haut) und bündelte ihn zusammen mit der übrigen Militärausrüstung.

Ich führte mich im Lendenschurz vor.

Sonnenblume sagte etwas. »Was?« fragte ich.

»Sie sagt, man sieht gar nicht, daß dein Ding nicht beschnitten ist.«

Ich lächelte, ich errötete.

»Danke, Sonnenblume«, sagte ich.

DIE KISTE II

Smithes Tagebuch

8. Oktober

Wir haben jetzt Musik, falls man es so nennen kann.

Specialist Jones hat entgegen der Order sein tragbares Minicassettendeck mitgenommen und das, was er für seine zwanzig besten Bänder hielt. Er hatte alles in seinem Kampfanzug verstaut.

Kurz bevor er ging, durchsuchte jemand sein Zeug, nahm ihm die ausgesuchte Musik weg und ließ ihm drei Bänder.

Das sind: Große Film-Liebessongs, *gesungen von* Roger Whittaker, 16 Hits von Glenn Miller *und* Rip My Duck *von* Moe and the Meanies. *Eklektischer geht's nicht.*

Wir wissen das alles, weil Specialist Jones uns das Deck am 6. Tag unseres Exils brachte. Er war nicht der einzige, der merkte, wie Leute vor Langeweile verrückt wurden. Er bot seine Musik an zur Hebung der Moral. Sergeant Sigmo, der Kommunikations-Unteroffizier, koppelte es mit Verstärker und Alarmsystem. Von 14 Uhr bis Sonnenuntergang haben wir täglich Musik.

Das Miller-Band wird am meisten gespielt. Moe and the Meanies treiben dich in 30 Sekunden die Zeltwände rauf, aber das war ja ihr erklärtes Ziel. Jedesmal, wenn Roger Whittaker drankam, habe ich Leute scherzhaft die Sicherungen an ihren Karabinern lösen sehen. Immer noch besser, als den Bayou anzustarren, Sandsäcke aufzufüllen oder Pferde zu füttern, oder was wir sonst tun können, solange wir auf die Scouts warten.

Spaulding hat gerade eine Offiziersbesprechung einberufen. Der Spähtrupp aus dem Norden ist soeben zurückgekehrt.

LEAKE III

Nenne ihn Ismael.
 Wir waren zum Flußufer gegangen, um zu sehen, was da war. Der Tag war warm, und die Sonne schien hell, obwohl es nach meiner Rechnung Ende November sein mußte.

Dauerte-seine-Zeit hatte einen Speer zum Fischen dabei. Aus dessen Schaft erhoben sich drei Kupferzacken. Ein Rohlederriemen führte durch die Spitze, den Schaft entlang und auf eine Spule, die um seine Taille gebunden war.

Er ging zum Rand des Sandstreifens und betrachtete das Wasser, die Augen mit der Hand beschattend.

Etwas Großes bewegte sich unter Wasser, das Ufer hinunter.

»Was ist das?« fragte ich. Ich dachte, es könnte ein Alligator sein. Dauerte-seine-Zeit drehte sich mir zu, sah, auf was ich deutete. Er packte meinen Arm und drückte ihn als Zeichen, daß ich still sein sollte. Er streckte die Hand nach meinem Wurfspeer aus. Ich gab ihn ihm.

Er ging langsam vom Sandstreifen zurück, ins Gras längs des Flusses. Ich blieb, wo ich war. Für ein paar Minuten konnte ich ihn nicht sehen, wußte aber, daß er sich langsam durch das hohe Gras bewegte. Ich sah einige Wedel sich beugen.

Was immer das Ding war, es verschwand von Zeit zu Zeit unter Wasser und tauchte näher oder weiter vom Ufer wieder auf. Ich wußte immer noch nicht, was es war. Im Schatten überhängender Bäume sah es wie ein dunkler Klumpen aus.

Ich sah Dauerte-seine-Zeit nicht, bis am Ende der

Grasfläche sein am Riemen laufender Angelspeer hinausschoß. Blitzartig zuckte er ins Wasser.

Eine Tonne Schaum schoß in die Luft.

»Huu-iii! Huu-iii!« schrie Dauerte-seine-Zeit. Der Riemen spannte sich straff. Der Speerschaft sauste radschlagend den Riemen hinauf und krachte in die Bäume über seinem Kopf.

»Yaz!« schrie er.

Männer rannten schon aus dem Dorf und aus den Feldern herbei.

Während ich auf ihn zulief, sah ich meinen Wurfspeer aus dem brodelnden Wasser ragen. Ein lautes Husten kam vom Fluß. Während ich durch das Gras rannte, sah ich weitere dunkle Schatten, die ich vorher nicht bemerkt hatte, flußabwärts verschwinden.

Ein paar der Männer waren vor mir da. Sie warfen ihre Speere. Das Wasser färbte sich rot und hörte auf zu platschen, bevor ich ankam.

Andere sprangen an der Anlegestelle schreiend in die Kanus und paddelten dorthin, wo die übrigen dunklen Schatten verschwunden waren.

Ich erreichte Dauerte-seine-Zeit und packte den Riemen, den er hielt. Jemand kam in einem Kanu heran, ließ ein Seil in das blutige Wasser fallen und warf uns das Ende zu. Wir zogen, was das Zeug hielt.

Ich weiß nicht, was ich erwartete, aber das nicht.

Zuerst kam ein flacher, gespaltener Schwanz, dann faltige Hügel rosiger Haut, dann Flossen mit Speeren darin und zuletzt so etwas wie der Kopf eines Walrosses ohne Stoßzähne. Das verdammte Ding mußte eine halbe metrische Tonne wiegen.

Sein Gesicht war mit Bartstoppeln von der Größe eines Bleistiftes Nr. 2 bedeckt.

Es war eine Seekuh, ein Manati, der größte, den ich je gesehen hatte. In der Zeit, aus der ich kam, waren sie fast ausgestorben. Sie wurden (vor dem Krieg) dauernd von Arschlöchern in Schnellbooten überfahren oder von

Kids mit 22ern oder so erschossen. Einst hatte es sie in den Flüssen des Südens in großer Zahl gegeben.

Nun, *hier* gibt es sie noch. Ein paar Kanus hatten eine weitere harpuniert, und es gab flußauf, flußab viel Geschrei, als die Restlichen entkam.

Man war allgemein glücklich ringsum. Eine Tonne Fleisch war eine Tonne Fleisch. Sie begannen, die beiden Manatis am Strand auszunehmen.

Ich ging zum Kopf des Tieres, das Dauerte-seine-Zeit harpuniert hatte. Es hatte immer noch eine Wasserlilie im Winkel seines breiten flachen Maules hängen.

Das ganze Dorf war in Ekstase.

Dies ist ein Ort für Jungen und Mädchen, die nie erwachsen werden.

BESSIE III

Während sie warteten, fuhr der erste Truck vor.
Die Crew, angeführt von Dr. Jameson, kam kurz nach Mittag. Bessie und Kincaid waren hinaufgegangen, um die Vermessung und das vorbereitende Abstecken auf dem größeren Hügel zu kontrollieren und den Graben zu planen, der sie von zehn Fuß außerhalb bis zwanzig Fuß hinter den Hügel ein paar Fuß am Zentrum vorbeiführen sollte.

Jameson besah sich die Pferdeschädel und die Patronen, stieg dann ohne ein Wort in den Graben des kleineren Hügels und kroch unter die Plane, um selbst einen Blick darauf zu werfen.

Er kam zurück und wischte sich den Schweiß ab.

»Ich konnte keine gottverdammten Eingrabungen finden«, sagte er zu Kincaid. »Oh, Entschuldigung, Bessie.« Sein sonnenverbranntes Gesicht wurde roter. Er war knapp über vierzig und hatte bereits einen krummen Rücken vom Herumkriechen in zu niedrigen Grabungskanälen.

Er trug dunkelbraune Jodhpurs, ein Khaki-Hemd und einen alten Marine-Veteranen-Hut. Bessie wußte, daß sein Vorbild (aus dem Bereich der Paläontologie, nicht etwa ein Archäologe) Roy Chapman Andrews war, dessen spektakuläre Funde von Dinosauriereiern in der Wüste Gobi, die sensationellste Neuigkeit war, seit Carter 1926 Tut's Grab öffnete.

Jamesons Augen hatten die Farbe des Staubes, mit dem er ständig bedeckt war.

»Möglicherweise haben wir es hier mit zwei Dingen zu tun«, sagte er, setzte seinen Hut ab, wirbelte ihn und fing ihn wieder auf. Das tat er mehrfach, während er sprach.

»Ein postkolumbisches Überleben der Kultur, durchaus möglich, verbunden mit einem spanischen Ereignis, vielleicht de Soto, vielleicht so spät wie die Franzosen. Das an sich wäre selten genug.

Und zweitens, späteres Eindringen der Patronen.« Er verstummte.

»Sagen Sie es nicht. Jemand schoß ein paar Salven in den Hügel, von denen eine zufällig eines der Pferde traf. Dann arbeiteten sich die verschossenen Patronen selbsttätig in wenigen Jahren auf jene Ebene hinunter.« Er sah sie an.

»Es ist ein Streich«, sagte er. Er sah sie eine weitere Minute schweigend an. Auch sie schwieg. Auf dem Schreibtisch vor ihnen lagen Schädel, Patronen, Topfscherben und Feldnotizen.

»Ich brauche einen Drink«, sagte er schließlich und setzte sich auf einen Camphocker.

»Entweder Limonade oder Wasser«, sagte Bessie. »Ich glaube nicht, daß Washington diese Woche schon zum Schnapsbrenner gelaufen ist.«

»Nun, ich war da«, sagte Jameson. Er verschwand aus dem Zelt und kehrte einen Moment später mit einem Flachmann zurück. Er bot ihnen einen Drink an, was sie ablehnten.

Er überflog erneut die Feldnotizen. »Gottverdammte Coles Creek-Topfscherben mit gerolltem Rand«, sagte er. »Ich habe in den letzten beiden Wochen genügend gesehen, daß es mir für den Rest des Lebens reicht. Manchmal denke ich, das einzige, was diese Leute getan haben, war, schlafen, essen, ihre Toten begraben und Gefäße töpfern.«

»Nun, es ist gut, daß sie es getan haben«, sagte Kincaid, »oder wir hätten alle keine Arbeit.«

»Zumindest hat Gillihan diesen Felsunterschlupf unten am Fluß«, sagte Jameson. »Er war scheißwü... er war sehr aufgebracht, daß Sie ihn da rausholen wollten. Er hat natürlich die Studenten bei sich. Und das ist der beste Unterschlupf, den wir je gesehen haben. Es waren ein paar große Katzenknochen dabei.«

»Also, die eigentliche Frage ist«, sagte Kincaid, »beginnen wir mit dem Hügel-Graben jetzt, oder warten wir auf den Direktor?«

»Ich möchte nicht, daß meine Schaufeln abkühlen«, sagte Jameson.

»Bessie?«

»Packen wir's an. Die Sache ist nur, wir müssen mit den Erklärungen von vorn anfangen, wenn Gillihan herkommt.«

»Wir hinterlassen eine Notiz am Zelt, daß sie sich dieses Zeugs ansehen sollen, *bevor* sie herunterkommen.«

»Übrigens«, sagte Jameson, »wissen Sie, daß es im Norden seit zwei Tagen ununterbrochen regnet?«

DIE KISTE III

Smithes Tagebuch

13. Oktober

Laßt mich von dem Hund erzählen.

Am zweiten Tag am alten Flugfeld, das eines Tages gleich da oben auf dem Steilufer sein wird, bemerkte Spaulding, daß einer der Männer einen alten Dalmatiner (den er natürlich Sparky rief) bei sich hatte.

Der Soldat sagte, er hätte ihn bei unserer Ankunft gefunden und daß der Veterinär ihn sich ansehen müßte, ob das okay sei.

Spaulding sagte ja, aber er solle sich nicht so sehr an das Tier gewöhnen, da er es unmöglich während der Mission bei sich behalten könne. Der Tierarzt sah sich Sparky an und sperrte ihn in einen Zwinger, da er mißhandelt und ausgemergelt aussah. Der Soldat besuchte Sparky täglich, um mit ihm zu reden und zu spielen.

Dann kam Heidegger eine Woche später hier an und begann, um die Pforte zu kalibrieren, Mäuse zurückzuschicken, dann die Affen. Wie er sich über das Kommen und Gehen auf dem laufenden hielt, weiß ich nicht. Heidegger ist allen so weit entrückt, niemand konnte mit ihm reden.

Jedenfalls braucht Heidegger etwas, um die Maschine wirklich zu kalibrieren, sieht sich um und entdeckt Sparky in der Praxis des Tierarztes. Was weiß er? Also nimmt er eines Abends Sparky und steckt ihn in die Maschine.

Sparky weiß, daß ihm etwas droht, und versucht, Heideggers Arm abzubeißen (ich kann es ihm nicht verübeln). Heidegger bugsiert ihn in die Maschine. Sparky spielt ver-

rückt, wirft sich gegen die Wände, verletzt sich. Heidegger legt den Schalter um.

Fünf Tage oder so früher war Sparky noch nicht dagewesen.

Heidegger hat's vermasselt (da Sparky da drüben in dem Käfig war, wußte Heidegger nicht, auf was er wartete). Nachdem Heidegger den Hund zurückgeschickt hat, kommt der Soldat, um mit Sparky zu spielen. Sparky ist weg. Wo ist mein Hund? fragt er. Der Tierarzt weiß es nicht. Sie gehen zu Spaulding. Spaulding geht zu Heidegger.

»Verloren, glaube ich«, sagt Heidegger. »Tut mir leid, daß ich Ihren Hund verloren habe. Ich dachte, er wäre für die Experimente bestimmt. Und es tut mir leid, daß ich ihn verletzt habe.«

»Verletzt? Was, zum Teufel, haben Sie gemacht?« fragte der Soldat weinend.

»Während er mich zu beißen versuchte, verfing er sich mit der Afterklaue an der Maschine und riß sie sich ein. Da war etwas Blut. Tut mir leid.«

»Vielen beschissenen Dank«, sagte der Soldat. »Eines Tages bringe ich Sie um.«

Der Veterinär sprang ein und beruhigte den Soldaten. Als der ging, wandte sich der Veterinär an Heidegger.

»Wo immer Sparky ist«, sagte er, »er hat keine Afterklauen mehr, mit denen er sich verfangen kann.«

»Was meinen Sie?« fragte Heidegger.

»Nun, ich habe ihm selbst eine Afterklaue abgenommen, als der Soldat ihn mir das erste Mal brachte. Sie hing kaum noch fest und war entzündet.«

Heidegger sah ihm gerade in die Augen.

»Welche Afterklaue war das?« fragte er.

»Die linke. Als sie mit ihm hantierten, hatte er nur noch die rechte.«

Heidegger setzte die Brille ab und rieb sich die Augen. »Der Hund hatte zwei Afterklauen, als ich ihn in die Maschine steckte. Und«, sagte er, wandte sich wieder der Maschine zu und betrachtete sie mit neuem Respekt, »es war die linke

Afterklaue, die an der Wand festhing und einriß, bevor ich den Hund zurückschickte.«

Spaulding sagte, da wußte Heidegger, daß alles funktionieren würde, und da hätten wir besorgt sein müssen.

Man nimmt alles mögliche.

LEAKE IV

> »Gravestones tell truth scarcely fourty years. Generations pass, while some trees stand, and old Families last not three Oaks.«*
>
> – Browne, *Urn Burial*, 1658

Sonnenblume lag in den Wehen, und es zog ein ungeheures Unwetter auf.

Wir haben ein solches Wetter in der Zeit, aus der ich komme, einfach nicht. Am Spätnachmittag hatte sich der Himmel bewölkt. Bei Dämmerungsanbruch bedeckte eine riesige schwarze Gewitterfront den ganzen südlichen Himmel. Ihre Spitze leuchtete silbern und purpurn auf vor Blitzen, noch bevor das Sonnenlicht schwand. Es mußte sich in etwa vierzig Kilometern Entfernung gebildet haben. Langsam und majestätisch zog es auf uns zu.

Wir hörten den Donner, als die Geburtshelferin kam und uns hinausscheuchte. Ein Blitz machte den Himmel weiß. Unten auf der Plaza wurden Fackeln angezündet.

»Was ist los?« fragte ich Dauerte-seine-Zeit.

»Die Menschen werden zum Specht-Gott beten«, sagte er. »Der Blitz schlägt gern in das Dorf ein.«

»Oh? Sollten wir nach unten gehen?«

»Ich kann genausogut hier beten. Der Sonnenmann ist gut in Form ohne mich.«

Aus der Hütte drang ein gequältes Stöhnen von Sonnenblume.

---

* »Grabsteine erzählen kaum vierzig Jahre die Wahrheit, Generationen vergehen, während einige Bäume stehen, und alte Familien überdauern keine drei Eichen.«

»Laß uns etwas weiter weggehen«, sagte Dauerteseine-Zeit.

»Machst du dir Sorgen? Ich tu's«, sagte ich.

»Alles liegt im Schnabel des Gottes«, erwiderte er. »Die Tradition sagt allerdings, ich sollte nicht in Hörweite sein, sonst wird er vielleicht taub geboren.«

Wir gingen weiter auf die Plaza zu. Einige Bussard-Kult-Leute standen im Eingang einer Hütte und blickten reglos und schweigend dem Unwetter entgegen.

Donner ertönte in ununterbrochenem Grollen, die Wolken pulsierten ständig von Blitzen. Ich sah Blitze unter den Wolken und über den Kerben in den Palisaden. Ozongeruch wehte feucht zu uns heran.

»Die Bussard-Kult-Leute werden bald anfangen zu tanzen, um den Donner herabzurufen«, sagte Dauerteseine-Zeit.

»Warum tun sie das?«

»Die feiern den Tod noch mehr als wir«, sagte er. »Sie laden ihn ein. Das ist ihre Art.«

»Ich glaube, dieses Gewitter braucht keine Hilfe«, sagte ich. Der Klang des Donners glich dem einer Kesselpauke, die direkt vor uns geschlagen wurde.

Ich schaute hinaus hinter Mauern, Grabhügel und trockene Felder. Die Wälder, vom heranziehenden Gewitter erhellt, begannen sich zu wiegen und zu biegen. Wind und Wasser klatschten mir ins Gesicht.

Blitzschläge zischten unter den Wolken, wanderten über den Himmel, brodelten in der Gewitterfront. Donner knallte uns entgegen.

Fackeln brannten vor dem Tempelhügel, Gesänge ertönten, die ich aufgrund von Wind und Lärm nicht genau verstehen konnte.

»Laß uns zum großen Hügel gehen«, sagte Dauerteseine-Zeit.

Menschen liefen vorbei Richtung Plaza. Wir schlenderten denselben Weg hinunter und wandten uns statt dessen dem einst für Begräbnisse genutzten großen

Hügel auf der Ostseite des Hofplatzes zu. Wir setzten uns.

Der Wind peitschte die sich biegenden Wälder. Der Donner war so laut wie eine 155, die neben deinem Ohr explodiert. Die Wolke neigte sich über uns. Eine zackige Wolkenwand wirbelte herum, ihre Spitze berührte fast die Bäume. Die Unterseiten der Wolken waren grün und purpurfarben.

»Wir werden Hagel bekommen«, bemerkte ich unnützerweise.

Dauerte-seine-Zeit holte eine seiner unfertigen Pfeifen heraus. Er hätte daran arbeiten können bei dem ständigen Blitzen. Ich konnte meinen Blick nicht von dem Unwetter abwenden.

Drüben auf der Plaza stand der Sonnenmann auf der oberen Tempelstufe. Stroh von Hüttendächern blies herüber wie länglicher Schnee. Fackeln gingen aus.

Die kalte, feuchte Luft traf uns wie Fäuste. Hagel, der den Fluß und dahinterliegende Bäume traf, machte ein Geräusch als nage ein Tier an ihnen.

Blitz traf die Palisade im Osten. Der Donner klang wie heißes Fett, das auf Eis trifft. Faustgroßer Hagel begann herumzuspringen wie Bälle beim Baseball-Übungsschlagen im Astrodome. Wir stiegen vom Hügel herab, als der Regen gerade ins Dorf krachte.

Wir schafften es zu einer Hütte, die Dauerte-seine-Zeits Cousin gehörte, zusammen mit anderen Verwandten. Der Wind kreischte und rüttelte die lehmverschmierten Wände. Wir standen im Eingang und blickten hinaus. Die Plaza war eine verlassene, verschwommene Fläche. Ein paar Fackeln brannten unter der Traufe des Tempels und zeigten, wohin alle liefen.

Der Blitz traf eine Hütte auf der anderen Seite des Dorfes und setzte das Dach in einer kreischenden Explosion in Brand. Hagelklumpen blitzten auf in dem hellen Licht wie ein Himmel voller Christbaumschmuck. Der weiße Himmel erlosch, und Feuer loderten überall auf. Menschen zogen andere Menschen aus brennenden Hütten. Einer wurde von einem Hagelklumpen getroffen. Dann hörte der Hagel auf, und Regen fiel in gleichmäßigen Strömen.

Donner krachte. Ich dachte, mein Schließmuskel geht auf. Ein Teil unserer Hütte wurde weggefegt. Regen kam in Güssen herein. Wir liefen in der Hütte durcheinander, stießen zusammen und versuchten, alles vom feuchten Lehmboden aufzunehmen.

Dann passierten zwei Dinge auf einmal:

Ich sah die Hebamme und Sonnenblume zwischen den Hütten auf die Plaza zugehen und etwas tragen.

Ein Blitz traf den Tempel und ließ ihn explodieren.

Menschen schrien und rannten auf den Tempelhügel zu, Dauerte-seine-Zeit mit ihnen. Ich lief auf Sonnenblume zu.

Die Blitze waren schrecklich. Wir konnten alle jederzeit getroffen werden. Wind und Regen prügelten uns durch. Nach wenigen Schritten war ich durchweicht. Wenn der Hagel nicht schon aufgehört hätte, wäre ich tot gewesen.

Zwischen den Blitzschlägen erhellten Flammen die Nacht. Die ganze Spitze des Hügels brannte. Männer kletterten die Tempelwände hinauf, über das Dach, schnitten Peitschen und warfen händeweise Schlamm und Erde.

Ich erreichte Sonnenblume und die Hebamme. Sonnenblume sah mich an, der Regen wusch in Strömen ihr Gesicht. Sie und die Hebamme hielten ein bedecktes Bündel zwischen sich. Sie sagten nichts. Sie mußten auch nicht.

Zwischen Donnerschlägen hörte ich Sonnenblume leise weinen.

Weitere Blitze trafen das Dorf, eine wahre Explosion fliegender, sich Richtung Nordmauer in der Luft verstreuender Stangen.

Mitten auf der Plaza tanzten jetzt die Bussard-Kult-Leute. Sie standen an einem Platz, wiegten sich auf den Füßen vor und zurück, sangen eine Melodie vor sich hin und halfen weder bei der Feuerbekämpfung noch beim Retten von Menschen aus ihren Hütten.

Der Regen drückte uns nieder. Das gesamte Dach einer Hütte gab nach, segelte wie Steppenläufer quer über die Plaza, niemanden treffend. Jammern und Stöhnen begann überall im Dorf, echt, nicht rituell. Menschen wurden verletzt, gequetscht, verbrannt, vielleicht getötet.

Ich nahm der Hebamme das schlaffe Bündel ab. Ich zog Sonnenblume an meine Schulter. Sie war schwach, zitterte. Ich geleitete sie zum Tempelhügel.

Oben auf dem Hügel war ein Teil des Feuers gelöscht, und das meiste Zeug war draußen. Die Menschen liefen immer noch umher, und der Sonnenmann dirigierte sie zu anderen Stellen des Dorfes, um andere Feuer zu bekämpfen. Er rief den Frauen zu, sie sollten Körbe und Krüge holen. Alle waren jetzt aus den Hütten heraus, ungeachtet des Regens und der Blitze.

Dann hörten wir ein Rumpeln wie von einem Güterzug durch den südlichen Wald kommen, darüber erhob sich der Klang berstender Bäume.

Durch den Blitz sah ich eine niedrige Wolkenwand.

Dann *stoppte* der Regen, als hätte jemand den Wasserhahn abgedreht.

Das Brüllen wurde lauter. Blitze zuckten tief innerhalb der Wolke, und wir alle sahen den Tornado wie eine fette Anakonda aus den gezackten Wolken hängen und direkt auf Felder und Dorf zukommen.

Übers Brüllen des Tornados hörte ich andere Geräusche. In der Stille ringsum hörte ich eine Grille zirpen und Regen von einem Dach tropfen. Ich hörte Füße durch eine Pfütze platschen. Ich hörte das Knistern des Feuers vom Tempeldach. Ich hörte jemanden auf der anderen Seite des Dorfes das Wort ›Korb‹ sagen.

Dann wurde das Brüllen lauter, als drehe jemand langsam die Lautstärke auf.

Ich zog Sonnenblume die Tempelstufen hinauf.

»Ich kann da nicht raufgehen«, sagte sie.

»Doch, du kannst«, sagte ich und zog sie.

Sie kam mit mir.

Alle sahen versteinert den Tornado Bäume ausreißen. Es gab Blitzschläge, doch der Donner ging unter im widerhallenden Brüllen.

Der Wirbel sah aus wie ein schräges S. Klumpen aus Bäumen, Alligatoren, Fischen, und Felsbrocken blitzten auf und verschwanden an seiner Außenseite. Der Boden war ein Dunst aus schwebendem Unrat. Bäume lehnten sich aus allen Richtungen in den Schlot hinein, wurden im alles übertönenden Brüllen ausgerissen und eingesogen. Meine Ohren knallten.

Jemand sah uns.

»Nein«, sagten sie. »Nein!«

Wir hatten die obere Stufe erreicht. Sonnenblume, ich und das tote Kind. Ich wandte mich dem Tornado zu und hielt das Bündel über meinen Kopf.

Der kreischende Tornado erreichte den Rand der Felder, riß Blätter und tote Ranken ab und kam auf die Südmauer zu.

Ich hielt das Baby so hoch ich konnte. Niemand versuchte, mich aufzuhalten. Blitze tanzten purpurn um den Tornadoschlot. Die Landschaft sah aus wie durch den Boden einer Wick-Salbendose betrachtet.

Der Tornado hob ab.

Direkt außerhalb der Südmauer verließ er den Boden, brach den Kontakt mit Erde und Unrat. Ich spürte mein Haar in die Luft gehen. Ein paar Sekunden lang war es dunkel. Zum erstenmal seit zwei Stunden blitzte es nicht.

Dann wurde alles von einem riesigen flachen Lichtstrahl umschlossen. Über meinem Kopf, an Dauerteseine-Zeits und Sonnenblumes totem Kind vorbei, sah ich es.

Der Tornado hing. Ich konnte in seinen Schlot sehen, gerade hinauf. Ich kribbelte vor Angst und statischer Elektrizität, mein Haar glühte. Der Tornado brüllte über uns, bewegte sich majestätisch nach Norden, als hinge ein wanderndes Kliff kopfüber auf uns. Er brüllte lauter, setzte nördlich der Felder wieder auf, riß erneut Bäume aus und bewegte sich auf den Fluß zu.

Donner fiel. Langsam setzte ein sanfter, kühler Regen ein. Blitze zuckten noch, doch der Donner wurde leiser, war weiter entfernt. Die letzten Flammen erloschen auf dem zusammengebrochenen Tempel.

Dauerte-seine-Zeit kam zu uns, legte seine Arme um Sonnenblume. Ich legte das Baby ab und stieg die Stufen hinunter. Das einzige von Menschen gemachte Geräusch im Dorf war das der Bussard-Kult-Tänzer, die nur beim Auftauchen des Tornados aufgehört hatten.

Die Hebamme war fort, als wir die Plaza erreichten. Einige von Dauerte-seine-Zeits Verwandten gesellten sich am Fuß der Stufen zu uns.

Oben auf dem Hügel begann der Sonnenmann einen Dankgesang, in den alle, außer Dauerte-seine-Zeit, Sonnenblume und mir, einstimmten.

Bevor wir unsere Hütte erreichten, lugten im Westen Sterne hervor.

BESSIE IV

Der Testgraben, begonnen fünfzehn Fuß weit draußen, traf den großen Hügel sechs Fuß links der Mitte. William, Washington und die Gräber aus Jamesons Team führten den Graben nur bis zur ursprünglichen Bodenlinie, bevor Kincaid sie in den Hügel selbst schickte.

»Macht ein ein Fuß tiefes Profil, dann weiter nach unten«, sagte Kincaid. »Bessie, stellen Sie sicher, daß die Felder markiert bleiben. Ich will hier nichts verlieren.«

Jameson zappelte am Rand des Einschnitts herum. Er und Kincaid schickten zwei Gräber fort, damit sie beim Ausladen der Trucks halfen, und sprangen selbst beim Graben ein, um ihre Nervosität abzuarbeiten.

Am nördlichen Horizont quollen Wolken. Der Tag wurde windstill und heiß mit einer hohen, dunstigen Eintrübung. Bislang waren weder Donner noch Blitz auszumachen, auch nicht in den dunkleren Wolken.

Bessie kontrollierte immer wieder die Grabung, indem sie neue Profile in ihr Notizbuch zeichnete, Querschnitte des Hügels in Ein-Fuß-Intervallen, die ausgefüllt werden konnten, während sie arbeiteten. Sie skizzierte rasch und sicher und hatte sechzehn in Reihenfolge numeriert, bevor die Gräber mit ihrem ersten Ein-Fuß-Einschnitt die Mitte des Hügels erreichten.

Kincaid und Jameson warteten, bis die Arbeiter vom Kamm des Hügels herunter zur Bodenlinie auf der anderen Seite gegangen waren. Dann legten sie sich auf die Seite, einer rechts, einer links, und krochen, von entgegengesetzten Enden ausgehend, die gesamte Länge des Einschnitts ab. Sie sahen aus, als spielten sie ein Kinderspiel oder wie zwei durch die Wüste kriechende Verdurstende auf einer Zeitungskarikatur.

Die Arbeiter lehnten auf ihren Schaufeln, redeten, schwitzten und scherzten. Jemand sagte etwas wirklich Köstliches, und sie brachen in schallendes Gelächter aus. Bei dem Klang wandte Bessie ruckartig den Kopf.

Kincaid und Jameson hörten nichts. Sie beendeten ihre Kriecherei, gaben auf die Feldmarkierungen acht, standen auf und wischten sich den Schmutz von Händen und Kleidung.

Sie besprachen sich eilig und gingen zu den Arbeitern. Die Gräber gingen zurück auf die Seite, wo sie den Graben begonnen hatten. Wieder begannen sie einen langsamen, vorsichtigen Einschnitt, ein Yard weit, einen Fuß tief, vom Rand des Hügels über die Spitze, zur anderen Seite. Die ausgehobene Erde trugen sie vorsichtig zum Siebrahmen, wo andere sie durchsahen.

Bessie wußte, daß die Coles-Creek-Menschen, die Erbauer dieser Hügel, wahrscheinlich mindestens einen Monat gebraucht hatten, um sie zu dieser Höhe aufzuschichten, vielleicht länger. Sie hatten Körbe voll, Felle voll Erde herangetragen, um die Hügel zu erhöhen. Die Erde war mit Hacken aus Tierschulterblättern, deren Griffe mit Riemen festgebunden waren, ausgehoben worden oder mit Muscheln, sogar mit bloßen Händen. Einen Hügel zu machen erforderte viel Zeit; sie standen Hunderte, sogar Tausende von Jahren. Von geübten Arbeitern konnten sie in wenigen Tagen auseinandergenommen werden oder, wie in einigen katastrophalen Fällen geschehen, von Schatzsuchern mit Planierschaufeln und Dynamit in wenigen Minuten.

William und Washington konnten einen Graben schaufeln, gerade wie ein Lineal, und das ziemlich schnell. Sie wichen in der Tiefe nie mehr als ein, zwei Inches ab. Kincaid sagte, William hätte Azimute als Augen. Es gab noch ein paar mehr, die gut waren, einschließlich eines Weißen namens Griggs aus Jamesons Team. Sie alle konnten prima Arbeit leisten unter Williams Leitung.

Der zweite ein Fuß tiefe Einschnitt ging schneller als der erste, da sie beim ersten bereits durch die Wurzeln der Bodenbedeckung gestoßen waren. Die Gräber hörten auf, und wieder begannen Kincaid und Jameson ihren langen Kriechweg, langsamer diesmal und von dem Ausgangspunkt, der dem ersten gegenüber lag. Sie trafen sich in der Nähe der Hügelspitze.

»Wie geht's?« fragte Kincaid.

Sie lachten, rasteten ein paar Minuten lang und machten dann weiter. Ein Bursche oben vom Steilufer schleppte eine neue Wasserkanne herbei und ließ unter den Arbeitern, die in der Hitze lagen und sich ausruhten, die Schöpfkelle herumgehen.

Kincaid war fertig, stand auf, nahm eine Schöpfkelle voll Wasser und trank sie leer.

Jameson kam um den Hügel, nahm einen metallenen Klappbecher aus der Hemdtasche, öffnete ihn, schöpfte aus der Wasserkanne und trank einen Schluck.

»Bessie, kommen Sie hier herunter«, sagte Kincaid.

Die drei steckten die Köpfe zusammen.

»Auf keiner Seite gibt es irgendwelche Anzeichen von Eindringen. Es sei denn, jemand hat die gesamte Spitze abgehoben, was ich bezweifle. Von nun an, und bis wir etwas anderes feststellen, werden wir annehmen, daß der Hügel originalgetreu ist.«

»Und es ist möglich«, sagte Jameson, »daß dies eine religiöse Plattform war, die nichts in sich hat. Und daß wir unsere Zeit mit diesen ein Fuß tiefen Profilen vergeudet haben.«

»Und was jetzt als nächstes?« fragte Bessie.

»Genau gerade durch«, sagte Kincaid.

Jameson nickte. Sie gaben die Instruktionen an William weiter.

Das Camp schaltete wieder in einen anderen Gang, arbeitete nicht schneller, sondern langsamer, konzentrierter, zielstrebiger. Bessie spürte es. Die Leute bewegten sich langsamer, verschwendeten jedoch keine Zeit.

Dinge wurden in Ordnung gebracht für die lange Transportstrecke, Wasserkannen tauchten auf, eine Schubkarrenreihe reichte bis hinauf zu den Siebrahmen, wo sich kleine Hügel bildeten.

Bessie skizzierte das linke Profil des zwei Fuß tiefen Einschnitts. Da waren die üblichen runden Formen, wo Körbe voll Erde ausgekippt und festgestampft worden waren, doch Jameson und Kincaid hatten recht – kein Eindringen. Es zeigten sich lediglich die Unterschiede der individuellen Erdschichtungen, und daß eine Erdart für den unteren und eine andere für den oberen, konischen Hügel benutzt worden war. Entweder der kleinere Hügel war zu einer anderen, späteren Zeit aufgeschichtet worden als die Plattform, oder man hatte beide speziell aus zwei Sorten Erde errichtet – nicht unbekannt, aber selten.

Alles an diesen Hügeln ist ungewöhnlich, dachte sie. Der Standort – unterhalb des Steilufers, anstatt obenauf –, die Form, zwei verbundene Hügel und die seltsame Plattform und die konische Form des größeren – und ihre Zusammensetzung: abgesehen von Pferdeknochen und dem Umstand, daß *ausschließlich* Pferdeknochen in dem kleineren Hügel waren, waren da noch die zwei Erdsorten, die den größeren Hügel ausmachten.

Die Arbeiter waren nun im Testgraben. Sie waren vorsichtig, doch ihre Schaufeln bissen tief in das Geheimnis und warfen die Lagen der Vergangenheit hinaus in die wartenden Schubkarren.

Donner grollte.

Erleichternder Wind blies über die Grabungen und ließ die Zelte auf dem Steilufer knacken und flattern.

DIE KISTE IV

Smithes Tagebuch

15. Oktober

Gleich nach Sonnenuntergang kam ich aus meinem Zelt, um meine Pflicht als Wachoffizier zu tun.

Das Steilufer hinter uns war bereits dunkel. Jemand war Fischen gegangen und brachte einen Katzenfisch aus dem Bayou mit.

Wir hatten uns in den letzten beiden Wochen alle zu passablen Fischern entwickelt. Aus dem Küchenschuppen kam der Geruch von kochendem Fleisch. Frühstück und Lunch für morgen. Wir waren Wildbret noch nicht leid.

Der Lautsprecher war an. Schläfrigkeit senkte sich über das Camp. Die Menschen saßen herum und redeten. Die Wachposten waren in ihren Bunkern zum Bayou hin und oben auf dem Steilufer. In Spauldings Zelt brannte ein Licht, das einzige, das nicht durch Feuer gemacht wurde. Von den Soldaten kam Gelächter und leises Reden. Ich ging aufs Steilufer hinauf und begrüßte die Wachen.

Der Mond ging wie ein Kürbis über dem Wasser auf. Das Camp richtete sich auf eine Nacht Schlaf ein. Der Bayou verwandelte sich in eine ebene, baumgesäumte Glasscheibe mit einem orangefarbenen Streifen Mondlicht darauf. Fledermäuse flogen vor dem Mond her.

Moonlight Serenade ertönte über den Lautsprecher.

Es war richtig hübsch.

LEAKE V

> »Am Anfang war die ganze
> Welt wie Amerika.«
> – John Locke

Während der Nacht hatte es geschneit. Es war kalt gewesen, als ich mich am Vorabend unter meiner Hirschhaut schlafen gelegt hatte. Ich erwachte irgendwann in den frühen Morgenstunden durch das Tick-Tick von Eiskügelchen am lehmverschmierten Flechtwerk der Hüttenwände.

Das Dorf draußen lag unter zehn Zentimetern Weiß. Dauerte-seine-Zeit stand in der Tür. Sonnenblume hatte das Feuer in Gang gebracht, und süßer Pinienholzrauch erfüllte das Haus.

»Winter ist da«, sagte Dauerte-seine-Zeit.
»Ich hätte nicht gedacht, daß es hier schneit«, sagte ich.
»Gewöhnlich nicht.«

Wir setzten uns, um Dörrfleischstreifen und Maisbrei zu essen, kamen aber nicht dazu. Ein Schrei draußen vor der Türplane.

»Was jetzt?« fragte Sonnenblume.
»Komm!« sagte Dauerte-seine-Zeit.

Hamboon Bokulla, der Träumende Killer, trat ein, gefolgt von Moe. Sie begannen, mit Dauerte-seine-Zeit zu reden, so schnell, daß ich nur jedes fünfte Wort aufschnappte. Sonnenblume hörte eine Minute lang zu, nahm dann zwei Pemmikanbeutel und packte Dörrfleischstreifen hinein.

Moe und Träumender Killer gingen hinaus. Dauerteseine-Zeit sagte etwas zu Sonnenblume. Sie reichte ihm die Pemmikanbeutel.

»Yaz«, sagte er zu mir, während er in dem Pfeifensteinhaufen herumwühlte, »ich habe da etwas zu tun, und du solltest es dir ansehen.«

»Klingt gut«, sagte ich. Ich mochte Träumender Killer kein bißchen und glaubte nicht, daß er gute Nachrichten brachte.

Dauerte-seine-Zeit und Sonnenblume umarmten einander, während Dauerte-seine-Zeit etwas in seinen Pfeifenbeutel warf. Dann drehte Sonnenblume sich um und legte ihre Hand für einen Moment auf meine Schulter.

Aus irgendeinem Grund errötete ich, als wir die Hütte verließen. Wir vier trotteten los. Schnee anzusehen ist eine Sache. In Mokassins hindurchzulaufen eine andere.

Ich war erschöpft, bevor wir drei Kilometer hinter uns gebracht hatten. Dauerte-seine-Zeit hatte seit Verlassen der Hütte nichts gesagt. Er hatte nichts außer seinem Messer und seinem Pfeifenbeutel bei sich. Ich hatte mein Bajonett, den kurzen Speer und die Keule dabei. Moe und Träumender Killer sahen aus, als wären sie für einen kurzen Krieg bereit.

Wir gingen Richtung Nordwesten, weg vom Fluß. Der Schnee quietschte und knirschte unter unseren Füßen. Moe an der Spitze folgte irgendeinem Pfad, den ich nicht sehen konnte. Ich trat einfach in Dauerte-seine-Zeits Fußabdrücke, immerfort. Ich zog meine Decke fester um die Schultern.

Das Land ringsum war völlig verändert durch die Schneedecke. Wie etwas aus einem Bild von Breughel – der Himmel war graugrün, die weite Ferne verlor sich in schmutzig-grüner Dunkelheit. Teiche waren glänzende Flecken grau-grünen Eises. Schnee hing in den Ästen der Bäume. Gelegentlich trafen mich Flocken zwischen die Augen.

Einen Kilometer weiter wurden wir langsamer und erreichten eines der Fünf-Familien-Dörfer, umgeben von Feldern, die nur im Sommer bestellt wurden. Zehn oder zwanzig Leute standen herum und begutachteten die Verwüstung.

Zwei der Sommerhütten waren plattgemacht. Es sah aus, als wäre ein Bulldozer darübergefahren. Schnee und Erde darunter waren durchgepflügt und aufgewühlt. Ein Komposthaufen war verstreut und gab dampfend reifen Geruch in die kalte Luft ab. Eine der tiefen Saat-Mais-Gruben war aufgerissen. Die halbe Saat war verschwunden, der Rest war über den Dorfplatz verstreut. Ein Paar gigantischer, verschmierter Spuren führte von Norden ins Dorf und nach Westen aus der Zerstörung hinaus.

Moe und Träumender Killer sprachen ruhig mit den Dorfbewohnern, dann folgten wir den großen Fußspuren.

»Etwa sechs Bogenschüsse weiter«, sagte Dauerteseine-Zeit leise. »Sei sehr still.«

Ich war so still, wie ich beim Keuchen in der kalten Luft sein konnte. Der Schnee fiel ein bißchen dichter, der Himmel wurde milchig weiß.

Ein Mann stand vor uns auf dem Weg, deutete auf einen leichten Anstieg und hob langsam den Speer, um uns zu warnen.

Wir verfielen in Schritt, dann begann Moe mit einem geduckten Schleichgang und winkte Dauerte-seine-Zeit den Anstieg hinauf neben sich. Wir schwärmten aus, Dauerte-seine-Zeit glitt zu Boden, und wir krochen die letzten paar Meter die kleine Anhöhe hinauf. Ich wollte über sie hinwegspähen, doch Moe legte mir warnend eine Hand auf den Arm.

Das Geräusch von Brechen und Scharren war ganz nah. Für mich klang es, als rutsche ein Auto von der vereisten Straße in einen Graben.

Dauerte-seine-Zeit langte in seinen Beutel, holte ein geformtes Ding heraus, richtete sich langsam in die Kniehocke auf und stand dann.

»Oh, du Alter!« sagte er langsam und ruhig, so daß ich

jedes Wort verstehen konnte. »Ich habe deinen Geist, ich habe deine Kraft in diesem Fels.« Er hielt den Pfeifenstein hoch. »Geh diesmal in Frieden deines Weges. Wir werden dir nichts tun. Aber komm nicht wieder auf unsere Felder, oder wir haben dich.«

Dann hielt er den Pfeifenstein wieder hoch und öffnete seine Hände zur fernen Seite der Anhöhe hin. Er steckte den Stein in den Beutel zurück.

Dann standen Moe und Träumender Killer auf. Ich auch.

Das hätte ich nicht tun sollen. Ich hätte mich fast wieder hingesetzt.

Man stelle sich einen Berg vor, der von seinem Platz weggewandert ist. Ein Berg aus braunem Haar, riesig gegen Himmel und Teich. Sein Haar war rötlich-braun und schwarz, zottelig, und hing bis auf den Boden hinab.

Sein Kopf war vier Meter über dem Boden. Aus der Stirnseite zeigten zwei sich überkreuzende Stoßzähne nach vorn, oben. Fetthöcker saßen auf Kopf und Schultern. Der lange schlangenartige Rüssel bewegte sich langsam, in einer graziösen Kurve vom zerbrochenen Eis des Teiches zum Mund und wieder zurück.

Mund und Ohren waren im Fell verborgen. Nur die Augen, schwarz wie zwei Teerteiche, blickten klar hindurch.

Es ließ alles ringsum zwergenhaft erscheinen. Der gefrorene Teich und die Landschaft wirkten zu klein, um es aufzunehmen. Nichts von dieser Größe war lebendig.

Wir standen einen Augenblick da, bevor es uns bemerkte. Es drehte sich zu uns um, Eis zerbrechend mit den Baumstamm-Beinen, und stand vollkommen still. Wir auch.

Es war vierzig Meter entfernt. Es hob den Rüssel und blies einen Klumpen Wasser in einem schnaubenden Spray hinaus, dann machte es ein Geräusch, das ich nie vergessen werde, halb Tuba, halb Diesel, der sich zu einer Baßnote wandelte, die im Wind hing.

Ich spürte etwas von dem gefrorenen Nebel aus seinem Rüssel auf meinem Gesicht. Dann wollte ich wirklich wegrennen, aber ich konnte nicht, genausowenig wie in einem Traum.

Es sah uns an mit diesen Teerpfützen-Augen, wandte sich dann langsam, und wie langsam, ab und bewegte sich über das flache Ende des Teiches auf das dunkle Walddickicht im Westen zu.

Einmal blieb es stehen, Ungetüm, Leviathan, Monster, hob den Rüssel und rief wieder, Stoßzähne vorgestreckt. Es hatte einen roten Fransenbart um das Maul, mit Schwarz und Grau gestreift. Die Stoßzähne waren drei Meter über dem Boden gerade vorgestreckt, während es trompetete.

Sein Ruf hallte durch die Wälder und über die weiße Landschaft. Äste krachten, schwere Füße stampften auf, und es war fort.

Das einzige Zeichen seiner Anwesenheit war die zerbrochene Eisfläche des Teiches, wo Schollen langsam vor und zurückschwappten.

Es rief wieder, weit weg, dann hörten wir nichts mehr.

Schnee traf uns im Gesicht, ein paar Flocken zunächst, dann mehr. Der Wind frischte auf. Wir machten kehrt und gingen nach Haus.

Mein Herz schlug laut wie eine Trommel. Ich fragte mich, warum die anderen es nicht hören konnten.

»Gibt nicht mehr viele davon«, sagte Träumender Killer.

»Verdammt gut«, sagte Moe.

BESSIE V

Der Direktor tauchte ein paar Stunden später mit den Leuten vom Innendienst auf. Sie kamen in vier Trucks und zwei Limousinen. Oben auf dem Steilufer sah es allmählich aus wie bei einem Fordhändler.

Das Gewitter drohte. Der Graben auf der Nordwestseite des großen Hügels hatte vier Fuß Tiefe erreicht. Kincaid stocherte im Test-Einschnitt herum.

Der Direktor war ein schmächtiger Mann namens Dr. Perch. Er war schick gekleidet in Anzug und weichkrempigem Hut und trug dicke Brillengläser. Er war Vorsitzender der Abteilung Anthropologie seit ihrem Bestehen. (Es gab einen Witz, daß er für Squier und Davis das Maßband gehalten habe, als sie für ihr 1848 erschienenes *Ancient Monuments of the Mississippi Valley* recherchierten. Das stimmte nicht, aber er hatte Cyrus Thomas geholfen bei dem *Bericht über die Erforschung der Hügel durch das Büro für Ethnologie*, der 730 Seiten des zwölften Jahresreports von 1890–91 umfaßte. Und seither war er nicht mehr im Feld gewesen.)

Bessie führte Dr. Perch zum Sortierzelt. Sie zeigte ihm die Pferdeschädel, die Patronen, die Gefäßscherben und die Hügelprofile. Perch studierte sie und sagte kein Wort.

Wind peitschte durchs Camp, die Zelte flatterten wie Segel auf einem Schiff. Über dem Bayou zog das Unwetter auf wie eine Abenddämmerung.

Dr. Perch sagte: »Sieht aus, als käme ein echtes Unwetter. Wir kehren ins Hotel zurück. Sorgen Sie dafür, daß alles mit Latten verschlossen wird, damit wir morgen mit dem Fotografieren beginnen können. Ich werde das Büro des Gouverneurs anrufen, obwohl er auf irgendeiner verdammten Vortragstour irgendwo drüben in Mississippi ist. Man sollte annehmen, er hätte mehr Verstand, als den Staat zu verlassen, nachdem sie ihn in diesem Frühling fünfmal des Amtes entheben wollten. Er muß alle Gesetzgeber ins Gemeindegefängnis gesperrt haben.«

»Was wollen Sie tun?« fragte Bessie.

»Die verdammten Fluttore oberhalb geschlossen halten und unterhalb öffnen lassen, wenn ich kann. Das ist ein Anfang.«

»Die Leute werden sich ganz schön aufregen, wenn das hier schiefgeht«, sagte sie.

Perch sah sie über den Rand seiner dicken Brille hinweg an. »Falls das hier schiefgeht, und wir wissen beide, was wir damit meinen, müssen Sie, Kincaid und ich, uns nach neuen Jobs umsehen. Ich glaube an dieses Zeugs« – er deutete auf den Inhalt des Sortierzeltes –, »nicht eine Minute lang. Aber wenn Sie, Kincaid und Jameson Ihre Jobs aufs Spiel setzen, tue ich das auch. Und ich bin zu alt, mich nach ehrlicher Arbeit umzusehen.«

Perch und sein Stab nahmen zwei Autos und einen Truck mit zurück in die Stadt.

Kincaid rief vom Hügel.

»Bessie, holen Sie mich, sobald Perch ankommt.«

»Er ist schon weg«, schrie sie zurück und ging das Steilufer hinunter.

Kincaid versuchte seine Pfeife mit einem der großen Küchenstreichhölzer anzuzünden, die er stets bei sich trug. Sand flog Bessie in die Augen; der Wind frischte wieder auf.

»Was hielt er davon?« fragte Kincaid und gab es auf mit der Pfeife.

»Er ruft den Gouverneur an wegen der Fluttore.«

Kincaid lachte. »Ich sehe den Gouverneur schon Farmer absaufen lassen wegen dem, was Perch sagt. Ich bezweifle, ob der Gouverneur weiß, daß es in diesem Staat einmal Indianer gegeben hat.«

»Wo ist Jameson?« fragte Bessie.

»Unter der Plane auf Hügel 2B. Er wollte sich das vor dem Regen noch einmal ansehen. Wer ist das?«

Bessie sah sich um, blickte dorthin, wohin Kincaid starrte. Oben auf dem Steilufer, inmitten der Aktivitäten, stand jemand völlig still. Bessie erkannte ihn nicht als einen aus dem Stab. Er blickte hinunter zu den Hügeln. Er trug einen hohen Westernhut, eine dunkle Weste und ein Khaki-Hemd. Seine Hosen waren geflickt. Er hielt einen Rucksack unter dem Arm.

»Die Neugierigen sind schon da«, sagte Kincaid. »Vielleicht einer von den LaTouches. Sie gehen besser und finden es heraus. Ich laufe noch mal rasch durch den Graben, bevor wir die Planen drüberlegen.« Er seufzte in Richtung des Unwetters. Ein Blitz zeichnete die Wälder jenseits des Wasser als Silhouette ab.

Bessie eilte hinauf zu den Zelten. Sie traf Washington, der auf dem Weg nach unten war.

»Weißt du, wer das ist?« fragte sie und deutete auf den Fremden.

»Nein, Ma'am, aber William hat vor'n paar Minuten mit ihm geredet.«

William kam aus dem Sortierzelt.

»Oh, der? Er sagte, er heißt, Bob Basket. Sieht mir wie'n Indianer aus, Miss Bessie. Er sagte, er hätt gehört, daß wir de' Hügel aufreißen und wollt 'nen letzten Blick drauf werfen. Ich hab ihm gesagt, er könnt sich direkt an den Rand vom Steilufer stellen, aber steh keinem im Weg, und geh nich' runter zu den Hügeln. Er steht da schon 'ne Stunde oder so.«

Ein Brutzelgeräusch kam über den Bayou. Eine graue Regenwand erstreckte sich zu beiden Seiten, soweit das Auge reichte. Die Wälder verschwanden, und das entfernt gelegene Blechdach des Crimstead House entschwand dem Blick. Dann sprangen in der Ferne die Wasser des Suckatoncha auf und kochten vor Regen.

»Alles abdecken!« schrie Bessie der Mannschaft auf dem Steilufer zu.

Sie rannte los, um die Fenster der Trucks der Innendienstler zu kontrollieren. Sie stellte eine Windschutzscheibe hoch und riß die Segeltuchabdeckung an ihren Platz. Ein paar faustgroße Regentropfen trommelten auf die Erde ringsum und schickten kleine Staubkronen in die Luft.

Donner krachte in der Nähe.

Windgepeitschter Regen traf sie in gleichmäßigen Strömen.

Bessie duckte sich ins nächste Zelt.

DIE KISTE V

Smithes Tagebuch

17. Oktober

Sie nennen uns die Musik-Menschen.

Ich habe nie darüber nachgedacht. In jeder primitiven Gesellschaft gibt es keine Musik, es sei denn, jemand macht sie an Ort und Stelle. Ohne Musik gibt es nur natürliche Geräusche; sprechende Menschen, Vogelgesang, Gequake, all das.

Das muß das erste gewesen sein, was ihnen an uns auffiel.

Was uns als erstes an ihnen auffiel, war, daß sie nicht wie Film-Indianer aussahen.

Sie sind tätowiert, viele von denen, die wir gesehen haben. Sie haben Federn, aber nicht viele Zöpfe. Viele haben kahlgeschorene Köpfe, die Männer, meine ich; die wenigen Frauen, die wir gesehen haben, trugen ihr Haar, um es zu bändigen, oben auf dem Kopf oder an den Seiten in einer Art Knoten oder Schnecke geschlungen.

Ihre Tätowierungen sind seltsam – Kreise, Blitze, sonderbare Muster mit Händen und Tränen, Schädel, Vögel, Schlangen, eine Art dreiseitige Swastika, wie ein gebeugtes Y.

Die Hautfarben reichen von Dunkelbraun bis zu einer sehr hellen Kupferfarbe. Einige tragen große Ohrspulen, wie diese Dinger für die Lippen, die man immer bei Ubangis in Karikaturen sah, nur daß die hier die Ohrläppchen völlig aus der Form bringen.

Ein paar haben spitze Köpfe, obwohl sie intelligent wirken, keinesfalls mikrozephalisch. Aus Gerüchten habe ich gehört, sie stammten von weiter nördlich und haben in den Stamm, mit dem wir es zu tun haben, eingeheiratet.

Splevins hat uns über das informiert, was wir bisher wis-

sen. Diese Menschen repräsentieren ein paar Dörfer, die zu einer Art lose geknüpftem, größeren Stammesverband beiderseits des Mississippi gehören. In den Künsten sind sie ziemlich weit fortgeschritten (ich habe ein paar ihrer Handarbeiten gesehen; sie sind auf fremdartige Weise schön) in niederen Wissenschaften auch (sie bearbeiten Metall kalt, sie betreiben Ackerbau mit Flutbewässerung, hauptsächlich bauen sie Mais, Bohnen und Kürbisse an) und sie leben in Frieden mit allen im Umkreis von fünfzig Kilometern.

Schätzungsweise sprechen sie eine Art Proto-Muskogee-Sprache untereinander, und haben eine gutentwickelte Zeichensprache, mit der sie mit anderen (und uns) kommunizieren. Sie verehren verschiedene Totem-Tiere (dieser Stamm gehört zum größeren Schildkröten-Clan), und sie haben ein Häuptlingssystem nach matriachalischer Abstammung. (Sie nennen ihre Häuptlinge Sonnenmänner, weil sie die Sonne anbeten; diese Sonnenmänner sind sowohl geistige wie aktive Führer der Dörfer. Ihren wichtigsten Sonnenmann, der etwa 30 Kilometer entfernt lebt, nennen sie Sonnen-König, was Bilder von Louis XIV. mit Tätowierungen und Federn heraufbeschwört. Sie haben große Ehrfurcht vor ihren Toten, die sie in Erdhügeln bestatten, die sie über verbrannte (im Falle von Adeligen) oder begrabene Überreste der Toten aufschichten.

(Es scheint eine andere religiöse Bewegung innerhalb der größeren zu geben, die mit der tatsächlichen Verehrung des Todes selbst zu tun hat – daher die ganzen Tätowierungen mit Tränen, Händen, Augen und Schlangen. Wir erfuhren, daß etwa die Hälfte jeder Dorfbevölkerung dem Todeskult angehört.)

Einige ihrer Hügel sind zwanzig Meter hoch, große zeremonielle Plätze mit Tempeln obenauf für die alljährliche große Sonnenanbetung. Meistens liegen die Hügel innerhalb der Dörfer oder knapp außerhalb. In denen außerhalb begraben sie ihre Toten; die innerhalb sind für die Tempel.

Splevins und Putnam haben das Indianerdorf tatsächlich gesehen – sie sind gestern hingegangen. Dann kamen sie zurück und hielten uns den Vortrag.

Es sind fleißige, saubere Menschen, die uns auf vielerlei Arten helfen können sollten und wir ihnen.

Die schlechte Nachricht ist, daß wir die einzigen Schwarzen oder Weißen sind, die sie je gesehen haben. Keine Nordischen, niemand, den man für spanisch oder französisch halten könnte, keinen Iren, keinen Chinesen. Die einzigen anderen Völker, von denen sie wissen, (abgesehen von ihrer großen Konföderation) sind einige jagende Stämme weit im Nordwesten, mit denen sie einmal im Jahr, im Sommer, handeln, und ein paar Abgesandte (die Splevins sehr nach mexikanischen Indios klingen), die alle drei Jahre vorbeikommen und ihnen erzählen, wie gut das Leben da unten im Süden für sie ist.

Sie haben nie zuvor Pferde gesehen.

Sie haben nie Eisen oder Stahl gesehen, obwohl sie mit Kupfer und Gold arbeiten.

Splevins kam zu dem unausweichlichen Schluß, daß wir in einer Zeit vor der europäischen Entdeckung Amerikas sind.

(Nur ein CIA-Mann braucht so lange, das zu begreifen.)

Wir haben das Ziel um vierhundert Jahre verfehlt, vielleicht um mehr. Wir stecken in der Vergangenheit fest, es sei denn sie entwickeln etwas Da Oben im Jahre 2002.

Also, nun haben wir vierhundert Jahre Vorsprung auf die Zukunft anstatt nur siebzig. Zeit für SDO-Dienst.

PS: Die Indianer scheinen In the Mood am liebsten zu mögen, wenn sie uns besuchen.

LEAKE VI

> »To keep our eyes open longer were but to act our Antipodes. The huntsmen are up in America, and they are already past their first sleep in Persia.«*
>
> – BROWNE, *The Garden of Cyrus*, 1658

Der Sonnenmann weckte die Welt auf wie immer.

»Jii-Jiii-Jii!« schrie er von seinem Haushügel, sobald der Rand der Sonne sich über den Wäldern am anderen Flußufer zeigte.

Ich war schon ein paar Minuten wach; irgend etwas in meinem Körper weckte mich, bevor der alte Mann jeden Tag Zetermordio schrie. Dauerte-seine-Zeit und Sonnenblume regten sich in ihren Fellen. Es war Spätwinter, fast Frühling. Die Bäume begannen zu knospen, obwohl sie soweit südlich die letzten Blätter erst vor zwei Monaten verloren hatten.

Der Saft stieg in allem, auch in mir.

»Hat er je einen Morgen ausgelassen?« fragte ich Sonnenblume, als sie aufstand. Sie hatte wieder Figur nach der Schwangerschaft, die in der Nacht des Tornados endete.

»Noch nicht«, sagte sie. Sonnenblume ging hinaus, um ihre morgendliche Waschung vorzunehmen.

»Einmal«, sagte Dauerte-seine-Zeit aus seinen Fellen, »dachten wir, er würde dem Specht begegnen. Er ließ sich in seinem Eingang aufrichten. Er machte nicht viel

---

* »Unsere Augen länger offenzuhalten, hieße wie unsere Antipoden handeln. In Amerika sind die Jäger auf, und in Persien haben sie den ersten Schlaf bereits hinter sich.«

Lärm mit seinem Krächzen, aber er weckte die Menschen in der Nähe der Plaza. Dann wurde er wieder gesund. Das war vor zehn Jahren.«

»Was passiert, wenn der Sonnenmann nicht ruft?«

»Die Sonne geht nicht auf«, sagte Dauerte-seine-Zeit. »Ist all dein Zeug bereit?«

Vor zwei Wochen hatte er in seinem Pfeifenberg herumgewühlt, mich angesehen und gesagt, »Zeit, zum Hügel zu gehen.«

»Scheißhügel?« fragte ich. Dauerte-seine-Zeit machte gewöhnlich nicht viel Aufhebens um solche Dinge.

»Nein, Pfeifenhügel, fünf Tage flußauf. Wenn du Pfeifenmacher werden willst, mußt du irgendwann lernen. Land ansehen, große Steine rumschleppen, deine Finger brechen, sowas.«

»Nun, es war ziemlich öde, seit der Alte vorbeigekommen ist. Wann gehen wir?«

»Der Winter ist gewöhnlich öde«, sagte Dauerte-seine-Zeit. »Frühling kommt; dann viel zu tun. Blumenkriege. Die Händler kommen zurück. Pflanzen. Die Zeremonie des Schwarzen Tranks, der Spechttanz, dann Ernte. Das Jahr wird nur so verfliegen. Jetzt ist für sieben, acht Monate die letzte Gelegenheit, neue Pfeifensteine zu holen. Ich habe bald kein Zeugs mehr für Abbilder.«

»Wie das, das du für den Geist des Alten benutzt hast?«

»Genau das. Verdammt, es können nicht mehr als vier oder fünf von den Dingern übrig sein. Aber manchmal kriegen wir Bären, manchmal Bison kommen so dicht, und wir töten so viele, du schreist, wenn du Bisonfleisch riechst, dann muß ich sie vertreiben. Die Sittiche und die Tauben. Es gibt nichts Besseres als ein paar Dutzend Sittiche zum Abendessen, aber nach einer Woche oder so haben sie dir die Felder kahlgefressen. Also muß ich eine Sittichpfeife machen, damit sie gehen.«

»Kannst du nicht einfach benutzen, was du hier hast?«

Eine ganze Ecke der Hütte war mit faustgroßen Steinen gefüllt.

»Uh, nein«, sagte er. »Für Pfeifen könnte ich Sumachwurzeln nehmen, wenn ich wollte, brennen einem glatt die Lippen ab. Aber für das Abbild-Zeugs brauche ich bestimmte Sorten Steine. Frag nicht. Berufsgeheimnis. Ich muß es dir zeigen, wenn wir da hinkommen.«

Das war vor zwei Wochen. Heute morgen brechen wir auf, deshalb fragte Dauerte-seine-Zeit nach meiner Ausrüstung.

Ich fragte, wie wir die Felsbrocken flußabwärts zurückbringen sollten, als Sonnenblume wieder hereinkam.

»Auf, Faulpelze«, rief sie und trat uns gegen die Fußsohlen. »Andere fischen schon.«

Aus Gewohnheit packte ich den Radiosender in meine Ausrüstung. Obgleich wir einen Tag flußaufwärts schon außer Reichweite sein würden, aber ich dachte, ich sollte es tun. Ich packte den Karabiner und etwas Munition zu meinen Sachen, ließ den Karabiner jedoch in seiner Ölhaut.

Während wir uns fertig machten, sah ich eine Nachbarin eine Fuchshaut abkratzen. Sonnenblume war mal in der Hütte, mal draußen. Ein alter Mann, noch viel älter als der Sonnenmann, wirklich uralt, saß vor seiner Hütte und rauchte.

Rauchen nahm etwa fünfzig Prozent der Zeit der Männer in Anspruch. Dauerte-seine-Zeit hatte ein aufblühendes Gewerbe, das ich allmählich erlernte. Er machte alle Pfeifen für Privatleute, für religiöse Zeremonien und für Nabob-Sonnenmänner in entlegenen Dörfern jenseits des Flusses. Jeder Mann im Dorf kultivierte sein eigenes Fleckchen Tabaksfeld. Das Feld eines anderen rührte man nicht an. Jedes Fleckchen enthielt eine geheime Kombination von Kräutern, Tabak und Wildkräuter, die der Besitzer anbaute und rauchte. Einige rochen für mich wie brennende Reifenfabriken.

Da Dauerte-seine-Zeit derjenige war, der alle Pfeifen machte, war ihm nicht gestattet zu rauchen. Das war Teil der Religion.

Wir trugen unsere Ausrüstung durch das Dorf, zum Tor hinaus und zum Fluß hinunter, wo unser am Vortag bereitgemachtes Kanu wartete. Einige Menschen winkten uns zum Abschied.

»Den Fluß hinaufzupaddeln«, sagte ich, »ist wie durch Melasse rudern.«

Dauerte-seine-Zeit sah mich vom Bug her mit hochgezogenen Brauen an.

»Oh, Honig«, sagte ich und wählte das griechische Wort, das dem am nächsten kam. Er und ich unterhielten uns meistens noch auf griechisch, obwohl ich genug der Hügelbauersprache aufgeschnappt hatte, um zumindest wie ein Einfaltspinsel zu reden. Ich konnte Dinge sagen wie: »Ich besitze Speer. Speer sehr gerade.« Ich konnte viel mehr verstehen als selbst sprechen, außer, wenn die Leute aufgeregt wurden (was ziemlich oft passierte) und schnell redeten. Ziemlich gut für drei Monate, dachte ich.

»Es geht viel besser, wenn wir zurückkommen«, sagte er. »Dann ist es wie Paddeln durch Olivenöl.«

Als wir die erste Nacht draußen kampierten, war es, als wären wir die beiden einzigen Menschen auf dem Kontinent. Wir waren auf einer kleinen Anhöhe, zurückgesetzt vom Wasser. Im Sommer würden die Moskitos hier nur die Größe von Motten haben und nicht von Spatzen wie unten, direkt am Fluß.

Wir hatten ein Feuer brennen. Obgleich es Spätwinter war, war die Nacht schon voller Geräusche. Alligatoren grunzten, Frösche tuckerten, Vögel schrien, Fledermäuse flogen vorbei.

Die Sterne über uns waren wie Reif. Orion, der mächtige Jäger, zog seinen Bogen über den Himmel. Auf Zypern während der Blackouts, sogar nach dem Großen Krieg damals Da Oben, waren die Nächte nie so dunkel und die Sterne nie so zahlreich und so hell gewesen.

Dauerte-seine-Zeits Gesicht war ein Umriß im Sternenlicht.

»Wie nennst du den?« fragte ich und deutete auf den, den ich für Mars hielt.

»Ich nenne ihn gar nicht«, sagte er. »Die Händler nennen ihn Ares. Die Nordmänner nennen ihn Loke. Wenn wir ihn überhaupt nennen, sagen wir: Der,-der–sich-alle-zwei-Jahre-rückwärts-bewegt.«

»Hast du dich je gefragt, warum er das tut?« sagte ich.

»Weil der Specht es ihm befohlen hat«, erwiderte er.

»Als du bei den Händlern warst als Junge, haben die da über die Sterne gesprochen?«

»Ständig. Sie waren großartige Seemänner und benutzten die Sterne zum Steuern und um die Zeit und so Zeug festzustellen. Trotzdem mußte ich ihnen sagen, daß sie sich irrten.«

»Wie das?«

»Also, ich zählte immer die Tage, die ich bei ihnen war, und als ich in die Siebenhunderter kam, wußte ich, daß es mehr als zwei Jahre waren. Einmal sprachen sie über Kalender, Daten und so Zeug; sie sagten etwas, das falsch war, und ich sagte es ihnen.

›Was meinst du?‹ fragten sie mich.

›Es hat einen halben Tag extra gegeben, seit ihr mich gestohlen habt‹, sagte ich.

›Was meinst du mit einen halben Tag?‹ fragten sie.

›Nun, alle vier Jahre gibt es einen Tag extra‹, sagte ich.

›Wir benutzen diesen Kalender hier seit fünfhundert Jahren‹, sagten sie.

›Dann setzt ihr eure Pflanzen vermutlich im Spätherbst‹, sagte ich.

›Du bist zwölf Jahre alt und ein Heide, was weißt du schon‹, sagten sie.

Ich sagte ihnen, sie sollten in den Himmel gucken auf Den,-der–sich-alle-zwei-Jahre-rückwärts-bewegt, und dann entscheiden, wer mehr weiß. Ich war nicht so gut darin wie Sonnenmanns Großonkel früher, aber ich erzählte ihnen, wir hätten diesen großen geschnitzten Felsen, zwei Tagesreisen flußabwärts vom Dorf, in dem ich geboren wurde, der uns sagte, wann die Extra-Tage kamen. Jemand hatte es vor langer Zeit von den Huasteken kopiert. Alle unsere Leute gehen da runter und stellen da fest, wann sie was machen sollen. Sie haben mir natürlich nicht geglaubt.«

»Das war vor fünfzehn Jahren, bevor sie wirklich anfingen, mit den Huasteken Handel zu treiben. Seit damals hatten sie diese große Konferenz mit ihren Priestern, und der ganze Osten hat die alten Kalender weggeworfen und neue gemacht.«

»Sie pflanzen nicht mehr im Winter, habe ich gehört.« Dauerte-seine-Zeit lehnte sich auf seine Felle zurück und schlief ein.

Ich beobachtete den blassen Tupfen des Mars, ein roter, in den Himmel getriebener Stecknagelkopf.

Am zweiten und dritten Tag draußen wurden die Dörfer auf dem Westufer des Flusses weniger und lagen weiter auseinander, wohingegen sie auf dem Ostufer dichter beisammen lagen.

Auf der Westseite war das Land flach mit weniger Bäumen. Am dritten Morgen flußauf kamen wir an einer Bisonherde vorbei, Abertausende, soweit das Auge reichte.

»Die werden gut essen diesen Frühling«, sagte Dauerte-seine-Zeit und deutete auf das nächste Dorf auf der Westseite des Flusses. »Die Bisons müssen gestern spät gekommen sein, sonst wären schon Jäger hinter ihnen her.«

Die Dorfbewohner jenseits des Flusses im Osten ließen bereits Kanus zu Wasser. Sie hatten die Bisons gesehen. Ihr Dorf war zwei- oder dreimal so groß wie das von Dauerte-seine-Zeit, mit Dutzenden Hügeln, einige fünfzehn Meter hoch.

»Die bauen 'se richtig, was?« sagte ich und deutete hin.

»Weiter flußauf«, sagte Dauerte-seine-Zeit, »haben die einen Ort, Kohoka, größer als alle Dörfer zusammen. Da gibt es einen Hügel, fünfmal höher und zwanzigmal länger als der da. Aber die arbeiten auch schon tausend Jahre dran, und es müssen fünfzigtausend von denen dabei sein. Die dürften inzwischen keine Erde mehr haben.«

Ich pfiff.

»Verdammt, Yaz«, sagte Dauerte-seine-Zeit. »Gib uns fünfzigtausend Mann, und wir bauen einen Hügel, so groß, daß du einen Graben machen mußt, damit der Mond durchrollen kann.«

Am vierten Abend bogen wir in einen kleinen Nebenfluß ab und kampierten etwa vier Kilometer flußaufwärts. Flußaufwärts und flußabwärts lagen bereits einige Kanus am Ufer, aber die Feuer waren schon aus, und die Menschen schliefen.

»Geh jetzt schlafen, Yaz«, sagte Dauerte-seine-Zeit und bettete sich auf den Boden des Kanus. »Wir werden es morgen brauchen.«

Als wir am nächsten Morgen erwachten, ließ Dauerte-seine-Zeit mich arbeiten und ein Floß bauen.

»Warum zuerst ein Floß?« fragte ich. »Wir haben noch nichts, um es draufzulegen.«

»Wir machen das Floß zuerst«, erwiderte er, »denn wenn wir mit der Last zurückkommen, sind wir zu müde, um ein Floß zu bauen. Glaub's mir.«

Während ich totes Holz heranschleppte und zusammenband, formte Dauerte-seine-Zeit aus Hartholzschößlingen lange Keile, die er in unserem Feuer bearbeitete. Wir kamen gut voran. Gegen Mittag winkte er mir, ihm zu folgen. Er nahm seine Keile, einen Schlegel und Lederriemen.

Wir gingen auf einem festgetretenen Pfad durch ein kleines Gehölz, und kamen auf eine Lichtung. Darüber war ein kleiner Hügel, und auf dem standen ein paar Männer und hämmerten an den Felsen herum.

Wir kletterten durch kleine Felsen und Geröll. Es tat meinen Füßen weh, sogar durch die Stiefel. Wie Dauerte-seine-Zeit es in seinen Mokassins schaffte, weiß ich nicht.

»He, Dauerte-seine-Zeit!« schrie einer der Männer, der auf einen Felsen eindrosch, fünfmal so groß wie er selbst.

»He, Baum-Gummi!« schrie Dauerte-seine-Zeit zurück und ging zu ihm hinauf. »Das ist mein Freund Yazoo.« Wir hielten uns eine Sekunde lang an den Handgelenken.

Baum-Gummi war ein drahtiger alter Mann, und er furzte so viel, daß ich dachte, er hätte Frösche in seinem Lendenschurz.

»Richtest du den Jungen ab?« fragte er.

»In etwa.« Dauerte-seine-Zeit sah den schwitzenden Alten an. »Bist du nicht zu alt, das selbst zu machen?«

»Oh, ich hole keine Ladung, ich hole einen Herzstein.«

Dauerte-seine-Zeit blickte zu dem drei Tonnen schweren Felsbrocken hin. »Also, wir sind den ganzen Tag hier. Komm heute abend an unser Feuer.«

»Danke«, sagte Baum-Gummi und sprang dann wieder auf dem Schößling auf und ab, den er in den Fels gekeilt hatte.

Wir gingen weiter hinauf.

Dauerte-seine-Zeit lehnte sich zu mir herüber. »Er holt genau die Mitte aus dem Felsblock. Große Medizin irgendwie, etwas, das nur er selbst machen kann. Man fragt nicht nach solchen Sachen. Er lebt zwei Tagesreisen flußaufwärts von hier. Er muß achtzig Jahre alt sein.«

Dauerte-seine-Zeit ließ die Hand über eine Felsoberfläche mit einem Riß darin gleiten. »Hier«, sagte er, nahm meine Hand und legte sie auf den Stein. »Fühlst du das?«

Längs des Bruches verlief eine Grenze in Beschaffenheit und Farbe. Über dem Bruch fühlte sich der Fels wie trockener Sandstein an; darunter feucht und schmierig und glatt für die Hand.

»Er fühlt sich an wie ein Salamander«, sagte ich.

»Genau das, was wir brauchen«, sagte er.

»Wieviel davon?«

»Das ganze verdammte Ding«, sagte Dauerte-seine-Zeit.

»Jesus.«

Stockfinster war's, als wir in einem Abschnitt von zweimal anderthalb Metern Löcher gehauen, Keile eingetrieben und Hebel angesetzt hatten.

»Morgen früh«, sagte Dauerte-seine-Zeit.

Ich folgte ihm so gut ich konnte durch die Dunkelheit. Wir schafften es zurück zum Camp. Dauerte-seine-Zeit stocherte in der Asche und brachte das Feuer wieder in Gang. Wir aßen etwas Trockenfleisch, Pemmikan und getrocknete Nüsse.

Baum-Gummi kam herüber und brachte etwas in einer Lederflasche mit, das wie ein Gebräu aus Sassafras roch. »Hier«, sagte er. »Trinkt.« Wir tranken.

Er wärmte die Hände am Feuer. »Verdammte Winter, werden kälter«, sagte er. Dauerte-seine-Zeit erzählte ihm vom Besuch des Mammut.

»Verdammt, habe noch nie eines gesehen«, sagte Baum-Gummi. »Lege auch keinen Wert drauf. Weißt du, daß die Huasteken letztes Jahr bis hier oben waren? Sie schicken ihre Abgesandten jedes Jahr weiter nach Norden den Fluß rauf. Werden gierig nach Handel, glaube ich. Schätze, die haben da unten jeden aufgemischt, den sie konnten. Jetzt bleibt ihnen nur noch zu kaufen und zu verkaufen.«

Er ließ wieder einen gewaltigen Furz ab und fächelte mit den Händen die Luft. Dann starrte er ins Feuer. »Wir müssen einen neuen Hügel finden, Dauerte-seine-Zeit. Sprach mit einigen Dutzend Pfeifenmachern flußaufwärts, flußabwärts. Pfeifenhügel hier ist in zwanzig, dreißig Jahren erschöpft. Dachte nie, ich würde das erleben. Liegt jetzt an euch Jungen wie dir und deinem Freund Yaz 'nen neuen zu finden. Ich bin sicher zu alt, in diesen Hügeln rumzustapfen.

Obwohl, dies war 'n guter Pfeifenhügel. Hab viele tausend Pfeifen rausgeholt, o ja.«

Dann schwieg er. Nach einer Weile stand er auf und streckte sich. »Also, grüß mir den Sonnenmann und seine nichtsnutzige Schwester. Komme irgendwann rauf zum Platz. Ich denke, ihr seid schon ein paar Tage weg, wenn ich hier fertig werde.«

Wir winkten zum Abschied, und er ging aus dem Feuerschein.

»Vorsicht da unten!« schrie Dauerte-seine-Zeit, und der einzige, der weiter unten am Hügel arbeitete, krabbelte zu uns hoch.

»Obacht, Wasser!« sagte ich.

»Hau-ruck«, sagte Dauerte-seine-Zeit. Wir hau-ruckten. Stöhnen in der frühen Morgenstille, dann ein Knacken, als einer unserer Schößlingshebel brach. Wir schlugen einen zweiten ein und zogen wieder. Taue traten aus Dauerte-seine-Zeits Armen hervor. Ich dachte, mir würden die Schläfen platzen.

Dann bewegte sich alles, und ich fiel hin. Unser Teil des Pfeifensteins trennte sich vom Fels und rollte und krachte den Hügel hinunter.

Er machte eine günstige Drehung und lief weiter durch die Wälder auf den Nebenfluß zu, kleine Bäume mitnehmend.

Die anderen Pfeifenmacher applaudierten.

»Specht verdammich«, sagte Dauerte-seine-Zeit. Wir schnappten uns unsere Seile und liefen den Hügel hinunter. In der Nähe des Gehölzes blickte ich zurück. Baum-Gummi und die anderen waren schon wieder an der Arbeit. Der alte Mann sprang auf einem Hebel auf und ab. Etwas glitt weg; eine große Spalte, die er in den Fels gemacht hatte, schloß sich wieder, Keile splitternd. Er drohte ihr mit der Faust. Eine Sekunde lang konnte man nicht sagen, ob er den Fels auseinanderbrach oder wieder zusammensetzte.

Wir fanden den Felsbrocken weniger als fünfzig Meter vom Wasser entfernt.

»Glück, Glück, Glück«, sagte Dauerte-seine-Zeit. »Hier, nimm das Seil!«

Glück oder nicht, die Sonne ging unter, als wir zur Abfahrt bereit waren.

Der Fels war mitten auf dem Floß festgezurrt. Über den hinteren Teil hatten wir aus Baumstämmen eine Plattform gebaut und ein Fellzelt daraufgestellt. Dauerte-seine-Zeit hatte aus kleinen Bäumen ein Ruder gemacht.

Wir banden das Kanu am Floß fest und stießen uns ab in die Strömung des Nebenflusses. Meine Muskeln waren nicht mehr vorhanden. Es war gut, daß das Wasser uns vorwärtsschob. Ich hatte nicht mehr die Kraft, zu staken, zu rudern, oder zu paddeln.

Dauerte-seine-Zeit streckte sich im Zelt aus. »Hm, was soll ich tun?« fragte ich.

»Nichts. Nach rechts wenden, wenn wir zum Fluß kommen. Nach links würde dir sehr schwerfallen. Ruf mich, bevor das Licht ganz weg ist, dann legen wir an.«

Er schnarchte fast sofort. Ich sah den Horizont die Sonne hinter uns halbieren. Es war immer noch viel Licht da. Die Bäume dünnten sich aus, dann waren wir auf dem Delta. Ich wußte eigentlich nicht genau, wann wir auf den Fluß kamen – der Nebenfluß wurde breiter, dann wandten wir uns nach Süden, und der Fluß umgab uns, der Nebenarm war weg.

Ein Hornhecht schnappte vor uns, und die Frösche legten wieder los. Die erste Fledermaus des Abends flitzte über das Wasser hinweg, und dann wurde der Himmel im Westen honiggold und machte aus dem Fluß einen Bernsteinspiegel. Reiher wateten in einer Einbuchtung am Ufer.

Der Fluß vor uns bog sich langsam, bis er Kilometer entfernt dem Blick entschwand. Irgendwo Richtung Sonnenuntergang schnurrte lang und einsam eine Nachtschwalbe.

»Huck und Jim«, sagte ich.

»Was?« fragte Dauerte-seine-Zeit.

»Nichts. Wir sollten besser anlegen.«

Er streckte den Kopf aus dem Zelt.

»Verdammt starker Fluß, was?«

DIE KISTE VI

Smithes Tagebuch

21. Oktober

Es heißt, sie werden krank.
Spaulding hat allen, außer den Ärzten, Kontakt mit ihnen untersagt. Der Doc ist mit seinem Team im zweiten Dorf, um herauszufinden, was los ist.
Mindestens zwei Indianer sind gestorben. Sie bekamen Erkältungen, blutende Nasen, Fieber, und dann starben sie.
Wir waren doch so vorsichtig. Da Oben ließen wir uns jede denkbare Impfe geben zusätzlich zum üblichen Zeug. Unsere Arme und Hintern waren tagelang wund, wir hatten leichtes Fieber und fühlten uns eine Woche lang beschissen wegen der vielen Spritzen. Aber das war vor einem Monat. Wir sollten gegen alles immun sein.
Was nicht heißt, daß wir keine Überträger sein können.

Der Doc ist zurück.
Es sind noch mehr erkrankt, und ein weiterer ist im zweiten Dorf gestorben. Bis auf die Kranken ist das Dorf verlassen. Sie haben einen Toten in dem üblichen Hügel begraben, doch die Restlichen sind gegangen, bevor die anderen beiden starben. Es sah aus, als hätten sie sich auf eine weitere Begräbniszeremonie vorbereitet, aber sie ließen alles liegen und liefen weg.
Das Team nahm Abstriche und Proben und hofft, mit unseren begrenzten Mitteln etwas herauszufinden. Wir können hier sicher keine Impfstoffe herstellen, falls das nötig wäre.
Spaulding sagte dem Doc, er solle nur mit einer bewaffne-

ten Wache gehen, falls sie das Camp wieder verließen. Der Doktor hielt das nicht für klug, stritt aber auch nicht lange.

Ich hoffe, das alles vergeht. Wir haben schon genügend Probleme. Sie beauftragten mich, mir ein paar Szenarien auszudenken. Die schaffen nichts ohne Plan.

LEAKE VII

>»Antike – Ich mag ihre Ruinen lieber als ihre Rekonstruktionen.«
>
> – Joubert

Sie sahen aus, als hätten tausend Papageien Selbstmord für sie begangen.

Sie waren zu sechst, plus Dienern, Läufern und so weiter.

Sie erreichten das Dorf etwa eine Stunde, nachdem wir ihre Hörner und Hornmuscheln gehört hatten. Sie waren kleiner als Dauerte-seine-Zeits Volk, dunkler als der Standard, und zwei von ihnen trugen Schnäuzer.

Sie waren die Meshicas, die Huasteken. Dauerte-seine-Zeit erzählte mir, sie kämen jedes Jahr um diese Zeit zu einem Treffen mit dem Sonnenmann und um einen Blumenkrieg mit uns stämmigen Hügelbauer-Typen zu arrangieren.

Sie lächelten viel, während sie hier waren. Sie sahen aus, als wäre ihr Lächeln aufgesetzt.

Flott gekleidet waren sie auch, falls eine Mischung aus Pfau, Hahn und Fasan deiner Vorstellung von Schönheit entspricht.

Ich war froh, sie gehen zu sehen. Während sie da waren, sah jedermanns Lendenschurz schäbig und verräterisch grau aus.

BESSIE VI

Regen klatschte gegen die Zelte. Sie begannen um die Stangenösen herum zu lecken. Die Wände stöhnten wie Lebewesen.

Bessie saß auf einem Campinghocker. Obwohl draußen der Wind heulte, war es im Zelt stickig und heiß. Als ein Blitz in der Nähe einschlug, konnten sie durch die Wände sehen, konnten das Küchenzelt sehen, Teile des Steilufers und die nahen, sturmgebeugten Wälder.

Ein Blitz traf etwas nahe am Bayou. Bessie und die anderen zuckten zusammen; sie sah einzelne Regentropfen auf ihrer Netzhaut festgehalten wie in einem Foto, sie hingen still auf ihrem Fall zur Erde, gefangen durch den Blitz. Donner krachte augenblicklich.

»Gottchen«, sagte William, »was 'n Gewitter!«

»Ich mache mir keine so großen Sorgen wegen diesem Unwetter oder ein, zwei weiteren, solange sie vorbeigehen«, sagte Bessie. »Falls der Regen anhält, steigt der Bayou, und sie müssen die Tore oberhalb von uns öffnen. Unsere ganze Arbeit geht dann einfach baden.«

Ned und Leroy schwiegen, die Hände im Schoß gefaltet. Bessie wußte, daß es ihnen unbehaglich war, mit ihr im Zelt zu sein. Sie waren jünger und noch nicht so lange dabei wie die anderen Arbeiter, und sie fühlten sich in ihrer und Kincaids Gegenwart immer noch befangen.

»Ich hoffe nur, Dr. Kincaid konnte sich unterstellen«, sagte William. »Zuletzt sah ich ihn aus'm Graben steigen, als wir die Planen rübergelegt haben.«

Dann sprach Bob Basket zum erstenmal.

»Vor zwei Jahren«, begann er. Bessie wandte ihm

ruckartig den Kopf zu. In ihrer Eile, ins Zelt zu gelangen, hatte sie ihn nicht hereinkommen sehen. Er saß im hinteren Teil im Schneidersitz auf der Bodenplane. Seinen Hut trug er immer noch. Sein langes Gesicht sah im schwachen Licht der neben der blähenden Zeltlasche hängenden Kerosinlampe wie ein knorriger Ast aus.

Ein weiterer riesiger Blitz und ein Krachen, während Basket sprach. Bessie sah ihn, weiß und sengend erleuchtet, als Umriß vor einem gezackten Blitz, der in die Wälder jenseits des Flusses einschlug. Sie sah hinter der Zeltwand die Silhouette des LaTouche-Hauses. Sie sah auch noch etwas anderes in Basket.

»Vor zwei Jahren«, sagte er wieder, als der Donner erstarb, »verließ der Fluß sein Bett und war vierzig Meilen breit und ertränkte viele tausend Menschen. Die Regierung regte sich auf und möchte jetzt, daß der Fluß wie ein Bach fließt.

Aber zu Zeiten meines Vaters Vaters Ur-Urgroßvaters regnete es einmal drei Jahre lang. Es gab nie mehr als zwei Tage Sonnenschein. Es gab keine Ernten. Es gab keinen Sommer und auch keinen Winter, nur Regen und Nebel, die Wälder, die Felder, der Himmel verloren sich im Grau.

Im zweiten Jahr konnte der Boden kein Wasser mehr halten. Die Flüsse stiegen weiter und weiter. Die kleinen Bäche breiteten sich aus und griffen ineinander wie Hände aus Wasser. Alles Gras war im Regen abgestorben, und Wasser bedeckte es. Alle Wildkräuter waren abgestorben, und die Bäche bedeckten sie. Die kleinen Bäume standen noch, und das Wasser stieg an ihren Stämmen hoch.

Unser Volk machte sich immer mehr Sorgen. Wohin sollen wir gehen? Was können wir tun? Schon trieben tote Bisons, Rehe und Wölfe im Wasser, immer mehr. Schlangen kletterten in Bäume, und wenn das Wasser stieg und sie erreichte, hingen sie wie Weinranken herab, fielen ins Wasser und schwammen zu größeren

Bäumen. Dort warteten sie, daß das Wasser wieder hochstieg.

Ein Katzenfisch, so groß wie ein Bär, schwamm zwischen den Hütten unseres Dorfes, verharrte an den Knien des Schamanen und umschwamm ihn in langsamen Kreisen.

Er will, daß wir ihm folgen, sagte der Schamane. In eure Kanus, so schnell ihr könnt!

Also stiegen die Menschen in ihre Kanus und begaben sich zur Mitte des Dorfes, und als sie fertig waren, drehte sich der Katzenfisch um und schwamm am Haus des Häuptlings vorbei und über die Felder, und unser Volk folgte ihm paddelnd in seinen Kanus. Und der Katzenfisch schwamm so langsam, daß auch die Schwächsten unseres Volkes in ihren Booten mithalten konnten.

Während er schwamm, passierte unser Volk die Hügel der Alten, die vor uns hier waren. Die Hügel wuschen sich ab in den steigenden Wassern und legten ihre Ornamente und Waffen, ihre Knochen und Grabbeigaben bloß. Wir sahen viele von ihnen in die reißenden Ströme fallen, große Hügel, kleine Hügel, solche ohne Inhalt und einige voll mit Dingen wie ein Warenhaus in Baton Rouge.

Und dann brachte der Katzenfisch mein Volk an diesen Ort, wo wir jetzt sind. Er brachte es zu dem Hügel da draußen, und es zog seine Kanus darauf, alle zehntausend. Sie hatten die Hügel als kleine Erhebungen unten am Steilufer in Erinnerung, aber sie konnten alle bequem auf seiner Spitze stehen, und das Steilufer war in dem fließenden Wasser nicht auszumachen.

Der große Fisch drehte ab und verschwand, schwamm davon, ohne zurückzublicken, doch einige sagten, sie sahen ihn sich in eine Krähe verwandeln und in Regen und Dunkelheit davonfliegen.

Also blieb mein Volk ein weiteres Jahr, pflanzte seinen Mais, und er wuchs, und sie waren zufrieden und gewöhnten sich an den Regen und das Wasser, das alles bedeckt hatte, soweit das Auge reichte.

Dann, eines Tages, im Jahr darauf, hörte der Regen auf, und die Sonne kam heraus, und das Wasser begann zurückzugehen, so daß zuerst die Bäume auf dem Steilufer sichtbar wurden, dann das Steilufer selbst, dann die Bäume zum Bayou hin, dann die Schößlinge und Büsche und das Gras, während die Sonne alles austrocknete.

Und mein Volk bemerkte jetzt, daß die Grabhügel sehr klein waren, und daß der Mais nur wenige Inches hoch war, und daß ihre Kanus die Größe von Spielzeug hatten. Sie bemerkten auch, daß das Steilufer und die Bäume viel größer waren, als der Grabhügel, und sie wunderten sich sehr über das alles.

Doch der Schamane ließ sie dem Katzenfisch danken und den Alten, die die Hügel gebaut hatten, und der Krähe (falls es eine gab) und dem Wunder insgesamt.

Und so ernteten sie ihre kleinen Feldfrüchte, nahmen ihre Spielzeugkanus und gingen viele Meilen zurück zu ihrem Dorf und begannen von neuem.

Und sie nannten diesen Ort den Großartigen Großen Kleinen Ort, und sie besannen sich auf ihn in ihren Gebeten, bis der weiße Mann ihnen befahl, keine Dinge mehr anzubeten, die sie sehen oder hören konnten.

All dies geschah in der Zeit meines Vaters Vaters Ur-Urgroßvater, und so hat man es mir erzählt. Ich sehe, es hat aufgehört zu regnen.«

Bessie sah sich um. Es hatte aufgehört. Von der Zeltlasche tropfte Wasser, ein Bächlein gurgelte das Steilufer hinab. Sie wußte nicht, wie lange sie Basket zugehört hatte, dessen Gesicht im Schein von Blitz und Lampe leuchtete.

Ned und Washington waren eingeschlafen. Leroy starrte vor sich hin.

Bessie rappelte sich hoch, nahm die Lampe, öffnete die Zeltlasche und trat hinaus. Ihre Füße pitschten in den Schlamm. Ein kühler Wind blies von Norden, und im Osten zuckten noch Blitze.

Die anderen Zelte waren feuchte Glühpunkte auf der Steiluferlinie, Licht und Schatten der Lampen im Innern fielen auf die tropfenden Kästen und die Räder der ringsum geparkten Trucks. Weiter hinten, zur Straße hin, brannte eine einzige Lampe am LaTouche-Haus. In der Ferne, westnordwestlich über dem Bayou, sah sie das Licht vom Bootsanleger vor dem Crimstead Haus.

Unter sich sah sie die schwachen Umrisse der Hügel unter Planen und Abdeckungen.

In der Dunkelheit sah sie auch zum erstenmal, daß da eine leichte, ausgedehnte Vertiefung nordwestlich der Hügel war, wo der Boden sich zum Bayou hin absenkte. Sie war Dutzende Male auf ihrem Weg zwischen Hügel Eins und den verbundenen Hügeln darüber hinweggegangen. Sie war sicher, die Vertiefung war auf der Konturkarte eingezeichnet.

Sie kehrte ins Zelt zurück und blickte an den schlafenden Männern vorbei.

»Es *gab* irgendeine Ansiedlung hier«, sagte sie.

Sie sah sich suchend um.

Bob Basket war fort, nur ein feuchter Fleck auf der Bodenplane zeigte, wo er gesessen hatte.

BESSIE VII

Smithes Tagebuch

1. November

Ich ging Kilroy aufsuchen.
Ich sagte ihm, die Lamettahengste hätten uns aufgefordert, einen echten langfristigen Plan aufzustellen. Nicht wie den Siebzig-Jahre-Plan, mit dem wir anfingen, an dem mehr als hundert Leute gearbeitet hatten.
»Großartig«, sagte er, »einfach großartig. Wie lang?«
»Mindestens fünfhundert Jahre«, sagte ich.
»Solange lebe ich nicht und auch kein anderer von uns.«
»Das ist eben die Art Plan, die sie haben wollen, Specialist«, sagte ich. »Wie stellen wir es an, etwas in Gang zu setzen, das ein halbes Jahrtausend dauert? Was sollen wir tun: Indianerkinder kidnappen Gehirnwäschen an ihnen vornehmen? Irgendwas anleiern, damit 1952 Stevenson gewählt wird anstelle von Eisenhower? Oder was?«
»Wenn ich das alles wissen soll«, sagte Kilroy, »warum bin ich dann nur 'n einfaches Frontschwein? Ich dachte, nur Offiziere hätten soviel Voraussicht.«
»Es ist nicht nur für die«, sagte ich. »Es ist auch für mich.«
»Für Sie?« fragte er. »Sie wollen, daß ich einen Fünfhundert-Jahres-Plan für Sie aufstelle? Während ich Bunkerwache schiebe und scheißärgerliche Sonderaufträge kriege? Zu Ihrer Belustigung, oder was?«
»Um zu sehen, ob es einen Grund gibt, diese ganze Scharade aufrechtzuerhalten«, sagte ich.
Er stellte die Flasche Indianischen Honigwein ab, aus der er getrunken hatte. »Oh«, sagte er. »Freier Wille gegen Entschlossenheit? Diese Art Zeugs?«

»*Es geht nicht mehr um alle und jeden von uns.*« Ich versuchte, mich verständlich zu machen. »*Es geht um jeden von uns – allein, auf sich selbst gestellt. Wenn es einen Plan gibt, irgend etwas, wird es für alle einfacher sein. Verstehen Sie das?*«

»*Ja. Als erstes müssen wir viele Babys machen. Ich bin bereit!*«

»*Das ist ziemlich dumm, Kilroy*«, sagte ich.

»*Wahrscheinlich. Aber für einen Officer, Ma'am, haben Sie tolle Beine.*«

»*Hm*«, sagte ich.

»*Ich mach mich dran*«, sagte er. »*Gott weiß, ich muß darüber nachdenken.*«

Ich wandte mich zum Gehen. Dann sagte ich: »*Danke.*«

»*Dafür bin ich hier*«, sagte er. Und setzte ein falsches Lächeln auf. Dann fügte er hinzu: »*Sie sind die einzige, die sich wirklich Sorgen um all das macht. Nicht nur um die Mission, sondern was mit uns geschieht.*«

»*Schnauze*«, sagte ich. »*Schlafen Sie.*« *Dann ging ich.*

LEAKE VIII

> »The great mutations of the world are acted, our time may be too short for our designs.«*
>
> – BROWNE, *Urn Burial*

Die Kanus kamen über den Fluß, Reihe um Reihe. Sie waren voll mit Männern in ihren besten Federn, ihrem glänzendsten Schmuck und ihrer buntesten Kleidung.

Sie trugen auch ihre besten Waffen. Speere, Atl-atls, Bögen, Äxte, Keulen, Schilde, Ried- und Lederpanzer und Messer. Sie hätten jede Bar in Hongkong zertrümmern können.

Doch wir zogen aus zu einer rituellen Schlacht mit den Huasteken, einen Blumenkampf nannten sie es, und so, wie man es mir erklärte, war der Grundgedanke, so viele der anderen gefangenzunehmen, wie man konnte, nicht, sie zu töten.

»Keine Sorge«, sagte Dauerte-seine-Zeit, als er sah, wie die Einbäume auf den Strand geschoben wurden und die Krieger schreiend und johlend heraussprangen. »Wenn du einige unserer Leute einen der Huasteken niederschlagen siehst, spring ein paarmal auf ihn drauf. Dann hält dich jeder für einen feinen Kerl.«

»Wozu soll das gut sein?« fragte ich.

Er sah mich an. »Nun, du kannst doch keinen Krieg gegen dein eigenes Volk führen, oder?«

»Was geschieht mit denen, die gefangen werden?«

---

* »Die großen Mutationen unserer Welt sind durchgeführt, unsere Zeit könnte zu kurz sein für unsere Entwürfe.«

»Unsere oder deren Leute?«

»Hm, deren.«

»Oh, die lösen sie aus, für gewöhnlich. Meist gegen schöne Sachen. Kleidung, Schmuck. Die Huasteken machen schöne Ringe und so Sachen.«

»Was ist mit unseren?«

»Also, wir versuchen für gewöhnlich, sie auszulösen, und die schicken ein paar zurück, aber nicht alle.«

»Was passiert mit denen, die sie nicht zurückschikken?«

»Ich vermute, die essen sie«, sagte Dauerte-seine-Zeit.

Wir schwärmten aus, vielleicht zweitausend von uns, wie verabredet. Ich wußte, wie sich Custer gefühlt haben mußte auf jener Anhöhe über dem Little Big Horn, nur jetzt war ich Teil des Ganzen. Wir waren einen Tag aus dem Dorf heraus und hielten uns nach Westen. Wir zogen am Rande einiger Bayous entlang. Wir wandten uns durch offenes, hügeliges Grasland der untergehenden Sonne zu.

An einem Bayou trennten sich Sonnenmanns Leute, Dauerte-seine-Zeit und ich vom Rest der Hauptgruppe. Wir wateten durch kniehohes Wasser, unter Zypressen und Spanischem Moos hindurch (ich muß mir einen anderen Namen dafür ausdenken), bis wir eine Öffnung in der Wasserstraße fanden.

Die Bäume wuchsen hier im Kreis, vielleicht zweihundert Meter im Durchmesser. Alle, außer einem. Es war die größte Zypresse, die ich je gesehen hatte, vielleicht achtzig Meter hoch, fünfhundert oder tausend Jahre alt, vielleicht älter. Sie bestand nur aus Stamm bis auf einen Ast, der in halber Höhe wuchs. Die Spitze des Baumes fehlte.

Ich bemerkte dann, daß Träumender Killer und seine Bussard-Kult-Leute nicht bei uns waren. Ich fragte Dauerte-seine-Zeit.

»Religiöse Meinungsverschiedenheiten«, sagte er.

Der Sonnenmann hob die Arme und schrie dreimal, wie er es jeden Morgen tat. Ich schnappte genug von seinem Gesang auf, um zu wissen, daß er den Großen Specht anrief. Dann marschierten wir aus den Sümpfen zurück und gesellten uns wieder zu der Festtagsmeute, die Richtung Kampfplatz zog.

»Das war der Baum, in dem der Große Specht manchmal sitzt«, sagte Dauerte-seine-Zeit.

»Oh?«

»Einer unserer Ur-Urgroßväter sah ihn eines Abends versehentlich. Er wurde natürlich blind.«

»Natürlich. Hat er gesagt, wie groß er war?«

»Er sagte, bevor er blind wurde, sah er ihn auf dem Ast sitzen, und die Spitze seines Kopfes war höher als die Baumstammspitze.«

»Das ist schrecklich groß«, sagte ich. Ich hatte etwas von vielleicht zwei Metern Größe erwartet.

»Sicher«, sagte Dauerte-seine-Zeit. Er brach in irgendeinen Gesang aus. Andere stimmten ein, sogar die Bussard-Kult-Leute.

Wir beobachteten ihre Feuer und wußten, sie beobachteten unsere. Zwischen den beiden kleinen Anhöhen erstreckte sich ein altes Flutplateau, etwa einen halben Kilometer breit. Wir waren auf einer Anhöhe, die Huasteken auf der anderen. Der Kampf würde morgen auf der Ebene zwischen uns stattfinden.

»Schlaf besser etwas«, sagte Dauerte-seine-Zeit, der seine Felle neben meinen ausgebreitet hatte. Zu Abend aßen wir Trockenfleisch und gemahlenes Maismehl mit ein paar untergemischten Walnüssen. Dauerte-seine-Zeit reichte die Wasserhaut herüber.

»Es könnte den ganzen Tag dauern mit Pausen zum Essen und so«, sagte er.

»Ziemlich zivilisiert.«

»Du wirst anders denken, falls du gefangen wirst oder allein davonkommst, was dasselbe ist«, sagte er. »Bleib nah bei der Meute. Falls du gefangen wirst, werden sie dich wahrscheinlich holen. Laß dir nicht den Mund abdecken. Was immer du tust, schrei dauernd.«

»Danke. Was passiert wirklich?«

»Also, wir rennen im großen Haufen gegeneinander an, schlagen uns und schleppen Gefangene weg, dann essen wir, machen noch ein bißchen weiter, und zwei Stunden vor Sonnenuntergang gehen wir alle heim, und drei Tage später lösen wir aus, aber das ist nur Häuptlingssache. Unser Teil ist vorbei. Wenn es ein echter Kampf wäre, würden wir Köpfe nehmen anstatt Gefangene.«

Durch das Glühen der Feuer betrachtete ich die hellen Sterne über mir. Es war Frühlingsanfang und immer noch kühl.

Ich weiß, es ging nur mir so, aber ich hatte Schwierigkeiten zu schlafen. Dauerte-seine-Zeit schrie im Traum. Er wachte auf und sah mich an.

»Mein Geist ist besorgt«, sagte er. Er schloß die Augen und war sofort wieder eingeschlafen.

»Jii! Jii! Jii!« schrie der Sonnenmann gen Osten. Die Anhöhe hinauf und hinab taten andere Sonnenmänner dasselbe.

Nicht, daß nicht sowieso alle schon wach gewesen wären. Lange vor Sonnenaufgang hatten die Männer sich schon geregt. Ich weiß es; ich war einer von ihnen.

Ich schärfte die Spitze meines Speers. Ich hatte mein eigenes Survival-Messer bei mir und verließ mich auf meine Keule, die halb so groß war wie ein Louisville Slugger und dessen Form hatte. Ich hoffte, nicht nah genug an jemanden heranzukommen, um das Ding benutzen zu müssen.

Sonnenlicht brach durch eine Lücke zwischen Wolken und Horizont. Hinter uns, woher wir gekommen waren, standen Pinien, dahinter lagen Bayous. Das Land hinter den Huasteken war offener. Weit nach rechts und links war spärlicher Baumbewuchs. Das Flutplateau zwischen uns war eben, dank Sand und kurzem Gras. Es war einem Spielfeld so ähnlich, wie es nur sein konnte.

Nachdem wir unsere Gesichter bemalt hatten, gingen die Sonnenmänner umher und redeten miteinander. Unser Sonnenmann kam zu uns zurück. Einige andere Sonnenmänner waren zu Kampfrichtern ernannt worden.

»Wartet auf das Signal«, sagte der Sonnenmann.

Wir stellten uns auf der Anhöhe auf. Jenseits der Ebene stand uns eine gleiche Anzahl Huasteken gegenüber. Sie begannen ihre Speere und Keulen gegen die Schilde zu schlagen. Ich konnte sie kaum erkennen, die Köpfe mit Federn und Pelzen herausgeputzt, kupferne, vielleicht goldene Brustschilde und Rüstungen. Der Lärm nahm zu, wandelte sich zu einem Rhythmus – *tschank, tschank, tschank*. Es war mein eigener Herzschlag, mein Puls. Jesus, die Burschen verstanden es, einem auf die Nerven zu gehen.

Die Huasteken schlugen ihre Schilde lauter, kräftiger. Das Dröhnen kam wie eine Brandung Welle auf Welle über das Flutplateau.

Der Sonnenmann-Kampfrichter hob den Arm. Wir waren alle still, angespannt. Ich leckte mir die Lippen und faßte meine Keule fester.

Die Huasteken kamen die Anhöhe herunter wie ein goldener und kupferner Wasserfall.

»Holt sie euch, Jungs!« sagte der Sonnenmann.

Schreiend und johlend liefen wir den Hang hinab.

Den ersten Hinweis, daß etwas nicht stimmte, bekamen wir, als sich der Himmel über der Anhöhe der Huasteken mit einem ganzen Wald von Pfeilen füllte.

Die, die Schilde hatten, blieben stehen und hielten sie sich über den Kopf. Ich kletterte unter eines, zusammen mit drei anderen. »Hör auf zu schieben!« schrie jemand.

Ringsum zischten die Pfeile einen halben Meter in den

Boden, prallten von Schilden ab, steckten in Menschenhänden. Schreie überall.

»He, ihr Arschlöcher!« schrie Moe den Huasteken zu. »Ihr dürft keine Pfeile benutzen!«

Sie rannten immer noch auf uns zu, und ein weiterer Pfeileregen kam wie ein Vorhang auf uns herab.

Pfeile kamen auch von rechts und links.

»Scheiße!« schrie Curly.

Diesmal prallten Pfeile von Schilden ab und schlugen dann in Arme, Beine und Brüste ein.

»Verflucht noch mal!« sagte Larry; er ließ seinen Speer fallen und nahm seinen zeremoniellen Bogen vom Rücken, wobei er ihn mit einer raschen Bewegung spannte. Er stach zwei Pfeile in die Wand der sich nähernden Huasteken.

»Die meinen es ernst«, sagte Dauerte-seine-Zeit ruhig.

Wir blickten zurück zur Anhöhe. Der oberste Sonnenmann sprang auf und ab und deutete auf beide Seiten.

Es war wie in einem alten Westernfilm. Von drei Seiten kamen lange, kontinuierliche Reihen von Huasteken, dahinter Bogenschützen. Sie schienen aus dem Nichts gekommen zu sein. Wieder stiegen Pfeile hoch. Die auf uns zurennenden Krieger blieben stehen und warteten, daß die Pfeile auf uns fielen.

Das Geräusch klang wie Hagel auf einem Blechdach.

Zusammen mit den anderen unter dem Schild sah ich die zweite Welle der Huasteken die Anhöhe herunterkommen – mindestens doppelt so viele wie in der ersten.

»Jeder für sich!« schrie der Sonnenmann. »Das ist todernst!«

Die Bussard-Kultisten stießen einen gewaltigen Schrei aus und sprangen unter ihren Schilden hervor, direkt auf die Huasteken zu.

Dann kamen die Meshicas über uns.

Ich sah einen Burschen mit einem Jaguarkopfputz eine Keule heben, also stieß ich meinen Speer nach ihm. Er ging glatt hinein. Der Bursche war so erstaunt wie ich, ließ seine Keule fallen und hielt sich den Magen um den Speerschaft herum. Er fiel hin und nahm den kurzen Speer mit.

Dann schlug mir irgendein Hundesohn mit seinem Schild so hart ins Gesicht, wie er konnte. Ich hatte keine Zeit zu denken. Ich lag unten und sah nur seine Füße. Also zerschmetterte ich ihm einen Fuß mit meiner Keule. Er fiel auf mich. Ich versuchte, unter ihm vorzukommen, damit er mich nicht töten konnte.

Er wurde zum toten Gewicht. Ich kam unter ihm hervor. Jemand hatte ihm einen Speer ins Auge gestoßen.

Ich zog meinen Speer aus dem Burschen, er steckte immer noch in ihm. Der Kerl sah mich erstaunt an. Er kniete und hielt sich den Magen. Ringsum kämpften alle. Er achtete nicht darauf.

Ich watete in eine Gruppe von sechs oder acht kämpfenden Kerlen und drosch auf alle mit Adlerfedern und Jaguarfellen ein.

Hörner oder was auch immer wurden geblasen. Trommeln lärmten in der Ferne los. Stöhnen und Schreie überall. Staub hing in der Luft. Die Sonne strahlte Metall ab. Man sah absolut nichts mehr.

Ein Speer kam auf mich zu, wurde größer, blieb gleich groß und ging einen Meter an mir vorbei. Ich sah den Huasteken, der ihn geworfen hatte, und rannte auf ihn zu. Fünf oder sechs seiner Kumpel kamen aus dem Nichts und stürmten mir entgegen. Zwei von ihnen schossen aus Brusthöhe Pfeile ab.

»Scheißkerle!« sagte Larry hinter mir. Er warf seinen Bogen zu Boden. Sein Köcher war leer. Er hatte Zeit, seine obsidianbesetzte Keule hervorzuholen, bevor die vier Meshicas heran waren.

Einer von ihnen war mit einer Rüstung bedeckt – Brustplatte, Schienbeinschutz, Epauletten. Er trug einen Kupferhelm mit einem langen Federbusch, und er hatte ein Schild. Irgendein *Kahuna*. Er kam direkt auf mich zu. Er fing die Spitze meines Speeres mit seinem Schild ab und lenkte sie seitwärts. Seine Keule sauste herunter und schlug mir den Speer aus den Händen.

Larrys Keule kam quer rüber und dellte ihm die Helmfront ein. Sein Gesicht sah aus wie etwas aus einem Warner Bros. Cartoon, mit Ketchup bedeckt.

Jemand geriet hinter Larry und hatte die Hände um dessen Kinn. Ich schlug mit der Keule auf die Hände, dann auf Larrys Schulter, dann auf die Hände, dann weiter hinauf. Wer immer es war, ließ los und rannte weg.

Ein Speergriff traf mich am Kopf. Blau-grüne Sterne bedeckten den Tunnel vor mir. Ich schwang herum. Der Tunnel war fort. Larry stand auf der Brust eines Huasteken und schlug so kräftig er konnte auf dessen Kopf ein.

»Scheißkerl!« sagte Larry mit jedem Schlag. »Scheißkerl!« Wir waren wie benommen. Wellen von Männern krachten brüllend ineinander, scheppernd wie Blechdosen. Ein Horn erschallte nah hinter mir. Ich zuckte zusammen, sah mich nach meinem Speer um, fand ihn.

Larry war mit dem Burschen fertig. Er und ich standen schwer atmend, keuchend da und versuchten zu sehen, was in Hitze und Staub vor sich ging.

Dann überrannte uns die zweite Welle der Huasteken.

Ich weiß nicht, wieviel später wir wieder auf unserer Anhöhe waren. Staub hing noch über dem Flutplateau. Es war heiß. Ich war so ausgetrocknet, meine Zunge schmerzte. Ich schmeckte Blut. Ich wußte nicht, ob es mein eigenes war oder fremdes.

Ein weiterer Pfeilregen kam aus dem Staub. »Köpfe hoch!« schrie Moe. Sie segelten in unsere Position und nagelten ein paar von uns an den Boden.

»Die Sonne verdamme sie alle!« sagte der Sonnenmann. Er war im Kampf in der Seite und am Arm verwundet worden. Zwei von unseren Leuten stützten ihn. Dauerte-seine-Zeit blickte über die Ebene hinweg. Der Staub begann sich zu legen. Wir sahen Waffen, Kleidung, Trommeln auf dem Boden verstreut. Keine Leichen. Wir hatten unsere Verwundeten und Toten mitgenommen und sie ihre. Sie hatten auch ungefähr fünfzig Gefangene gemacht.

Wir keine.

Ich kam wieder zu Atem. Ich war voller Sand und Staub, gemischt mit Blut, Schweiß und Fett. Schnitte und Quetschungen bedeckten meinen Körper. Tief unten in meinem Rücken war ein feuchter Schmerz. Mein Speer war einen Drittel Meter kürzer als sonst. Meine Keule war weg. Mein Messer war in meiner Hand, dunkelrot.

Zu meinen Füßen lagen zwei Menschenköpfe.

Ich erinnerte mich nicht, woher sie kamen. Ich erinnerte mich an gar nichts, außer an das endlose Kämpfen und an Durst, schlimmer, als ich ihn je gehabt hatte.

Die Bussard-Kult-Leute begannen einen ihrer Gesänge.

»Apokalypse-Zeugs«, sagte Dauerte-seine-Zeit.

»Was ist passiert?« fragte ich.

»Die Huasteken spielen nicht mehr nach den Regeln.«

»Warum?«

»Ich weiß nicht, Yaz. Dinge ändern sich. Vielleicht haben die Bussard-Kult-Leute recht.«

»Das solltest du besser glauben«, sagte Hamboon Bokulla, der Träumende Killer, als seine Leute den Gesang beendeten. »Und du machst besser mit, oder du bleibst zurück«, sagte er zu Dauerte-seine-Zeit.

Müde, verletzt, geschlagen, nahmen wir auf der ganzen Linie unsere Köpfe und gingen Richtung Heimat.

Die Huasteken drüben auf der Anhöhe waren schon längst fort.

Am nächsten Tag drei Kilometer oder so vom Dorf entfernt, wurde mir bewußt, was ich getan hatte.

Wir passierten einen kleinen Bach. Unsere Verwundeten stützten sich auf andere Krieger. Fast jeder von uns war irgendwie verwirrt. Ich ging zum Bach und stand am Ufer.

Einen nach dem anderen warf ich die Köpfe, soweit ich konnte, flußabwärts. Die Augen des letzten blieben während seines Fluges zum Wasser auf mich gerichtet, als wäre der Kopf eine Ballerina und ich sein Drehpunkt. *Schuldig, schuldig* zischte die an ihm vorbeistreichende Luft. Er traf platschend ein paar Meter hinter den anderen auf und versank sofort.

»Das hättest du nicht tun sollen«, sagte Dauerte-seine-Zeit, der hinter mir stand.

»Warum nicht?« fragte ich.

»Es waren ziemlich gute Köpfe«, sagte er und gesellte sich wieder zu der sich weiterkämpfenden Reihe des Specht-Volkes.

DIE KISTE VIII

```
ARMEE FORM. 1              1521Z 11. Nov. 2002

Komp: 147                  Gesamtzahl: 148

Angetr. z. Dienst

142

Gefallen

3

Getötet i. Ausüb. d. Dienstes

1

Vermißt i. Ausüb. d. Dienstes

                           für: S. Spaulding

1                          Col. Inf.

Total 147                  Kommandeur

                           von: Barnes, Bonnie

                           Cpt. ADC

                           Adjutant
```

ARMEE FORM. 1   1402Z 2. Dez. 2002

Komp: 147   Gesamtzahl: 148

Angetr. z. Dienst

131

Gefallen

7

Get. i. Ausüb. d. Dienstes

2

Vermißt i. Kampf

6   Für: S. Spaulding

Verm. i. Aus. d. Dienstes   Col. Inf.

1   Kommandeur

Total 147   von: Barnes, Bonnie

                  Cpt. ADC

                  Adjutant

ARMEE FORM. 1   1702Z 24. Dez 2002

Komp: 147   Gesamtzahl: 148

Angetr. z. Dienst

111

Gefallen

13

Get. i. Aus. d. Dienstes

2

Vermißt i. Kampf   Für: S. Spaulding

11   Col. Inf.

Verm. i. Aus. d. Dienstes   Kommandeur

1   von: Barnes, Bonnie

Verwundet, Hosp.   Cpt. ADC

9   Adjutant

Total 147

Smithes Tagebuch

24. Dezember (Heiliger Abend)

Heute haben wir eine Elf-Mann-Patrouille rausgeschickt, sie soll versuchen, Baton Rouge zu finden und von dort weiter nach Süden gehen, die einzige Richtung, die wir noch nicht probiert haben.

Ich weiß nicht, was sie finden sollen. Hilfe. Franzosen. Einige von de Sotos Conquistadoren. Ponce de Leon? Vielleicht können sie einige andere Indianer überzeugen, uns zu helfen, oder ein Abkommen mit denen schließen, die uns bekriegen.

Die beschießen uns weiter aus dem Hinterhalt. Zwei Verwundete mehr heute trotz der Bunker. Ich wußte nicht, daß Pfeile so weit fliegen – sie schicken sie aus den Wäldern hoch; man kann nicht sehen, woher sie kommen. Wenn man sie sieht, sind sie auf dem Weg nach unten. Man geht in Deckung und trampelt über jeden. Einer der Verwundeten heute lag schon flach hinter der Bunkerwand an den Sandsäcken, und der Pfeil kam gerade herunter und pinnte ihn an den Boden wie eine Stecknadel einen Käfer. Glücklicherweise traf er ihn nur durch die Fleischteile des Schenkels.

Private Dorothy Jones hatte nicht soviel Glück – sie bekam einen direkt durch die Rippen. Der Pfeil wurde vom nächsten Gebüsch in etwa hundert Metern Entfernung abgeschossen.

Wir erwiderten in beiden Fällen das Feuer. Im ersten belegten wir das Gebiet, aus dem der Pfeil kam, mit leichten Waffen und LMG-Feuer. Wir werden nicht wissen, was dort passierte, bis wir die übliche Patrouille rausschicken.

Was im zweiten Fall passierte, wissen wir. Sobald Jones getroffen wurde, wurden zwei Bunker aktiv. Sie feuerten je etwa 200 Runden in das Gebüsch, aus dem der Pfeil kam, rissen es nieder und zerstörten kleine Bäume und den Boden.

Als sie aufhörten, stand ein Indianer auf, ließ seinen Len-

denschurz herunter und zeigte uns seinen nackten Hintern, dann warf er sich wieder flach auf den Boden.

Nach einer weiteren Minute befahl Major Putnam den schweren Maschinengewehren, das Feuer einzustellen. Das Zielgebiet war nicht wiederzuerkennen. In der beschossenen Zone gab es nichts mehr, das höher war, als ein paar Zentimeter. Es sah aus wie eine von einer ungeschickten Person retouchierte Fotografie, wie ein Bild der Wälder, aus dem ein kahler Schwaden herausgenommen worden war.

Der Indianer sprang aus der Mitte des Ganzen auf und rannte in die Wälder.

Putnam ließ niemanden feuern.

Spaulding, der auf Zypern kämpfte, sagte, es könnten zwei Indianer pro Tag aus dem Hinterhalt schießen oder hundert, wir würden es nie erfahren.

Die Elf-Mann-Patrouille brach im Morgengrauen auf, nachdem wir die Richtung, die sie nehmen würden, mit ein paar Granaten belegt hatten. Es muß okay gewesen sein: wir hörten keine Schüsse.

Sie meldeten drei Stunden später über Radio, daß alles okay sei. Sie waren 20 Kilometer südlich und hatten niemanden getroffen. Sie wollten sich alle zwei Stunden melden. Nicht, daß wir helfen könnten, falls sie es brauchten. Es waren alles Freiwillige.

Zwischenzeitlich graben wir uns alle weiter ein. Pfeile gehen durch Zelte. Wir können kein Holz schlagen. Also graben wir uns ein wie Maulwürfe und machen es uns bequem.

Es gibt Wichtiges für uns zu tun, irgendwo, irgendwann. Hier sind wir nutzlos. Wir sollten die Welt verändern und uns nicht vor Menschen mit Pfeilen, Bögen und Speeren verstecken.

Wir wollten sie nicht töten. Es war nicht unsere Schuld. Wir haben Vorsichtsmaßnahmen ergriffen, um nichts einzuschleppen.

Der Arzt sagt, es ist wahrscheinlich etwas, das wir nur als leichten Schnupfen oder rauhen Hals bemerken. Für sie ist es glatt Tod in zwei Tagen.

Wir haben versucht zu helfen, sie wissen zu lassen, daß es uns leid tut. Sie verstehen es einfach nicht.

Zwischenzeitlich, während wir graben, hören wir Musik. Ich ertappe mich dabei, wie sich mein Körper zu den schwingenden Rhythmen von Roger Whittaker bewegt. Wir sind schon viel zu lange hier.

LEAKE IX

> »Antiquity held too light thoughts from Objects of mortality, while some drew provocatives of mirth from Anatomies, an jugglers shewed tricks with Skeletons.«*
>
> – BROWNE, *Urn Burial*

Ein neues Geräusch auf dem Fluß.

Teils metallisches Klirren, teils hölzernes Pochen, es kam von der Flußbiegung.

Die Männer auf den Ausguckhügeln begannen, ihre Hornmuscheln zu blasen. Alle eilten zum Kanuanleger.

Dauerte-seine-Zeit war in der Hütte. Sonnenblume kam aus dem kleinen Garten herbei. Sie wischte sich Schmutz von den Händen.

Der Sonnenmann und eine Delegation blieben vor Dauerte-seine-Zeits Hütte stehen.

»Die auf dem Fluß sind die, die du sehen willst«, sagte Dauerte-seine-Zeit zu mir.

Er stand, zog seinen leuchtenden Federmantel über und nahm den zusammengerollten Sack mit Pfeifen auf, die er den Winter über gearbeitet hatte.

Ich ging mit ihm hinaus, stand hinter einigen niederen Edelleuten, und dann gingen wir durchs Dorf, zum Flußtor hinaus und auf das Wasser zu.

Das halbe Dorf stand dort bereits und wartete. Flußabwärts stieg eine Rauchfahne durch die Bäume auf. Ich

---

* »Auch die Antike hatte zu sorglose Gedanken über sterbliche Objekte, solange einige durch Anatomien zu Heiterkeit gereizt wurden und Jongleure Tricks mit Skeletten zeigten.«

fühlte mich wie in dem alten Currier und Ives Druck, ›Warten am Levee‹.

Es *erschien* in der Biegung.

Ich hatte so lange keinerlei Maschinen gesehen, daß ich fast vergessen hatte, was das war. Der Bug erschien, breit flach und niedrig. Dann die Front des zweiten Decks, dann das dritte. Alles war hellrot gestrichen mit gelben Streifen wie ein mit Senf bedeckter Hotdog. Da waren große, blonde Gestalten auf Deck.

Sie hatten Hörner.

Ein langer, lauter Pfiff, dann das Tuten eines Nebelhorns. Die Menschen am Ufer zuckten zusammen und hielten sich die Ohren zu. Das Schiff drehte sich zum Kanuanleger, die Gestalt am Bug warf immer wieder eine Lotschnur ins Wasser.

Das Schiff hatte mittschiffs zwei Schaufelräder. Über das Oberdeck flatterte ein Wimpel mit einem roten Krummsäbel auf weißem Grund.

Die Gestalten im Steuerhaus trugen hellrote Roben und Turbane.

Ein weiteres Hornsignal und ein langes Ablassen des Dampfes von irgendwo mittschiffs. Die Paddel stoppten, liefen entgegengesetzt und schaufelten rückwärts Wasser. Das Schiff, groß wie ein Tempelhügel, glitt ruhig auf die Landestelle zu, stattlich wie ein Hotel.

Das Vorderteil, eine zugbrückenartige Rampe, kam im Bogen herunter und legte sich mit einem Ruck aufs Ufer.

Wieder ertönte ein durchdringender Pfiff, und die Menschen des Dorfes begannen zu jubeln.

Ein kleiner Mann in Robe und Turban trat oben auf die Rampe, gefolgt von anderen in Roben oder in Lederhosen und Lederwämsen, die Arkebusen und Donnerbüchsen trugen.

»Dauerte-seine-Zeit, mein alter Freund«, sagte er auf griechisch. »Ich grüße dich, den Sonnenmann und sein Volk. Wir sind gekommen zu handeln und auszugleichen, der Himmel ist das Limit, für was auch immer und wieviel?«

Dauerte-seine-Zeit wandte sich an die Menschen, nickte dem Sonnenmann zu und hielt eine kurze Ansprache.

Die Menschen schrien wild, sprangen herum, und begannen auf Decken am Boden ihre Waren auszulegen: Felle, Waffen, Kunstgegenstände und Nahrung.

Die Männer kamen breit lächelnd die Fallreep herunter, streckten die Hände aus, um Dauerte-seine-Zeit zu umarmen, und verneigten sich vor dem Sonnenmann. Die Matrosen, einige in losen Hosen und Fes, andere in ihren gehörnten und spitzen Helmen, begannen die Handelsware des Schiffes in das offene Gebiet oberhalb des Landungsplatzes auszuladen.

»Dies«, sagte Dauerte-seine-Zeit, »ist Aroun el Hama, König der Kaufleute.«

»Und dies«, fügte er hinzu, »ist Madison Yazoo Leake.«

»Hallo«, sagte ich auf griechisch.

Er sah mich an. Er war klein mit harten, dunklen Augen, einem kohleschwarzen Bart und graumeliertem Schnäuzer. Eine kleine Narbe reichte von seiner linken Augenbraue zu seinem fehlenden linken Ohrläppchen.

»Bei Ibrahim«, sagte er, »seid Ihr ein verwilderter Südländer?«

»Nein«, sagte ich, »ich fürchte, ich komme von viel weiter her.«

»Euer Akzent«, sagte el Hama. »Ihr habt die Sprache an keinem mir bekannten Ort gelernt.«

»Sicher werdet ihr beide heute abend reden wollen«, sagte Dauerte-seine-Zeit. »Aroun, die bringen uns alle um, wenn wir nicht mit dem Handeln anfangen.« Den Landungsplatz auf und ab schrien die Menschen und deuteten auf ihre Waren.

»Yaz«, sagte Dauerte-seine-Zeit. »Hilf uns, ja?«

Er wies auf einen Burschen mit einem gehörnten

123

Helm, der mit einer Frau aus dem Dorf stritt, jeder in seiner Sprache.

Ich ging hin, um zu helfen. Bei meinen Schwierigkeiten mit der Hügelbauer-Sprache und dem Akzent des Nordländers, einem großen, rothaarigen Geck, dauerte es eine Weile, um herauszufinden, daß sie den Preis rauf- und runtergetrieben und den beiderseits akzeptierten Preis längst passiert hatten.

Es würde ein langer, heißer Tag werden.

DIE KISTE IX

ARMEE FORM. 1	1615Z 01. Jan. 2003
Komp: 147	Gesamtzahl: 148

Angetr. z. Dienst

115

Gefallen

13

Get. i. Aus. d. D.

3

Verm. i. K.   Für: S. Spaulding

                                 Col. Inf.

11

                                 Kommandeur

Verm. i. Aus. d. D.

1   von: Atwater, Willey

Verwundet, Hosp.   2 Lt. Arm.

4   diensthab. Adj.

Total 147

BESSIE VII

Der Tag war bedeckt, feucht und heiß, und es war gerade Morgendämmerung.

Bessie skizzierte die Vertiefungen rings um die Hügel. Sie waren dort auf der Flutterrasse, eine westlich, eine nördlich, eine ostnordöstlich. Sie skizzierte die Steiluferlinie. Die Hügel nahmen die Mitte ein. Ringsum waren flachere Gebiete. Sie blätterte rasch ihr Feld-Notizbuch durch. Vielleicht war hier der Standort eines Dorfes gewesen. Doch sie hatten bisher noch keine Pfahlabdrücke gefunden, keine typischen Dorfstrukturen. Vielleicht war es nur vorübergehend eine Siedlung gewesen, benutzt nur, solange die Hügel aufgeschichtet wurden.

Perch und die anderen kamen mit der dunstigen Sonne. Diesmal kam Perch in Arbeitskleidung, sein schmächtiger Körper verlor sich darin.

Sie warteten, daß er aus dem Wagen stieg. Drüben bei den Trucks holten die Fotografen und Zeichner ihre Ausrüstung heraus. Unten nahmen die Arbeitsmannschaften die Planen von den Hügeln.

»Der Gouverneur ist noch nicht zurück«, sagte Perch. »Kommt erst in zwei oder drei Tagen. Scheint eine kleine Meuterei in der Parteimaschinerie zu geben. Außerdem« – er blickte hinunter zum Bayou – »steht uns Regen bevor, 'ne Menge. Sie haben die Tore flußabwärts geschlossen und die flußaufwärts geöffnet. In Shreveport und den ganzen Mississippi rauf schüttet es wie aus Eimern. Man glaubt, es könnte so schlimm werden wie die Frühlingsflut vor zwei Jahren. Ich schätze, wir haben fünf, vielleicht sechs Tage.«

»Wie wär's mit einem Kastendamm?« fragte Kincaid.

»Wir können Teile der Mannschaft abstellen, daran zu

arbeiten. Ich habe an der Universität Wartungsmannschaften mit einigen Traktoren angefordert. Ich habe versucht, das Straßenbauamt zu erreichen, aber niemand tut irgend etwas, ehe der Governeur zurückkommt, damit sie sehen, wer an der Spitze steht.«

»Deshalb ist er wahrscheinlich abgereist«, sagte Jameson. »Er wollte ihnen genügend Freiraum lassen.«

»Deshalb geht niemand ans Telefon«, sagte Perch.

»Wohin stellen wir den Damm?« fragte Kincaid. Er öffnete die Übersichtskarte. »Entlang der Linie der alten Terrasse?«

»Das ist viel zu groß«, sagte Jameson. »Wir müssen entscheiden, ob wir Hügel Eins retten oder nicht. Ich sage, nein.«

»Bessie?« fragte Perch.

Sie blickte zu dem fernen, völlig typischen Hügel, den sie mit seinen Feldmarkierungen ungeöffnet und in Ruhe gelassen hatten. »Wir können nicht riskieren, 2A und 2B zu verlieren«, sagte sie. »Zum Teufel, und was, wenn er genauso voller Zeugs ist wie dieser hier?«

»Kincaid?«

»Ach, zum Teufel damit. Setzen Sie den Damm hierher, direkt unterhalb 2A. Lassen Sie ihn auf beiden Seiten hinter herumlaufen bis zur Steilküste, vielleicht graben wir hier Dränagen rein, wenn möglich.«

Bessie sah auf die Rasterkarte.

»Dr. Perch, können wir ihn hier drüben zehn Fuß weiter hinausziehen?« Sie deutete an der ostnordöstlichen flachen Vertiefung vorbei. »Falls uns Zeit bleibt, möchte ich hier graben.« Sie stach mit dem Finger auf die Karte.

»Wir werden keine Zeit haben«, sagte Jameson.

Sie erzählte ihnen von Basket und der Flutlegende.

Alle blickten auf die Vertiefungen. »Das könnten lediglich Erdaushubgruben sein«, sagte Perch. »Wollen Sie die retten?«

Einen Moment war sie unsicher. »Ja, das will ich.«

»Rufen Sie die Crews zusammen«, sagte Perch. »Sie drei gehen da hinunter, direkt hinein und nach unten in den Hügel. Finden Sie heraus, was hier passiert ist. Ich war lange nicht mehr draußen bei der praktischen Arbeit, aber ich weiß noch, wie man Dämme baut.«

Die Dammlinie war markiert, und Schaufeln begannen zu fliegen.

In der Plattform von Hügel 2B fanden sie kurz vor Mittag das erste menschliche Skelett.

Es lag, Füße auswärts, direkt unter dem Testgraben. William fand die Füße und rief Kincaid herbei. Langsam entfernten sie Erde von den Knochen bis zum Becken, zum Rippenbogen, zu den Schultern.

Der Schädel fehlte. Der Hals endete abrupt.

Kincaid grub nach rechts und links.

»Bessie«, sagte er, »holen Sie den Schellack, kommen Sie hinter mir rein, und überziehen Sie das Skelett. Wir lassen es *in situ*. Es ist brüchig. Es gab keine Abdeckung; dieses Skelett wurde einfach auf die Originalgrundlinie gelegt und der Hügel darüber gebaut.«

Bessie tropfte dicke Schellackklumpen auf die papierzarten Knochen und verteilte sie langsam mit einem weichen Pinsel.

»Sehen Sie sich das an«, sagte Kincaid.

Zur Rechten des ersten Skeletts war der linke Arm eines anderen Skeletts freigelegt worden.

»In etwa da, würde ich sagen«, sagte Bessie und deutete zur Linken des ersten Skeletts, an dem sie arbeitete, »und ein bißchen nach oben.«

»Genau meine Meinung«, sagte Kincaid. Er begann dort zu graben, wohin sie gedeutet hatte. Bald hatte er die rechten Armknochen eines weiteres Skeletts freigelegt.

»Jameson«, rief er leise.

Jameson kam von seiner Arbeit auf der anderen Seite des Testgrabens heran. Er hatte seinen Hut abgenommen, doch seine Augen strahlten wie die eines Eichhörnchens. Er lächelte.

»Es ist ein Trophäenhügel, nicht wahr?« sagte Jameson.

»Ich denke«, sagte Kincaid. »Ich glaube das ganz sicher. Wieviele Schädel haben Sie schon gefunden?«

»Keinen. Sie sind alle enthauptet.«

Beide blickten zu dem konischen Grabhügel, der auf der Plattform stand. Bisher war er unberührt mit Ausnahme des zwei Fuß tiefen Profil-Einschnitts.

»Ich stimme dafür, daß wir da hineingehen«, sagte Bessie.

»Holen Sie den Fotografen und den Zeichner zu den Skeletten herunter«, sagte Kincaid.

Donner grollte.

»Scheiße!« sagte Jameson.

DIE KISTE X

Smithes Tagebuch

4. Januar – das neue Jahr

Ich sprach mit Colonel Spaulding in seinem Bunker.

»Als ich ein Junge war«, sagte er und nahm ein Buch aus seinem persönlichen Spind, »war dies mein Buch.« Es war Das Buch Mormon.

»Sie sind als Mormone aufgewachsen?«

»Die Kirche Jesu Christi der Heiligen der Letzten Tage«, sagte er fast automatisch. »Ich tue das immer noch, hören Sie nur. Und ich war seit dreißig Jahren nicht im Gottesdienst.«

»Ja, Sir?«

»Nun, Sie haben es wahrscheinlich nie gelesen«, sagte er. »Die meisten Menschen haben das nicht und werden es nie tun. Aber an manche Stellen erinnere ich mich immer wieder.

Schauen Sie, da gibt es einige Erzählungen innerhalb der Erzählung. Als Kind brauchte ich lange, das zu verstehen. Die goldenen Tafeln wurden angeblich in Cumorah gefunden, aber sie rekapitulieren auch frühere Berichte, ebenfalls dort vergraben, aus einer noch früheren Zeit.«

»Ja?«

»Nun, in den frühesten Wanderungsbewegungen waren auch Propheten, die von Jerusalem nach Amerika segelten. Sie bauten hier große Städte, fielen jedoch Kämpfen untereinander zum Opfer. Sie spalteten sich in die Lamaniten und die Jarediten auf. Die Lamaniten wurden bestraft, ihre Haut wurde rot, und all ihre Städte fielen in Schutt und Asche.«

»Das sind die Indianer?«

Spaulding lachte. »Ich weiß, es klingt nach den alten Zehn Verlorenen Stämmen Israels, oder den verlorenen Phöniziern oder Ägyptern, nicht wahr? Als Kind war ich ganz heiß auf Archäologie. Aber ich habe das meiste vergessen, so wie ich dachte, ich hätte das meiste aus dem Buch Mormon vergessen. Scheint jedoch, als wäre einiges hängengeblieben.«

»Es wäre viel einfacher, wenn es wahr wäre«, sagte ich. »Vielleicht kann Arnstein hingehen und mit ihnen sprechen?«

Spaulding lachte in einem anderen Tonfall. »Soweit ich mich erinnere, stammen diese Theorien über verlorene Römer und dergleichen daher, weil die ersten weißen Siedler sich nicht vorstellen konnten, daß die gefundenen Hügel und Erdbefestigungswälle von Indianern stammten. Die einzigen Indianer, die sie kannten, waren die aus ihrem Gebiet, die sich oftmals seit einem halben Jahrhundert, bevor die Weißen kamen, nicht fortbewegt hatten. Die Indianer wußten auch nicht, woher die Hügel kamen. Also dachten die Siedler, sie stammten aus vorindianischer Zeit. Und aus einer fortgeschrittereren Zivilisation, als die Indianer sie gehabt haben können.

Also suchten sie nach Zivilisationen der Alten Welt, die Grabhügel benutzt und hohe Befestigungen gebaut hatten. Das war natürlich fast jede – Waliser, Mongolen, Römer, Ägypter, sie alle kamen reihum als Original-Hügelbauer in Betracht.«

»Diese Menschen, die wir bekämpfen, sind zweifellos besser im Kriegshandwerk, als wir gedacht haben«, sagte ich.

»Das alte Sprichwort lautet, daß primitiv nicht dumm bedeutet«, sagte Colonel Spaulding.

»Auf uns zu schießen, ist eine Sache«, sagte ich. »Aber ich denke, es war die Radio-Geschichte, die wirklich alle aufgebracht hat.«

»Nun, wir verdienen es«, sagte Spaulding mit einem Zorn, den ich ihm nicht zugetraut hätte. »Wir haben ihr Leben zerstört. Wir haben sie umgebracht, so sicher, als hätten wir ihnen das Gewehr in den Mund gesteckt und abgedrückt. Sie können nicht verstehen, daß wir es nicht wollten.« Er verstummte und starrte auf seinen Schreibtisch.

»Wir haben genug Töten gesehen. Wir haben gesehen, wie die ganze Welt umgebracht wurde. Jetzt töten wir auch die

Vergangenheit. Keiner von uns wollte das, am wenigsten die Indianer.« Er nahm Das Buch Mormon *wieder auf und öffnete es.*

Ich stand auf. »Ich überprüfe besser die Wachen.«

»Sicher, Marie«, sagte er. »Schicken Sie mir Putnam, ja?«

Ich salutierte und ging. Manchmal war Spaulding schwer zu verstehen.

LEAKE X

> »Man is a noble animal, splendid in ashes,
> pompous in the grave.«*
>
> – BROWNE, *Urn Burial*

Ich habe meinen Lebtag nicht soviel Handelsware gesehen. Häute, Felle, Nahrung, Muscheln, Kunstgegenstände und Pfeifen gingen ins Schiff, und heraus kamen Perlen, Messer, Werkzeuge, Kleidung, Kupfer und Messing.

Ich half, so gut ich konnte, und ging von einer Feilscherei zur anderen. Es schien auf keiner Seite einen festgesetzten Preis für irgend etwas zu geben. Ich blieb beschäftigt und beobachtete die Interaktionen zwischen den Kaufleuten und den Menschen aus dem Dorf.

Die Nordmänner sprachen Griechisch mit so starkem Akzent wie ich selbst. Die Kaufleute mit den Turbanen sprachen ein asiatisches Griechisch, dem der türkischen Zyprioten sehr ähnlich. Doch seltsame Dinge waren damit geschehen – Ausdrucksweisen, die ich nicht kannte, viele Verweise auf dürres Land, Wüsten, aber auch auf Wale und eiskaltes Wasser.

Sie hatten ihre eigenen Übersetzer, die eine Sprache von flußabwärts oder jenseits des Flusses sprachen, Indianer, die sich halb wie Kaufleute und halb wie Einheimische kleideten. Es gab viel Gestikulieren, einige übliche Zeichen und Symbole, viel Körpersprache.

Das Ganze mutete an wie ein Auffrischungskurs am Turm zu Babel.

---

* »Der Mensch ist ein nobles Tier, prächtig in der Asche, bombastisch im Grab.«

Irgendwie wurden die Sachen verkauft, und der Handel ging weiter. Ich blickte zum Boot und sah einen Kaufmann herauskommen und den Sonnenstand mit einem Sextanten messen, der ganz aus Messing und Emaille war.

Der Sonnenmann sah auf. »Mittag«, sagte er.

Die Schiffspfeife ertönte, jeder nahm seine Sachen und ging ins Dorf oder ins Schiff zurück.

Aroun el Hama, Kaufleute und Nordmänner begleiteten uns zu den Hütten.

Dauerte-seine-Zeit fiel neben mir in meinen Schritt ein.

»Wir bewirten sie im Dorf, dann bewirten sie uns heute abend auf dem Schiff. Morgen gibt's noch ein bißchen Handel. Dann handeln sie flußaufwärts und treffen uns wieder auf dem Rückweg in einem Mond oder so.«

Der Spaß begann schon. Man schlug die Trommeln und dudelte auf Flöten. Ein Kaufmann hatte ein gitarrenartiges Ding mit fünf Saiten.

Nach etwa einem Drittel des Weges zur Plaza wieherte mein Pferd in seinem Unterstand.

Die Kaufleute erstarrten wie Larry, Curly und Moe, als sie es das erste Mal hörten.

»Ich muß Fieber haben vom Feilschen«, sagte el Hama. »Ich dachte, ich hätte ein Pferd gehört.«

»Das haben Sie«, sagte ich. »Es gehört mir.«

Einen Moment lang dachte ich, er würde weinen.

»Könnten wir es sehen?« fragte er.

Ich führte sie hin. El Hama und die anderen beruhigten es, begannen es zu tätscheln und redeten aufgeregt in Arabisch.

»Wir haben bisher keine Pferde an diese Gestade gebracht«, sagte el Hama. »Obwohl geplant ist, bald oben, längs des östlichen Ozeans mit ihnen zu handeln. Woher habt Ihr ein solches Tier?«

»Das ist eine lange Geschichte«, sagte ich. »Ich muß

Sie Tausende von Dingen fragen, aber das kann warten. Möchten Sie es reiten?«

»Alles, was ich habe, gehört Euch«, sagte er, sich verneigend.

Ich legte dem Pferd die Zügel an. El Hama sprang auf seinen Rücken, mit der Grazie eines Mannes, halb so alt wie er war.

Ich öffnete den Verschlag. Unter dem Jubel der Zuschauer lenkte el Hama das Pferd hinaus auf die Plaza und ließ es leicht galoppieren. Dann wendete er um und kam dorthin zurück, wo wir standen.

»Also, das macht man damit!« sagte der Sonnenmann. »Eines Tages, Yazoo, mußt du es mir beibringen.«

El Hama machte noch ein paar Ritte um die Plaza und kam dann zögernd zurück. Er wußte, daß er seine Gastgeber aufhielt.

»Es läßt sich herrlich reiten«, sagte er und stieg ab. »Oh, es wird schön sein, wenn Tiere wie dieses hier in diesem Land leben.« Er sah mich an. »Ihr eßt heute abend mit uns an Bord des Schiffes?«

»Sicher.«

»Ich muß Euch auch Fragen stellen. Viele, viele Fragen«, sagte er.

Wir hatten Sonnenmanns Haus erreicht. Die Menschen reichten uns Essen und Trinken und forderten uns zum Tanz auf.

BESSIE VIII

Der Plattformhügel sah aus wie ein tortenförmiges Schaubild. Der Testgraben, der von beiden Seiten hineinführte, öffnete sich dort zur Keilform, wo auf beiden Seiten die kopflosen Skelette freigelegt worden waren.

Jameson, Kincaid und Bessie öffneten den konischen Hügel obenauf.

»Wir arbeiten uns besser von dieser Seite hinein.«

»Wir müssen dieses ganze Hügelsystem von der Spitze bis zur Grundlinie abtragen.«

»Ist es das, wofür ich es halte? Geben Sie mir den Wischbesen.«

»Sehen Sie sich das an.«

»Da ist noch einer drunter.«

»Da drüben auch.«

»Ich wette, die passen zu einigen Hälsen da unten.«

»Sie wissen, daß es so ist.«

»Und noch mehr. War das wieder Donner?«

»Teufel, ja! Washington! Reiß mein Zelt ab, und bring es hier herunter. Bring all mein Zeug in den Sortierraum.«

»Wie steht's mit dem Damm?«

»Ich kann nichts sehen von hier.«

»Junge, Junge.«

»Was?«

»Sehen Sie die Abdrücke?«

»Alles raus! Holt den Fotografen her. Kriegen Sie das Profil, Bessie?«

»Mehr Schädel hier unten. Gott weiß wieviele. Das bedeutet wahrscheinlich, viele Skelette weiter unten. Diese

Schädel müssen von der Oberkante des Plattformhügels an aufgestapelt worden sein.«

»Und dieser Hügel besteht aus einer anderen Erde.«
»Sehen Sie, sehen Sie.«
»Teil eines Pfahlgrabes?«
»Muß sein, muß sein.«

»Holen Sie mehr Licht hier rein.«
»Es ist dunkler draußen.«
»Muß wieder stürmen. Dieses Zelt wird wegfliegen.«
»Hoffentlich haben die die anderen Planen wieder drübergelegt. Wer arbeitet mit Schellack?«
»Leroy!«
»Gut.«
»Suchen Sie mir etwas, das einen Viertel Inch dick und zehn Inch lang ist.«

»Holen Sie den Fotografen her! Bringen Sie den Schellack!«

»Ist das wieder Regen?«

»Gott! Der Bursche muß der Rockefeller seiner Zeit gewesen sein.«
»Ignorieren Sie im Moment das ganze Zeug. Sehen Sie sich den Arm an.«
»Gebrochen und wieder zusammengewachsen.«
»Aber sehen Sie sich die Kerbe auf dem Knochen an!«
»Holen Sie den Fotografen her!«
»Ruhig, ruhig. Versuchen Sie zu bürsten – da. Geben Sie mir den Eispick. Nein. Den gebogenen. Da. Warten Sie. Warten Sie.«
»Was ist das?«
»Achten Sie darauf, daß der Kopf dranbleibt.«
»Ich kann gar nicht viel tun mit der verdammten Brustplatte im Weg.«
»Können Sie die in einem Stück belassen?«

»Vielleicht.«
»Das ist Stahl.«
»Vielleicht.«
»Ich hab's. Sie. Und der Kopf ist noch dran.«
»Bringen Sie die zurück zum Sortierzelt. Ist das wieder Regen?«

Bessie ging los mit dem Objekt in ihren hohlen Händen. Es war eine Kette aus winzigen Metallkugeln. Daran, durch Löcher in den Ecken aufgereiht, hingen viele Dutzend dünner, verrosteter Metallrechtecke, ein Inch breit, zwei Inches lang.

Auf zumindest einem stand etwas in Englisch.

Die Morgendämmerung brach an, feucht und dumpfig. Sie arbeiteten seit zwanzig Stunden am Hügel.

DIE KISTE XI

```
ARMEE FORM. 1                    1524Z 3. Feb. 2003

Komp: 147                        Gesamtzahl: 148

Angetr. z. D.

106

Gefallen

13

Get. i. Aus. d. D.

4

Vermißt i. K.                    für: S. Spaulding

                                 Col. Inf.

12                               Kommandeur

Verm. i. Aus. d. D.              von: Atwater, Willey

1                                2 Lt. Arm.

Verwundet, Hosp.                 diensthb. Adj.

11

Total 147
```

ARMEE FORM. 1　　　　　　1721Z 6. März 2003

Komp: 147　　　　　　　　Gesamtzahl: 148

Angetr. z. D.

91

Gefallen

22

Get. i. Aus. d. D.

6

Verm. i. K.　　　　　　　für: S. Spaulding

21　　　　　　　　　　　Col. Inf.

Verm. i. Aus. d. D.　　　　Kommandeur

1　　　　　　　　　　　　von: Atwater, Willey

Verwundet, Hosp.　　　　　1 Lt. Arm.

6　　　　　　　　　　　　diensthab. Adj.

Total 147

ARMEE FORM. 1 2014Z 11. April 2003

Komp: 147 Gesamtzahl: 148

Angetr. z. D.

81

Gefallen

23

Get. i. Aus. d. D.

6

Verm. i. K. Für: S. Spaulding

21 Col. Inf.

Verm. i. Aus. d. D. Kommandeur

1

Verwundet, Hosp. von: Atwater, Willey

21 1. Lt. Army

Total: 147 diensthab. Adj.

BESSIE IX

Kriegsministerium
20. Juli 1929

Betr.: Seriennummern,
möglicherweise von US-Army
Personal

Dr. Kincaid
Bergungsexpedition
c/o Dixie Hotel,
Suckatoncha, Louisiana
via Baton Rouge

Dr. Kincaid:

Betr.: Liste von 75 möglichen US-Army Angehörigen, Ihr Brief vom 18. Juli 1929. Zwei (2) Namen identisch mit US-Army Personal im aktiven Dienst, einer auf Philippinen, einer in Fort Meade, Maryland, Rang, nicht Unteroffizier. Geb. Daten stimmen nicht überein.

Überprüfung veranlaßt bei US Navy & Marine Corps. Nachricht weitergeleitet an Schatzamt für Coast Guard Personal. Veteranenbüro d. Innenministeriums prüft, Antwort erwartet mit Nachtpost, Büro d. kommand. Offiziers, heutiges Datum. Werde weiterleiten an Daughters Confederacy, Ges. amerik. Kriegsveteranen.

Erwarten Sie schnellstmögl. Ankunft von Cpt. Thompson, Graves, Registration Officer, dieses Kommando, um zu helfen. Handelt in dieser Angelegenheit als Verbindung zu Regierungsstellen.

Jillian, T. V.
Cpt. Art.
diensthabender Assist. AGC

LEAKE XI

> »But remembering the early civilitie they brought upon these countreys, and forget ting long passed mischiefs, we mercifully preserve their bones and pisse not upon their ashes.«*
>
> – BROWNE, *Urn Burial*

Am späten Nachmittag mußten wir mit dem Essen aufhören. Wir watschelten zu unseren Hütten zurück, legten uns hin und schliefen ein.

Bei anbrechender Dunkelheit wurden wir vom Pfeifton des Schiffes geweckt.

Dauerte-seine-Zeit und ich, der Sonnenmann, ein paar Edelleute, verschiedene Krieger und ein paar Kunsthandwerker waren aufs Schiff geladen. Als einziger Bussard-Kult-Mann war Moe dabei, der außerdem Oberhaupt eines der Verwandtschaftssysteme war.

Wir trafen uns alle am Landungssteg. Das Schiff war dunkel. Dann, plötzlich, wurde es von einem kühlen blauen Licht erhellt, als wären riesige Glühwürmer in den Decks und Gängen.

El Hama und seine Leute kamen herunter, uns zu begrüßen und an Bord zu führen. Sie setzten uns in den größten Raum im zweiten Deck, der vielleicht ein Drittel der Schiffslänge einnahm.

Wir aßen wieder, während drei der Kaufleute Gitarre, Trommel und Flöte spielten. Einige der Nordmänner, wie große Bären in ihren zotteligen Fellen, machten

---

* »Doch da wir der frühen Zivilisation gedenken, die sie über diese Länder brachten und längst vergangenes Unheil vergessen, bewahren wir dankbar ihre Gebeine und pinkeln nicht auf ihre Asche.«

akrobatische Übungen für uns. Ich saß im Kreis gegenüber von Dauerte-seine-Zeit, dem Sonnenmann und el Hama. Ich folgte der Unterhaltung so gut ich konnte. Es ging meist um Belanglosigkeiten, um Handel, Jagd, das Wetter, die Ernte, den Überschuß an Häuten und den Mangel an Bärenzähnen und (el Hama bat um Verzeihung) Specht-Skalpen. So in etwa stellte ich mir den langweiligen Dienstagslunch des Rotary Club in Des Plaines vor.

Dann brachten sie Kaffee.

Ich dachte, ich würde sterben. Ich wußte, was es war, bevor ich ihn sah; zuerst roch ich ihn. Ich hatte keinen mehr getrunken, seit vor vielen Monaten, zwei Wochen nach meiner Ankunft hier, das letzte Päckchen Instant in die Tasse meines Kochgeschirrs gewandert war.

Dauerte-seine-Zeit und seine Leute trinken verschiedene Tees und Kräutergetränke, meistens, wenn es kalt ist, oder wenn sie unter dem Wetter leiden. Einige, wie Sassafras oder Zedernrinde, sind gut. Aber es ist kein Kaffee.

Ich starrte die aufwendige Doppelurne an, als wäre sie ein Metallgott.

El Hama sagte etwas zu Dauerte-seine-Zeit und beobachtete mich.

Sie servierten den Kaffee in gewisser Weise ebenso sorgfältig, wie man eine japanische Teezeremonie ausführt. Das Wasser im Unterteil der Urne war kochendheiß. Einer der Kaufleute goß ein Kilo gemahlenen Kaffees in die obere Urne, zusammen mit offenbar pulverisierter Milch und einem halben Kilo Zucker. Er stellte eine weitere Urne darunter und preßte das kochende Wasser in den oberen Topf.

Der Duft trug mich zum Himmel hinauf und wieder zurück. Eine Minute später zog der Mann den unteren Topf hervor. Er war randvoll mit einem braunen, wolkenartigen Schaum.

»Jetzt schnell«, sagte el Hama zu den Anwesenden,

»wir müssen trinken, solange das Gesicht noch auf dem Kaffee ist.« Winzige Tassen mit einer geringen Menge der Flüssigkeit wurden gereicht, mit der rechten Hand zur Rechten. Die Tassen dampften aus einer Krone von Sahne, Zucker und aufgeschäumtem Kaffee. Ich mußte mich zwingen, sie im Kreis weiterzureichen, anstatt sie alle leerzutrinken, sobald sie an mir vorbeikamen.

Schließlich hatte jeder eine, der Sonnenmann als letzter. Dann schloß sich der Kreis bei mir. Meine Tasse, sie reichten mir meine Tasse!

Als jeder eine hatte, blickten alle auf el Hama. Er nahm einen winzigen Schluck der Kaffeehaube, rollte die Augen und stellte die Tasse zurück auf die Untertasse. Enttäuscht nahmen die anderen auch winzige Schlucke.

Ich wollte meinen Kaffee hinunterstürzen, und mich mit den anderen um ihre Tassen prügeln. Statt dessen nippte ich meinen Kaffee.

Er war wunderbar, jedoch war er nur halbsüß und mit viel Sahne. Was ich wollte, waren etwa zwei Liter Kaffee mit einem halben Kilo Zucker darin. Ich wollte einen Koffeinrausch haben, der Dwight Eisenhower wieder zum Leben erweckt hätte.

Ich hörte weiteren Kaffee in die Kanne plätschern und schloß verzückt die Augen.

Irgendwann während des leisen Gesprächs, das nun folgte, kam Dauerte-seine-Zeit um den Kreis herum zu mir.

»El Hama möchte dich nachher sprechen. In dem allgemeinen Herumgerenne gehst du durch den Gang rechts, raus aufs Achterdeck und wartest dort auf ihn. Ich sehe dich am Morgen.«

Ich nickte.

Bald wurden Geschenke ausgeteilt, wobei ich eine Halskette mit einer Vogelpfeife erhielt. Der Vogel war aus etwas wie einer Mischung von Hartgummi und Anthrazit. Als ich ihn ausprobierte, machte er ein Geräusch wie piepsender Christbaumschmuck. Ich legte die Kette um den Hals, dann ging ich zur rechten Tür hinaus und einen blau erleuchteten Gang hinauf. Ein Wachtposten stand an der entfernten Tür, ein Nordmann, der nur nickte, als ich näherkam.

Das blaue Licht summte leicht wie Neon. Elektrizität. In einem Raum sah ich einen Kontoristen beim Schein einer Öllampe etwas in ein großes Hauptbuch eintragen. Er achtete nicht auf mich; ich ging hinauf aufs Deck.

Die Nacht war dunkel; bisher war kein Mond aufgegangen. Als nächstes kam der Pflanz-Mond, die von Dauerte-seine-Zeit erwähnten Tage der Zeremonie des Schwarzen Tranks, nachdem die Pflanzen gesetzt waren. Nach meiner Schätzung war es hier vermutlich erst März, aber es war schon warm.

Das Oberdeck des Schiffes ragte vor mir auf, das erleuchtete Steuerhaus, ein blauer Kasten vor dem sternenübersäten Himmel. Ein paar Mannschaftsmitglieder waren an Deck, Nordmänner oder Araber. Einer fischte vom unteren Deck aus mit einer langen Stange.

Die ersten Ochsenfrösche des Frühlings quakten. Ich hörte einen Alligator grunzen. Die Palisade des Dorfes, durch deren Lehmritzen sich Feuerschein zeigte, war ein dunkler Fleck am Himmel.

Ich hatte vergessen, wie groß der Fluß war, wie voller Geräusche bei Nacht, wieviele Säugetiere, Vögel, Fische und Insekten Laute abgaben. Auf dem Schiffsdeck erinnerte ich mich wieder an alles.

Trotz des blauen Lichtes ringsum war die Milchstraße ein weißer Schmierer am Himmel, und die Sterne schienen hell in der Dunkelheit.

»Ah«, sagte el Hama, als er an Deck kam, »setzen wir uns in die Nähe des Hecks.« Kissen wurden herausgebracht, und wir setzten uns. »Noch Kaffee?« fragte er.

Ich hätte ihn küssen mögen.

»Ich habe schon danach geschickt«, sagte er lächelnd.

»Ich habe bemerkt, wie sehr Ihr ihn genossen habt. Und nun haben wir viele Fragen aneinander?«

»Zu viele, glaube ich«, sagte ich.

»Das glaube ich auch. Bitte beginnt, da ich heute der Gastgeber bin.«

»Welches Jahr haben wir?«

»Nach unserem Kalender«, sagte er, »ist es das 1364ste Jahr nach der Eroberung Mekkas durch die Anhänger Ibrahims, des Propheten.«

Mekka ist ein Anhaltspunkt. Wer ist der Prophet Ibrahim? 1364? Die ganzen islamischen Unruhen waren wann – 600 noch was? Dann haben wir jetzt? Spätes 20. Jahrhundert? Vielleicht 2000 A.D.?

»Kennen Sie jemanden mit Namen Mohammed?« fragte ich.

»Den Vater des Propheten? Es steht nicht viel über ihn im Buch.«

»Hm, was ist mit Jesus?«

»Ich bin nicht so gelehrt wie unser Arzt. – Laßt Ali holen«, sagte er zu einem anderen Kaufmann, dann wandte er sich wieder an mich. »Jesus? Ich glaube, er wurde in der Nähe von Galiläa verehrt, eine kleine Sekte, wenn ich mich nicht irre? Ich glaube, er wurde von seinem Volk gesteinigt. Der Prophet lebte während seines Exils einige Monate bei Galiläa, wenn ich mich recht erinnere, als er aus Medina ausgewiesen wurde.«

Ein weiterer Mann kam heraus, brachte sein eigenes Kissen mit und setzte sich zu uns. Er wurde mir als Ali der Arzt vorgestellt.

»Er fragt nach Leuten, die im Buch erwähnt werden«, sagte el Hama, »aber er fragt sonderbar.«

Ich seufzte. »Was ist mit Ägypten?«

»Die Mutter aller Nationen«, sagte el Hama. »Alt, bevor der Stein der Kaaba vom Himmel fiel.«

»Nun, das ist ein Anfang. Ich teile diese Kenntnis. Was ist mit Griechenland, Athen, Sparta?«

»Stätten der Gelehrsamkeit und Männlichkeit«, sagte Ali. »Lichtgeber und erobernder Staat von unvergleichlichen Errungenschaften, dessen Glanz Jahrhunderte überdauerte. Ihr sprecht seine Sprache.«
»Was ist mit den Römern und ihrem Imperium?«
»Mit wem?« fragte el Hama.
»Ich *habe* von ihnen gehört«, sagte Ali und richtete seine Augengläser. »Sie werden in den Geschichtsschreibungen kaum erwähnt. Sie waren Stadtbewohner, die ständig Krieg mit ihren Nachbarn führten und schließlich die Halbinsel eroberten. Sie bekämpften Mutter Karthago. Zweimal, glaube ich.«
»Was ist mit ihnen geschehen?«
»Beim zweiten Mal schlug Karthago, das nur freien Handel mit all seinen Nachbarn wollte, die Römer und deren Alliierte. Man sagte mir, sie waren sehr gute Hirten und Bauern.«
»Dann gab es also kein Römisches Imperium?«
»Ein Imperium der Wolle«, sagte Ali. »Wir handeln gern mit ihm.«
»Und Karthago?«
»Oh, Mutter Karthago ist noch da. Jetzt nur noch als kleiner Seehafen. Sie wurde im achtzehnten Jahr nach dem Tod des Propheten erobert – wie ganz Afrika, nördlich des Kongo.«
»Was ist mit Europa? Der Kirche?«
»Europa?«
»Das Land nördlich des Mittelmeeres, westlich des Bosporus. Äh ... der Dardanellen.«
»Oh. Ein Land der Barbaren. Der Glaube des Propheten eroberte diese Gebiete. Die Teile, die noch nicht von den Nordmännern gehalten wurden.«
»Was haben Sie getan, als Sie denen begegneten?«
»Wir boten ihnen vierzig Prozent an«, sagte el Hama. »Sie waren großartige Seeleute und Navigatoren. Sie kannten die Länder des Nordens von ihren vielen Raubzügen. Einer von ihnen war bereits in dieses Land ge-

reist, als sich die Wahre Religion über den Norden ausbreitete.«

»Aber es gab soviel Land dort«, sagte Ali, »soviel Ware und Handel, daß unsere Kaufleute vor dreißig Jahren, als wir genügend Energie entwickelt hatten, die Reise zu bewältigen, daran dachten, wieder herzukommen. Und nun haben wir diese ganze neue Welt des Handels zu leiten.«

»Es erscheint so einfach«, sagte ich. »Gab es eine Große Seuche? Haben die Anhänger der Wahren Religion den Menschen, die sie eroberten, ihren Glauben mit Feuer und Schwert gebracht?«

»Seuche? Es gibt immer irgendwelche Seuchen«, sagte Ali. »Dagegen kann man wenig tun. Aber eine Große Seuche, nein. Hippokrates sagt, daß Staaten und Städte eine gewisse Größe erreichen müssen, bevor Seuchen endemisch werden. Wir haben sehr wenige wirklich große Städte.«

»Sie halten sich also weiter an die Griechische Gelehrsamkeit? Was ist mit all den verlorenen Büchern? Was ist mit der Bibliothek von Alexandria? Wurden nicht alle Werke verbrannt?«

»Diese großartigen Werke verbrennen? Was für eine grauenhafte Vorstellung!« sagte Ali. »Aber wo ist dieses Alexandria? Die große Bibliothek ist in Kairo, in Ägypten.«

»Alexander der Große? Philip von Makedonien? Darius, der Perser?« sagte ich.

»Diese Namen sind mir unbekannt«, sagte Ali. »Hamilcar richtete die große Bibliothek in Kairo ein. Aufgrund der vielen Kontakte durch Karthagos Handelsnetz ließ er Bücher dahin bringen. Sie waren dort, als die Wahren Gläubigen die Stadt einnahmen. Dort bleiben sie, obwohl sie endlos oft kopiert wurden und, so fürchte ich, sich dabei viele Fehler eingeschlichen haben.«

»Und dieses Schiff«, sagte ich, »die Lichter? Das sind alles Anwendungen griechischer Wissenschaft?«

»Nun, ja«, sagte el Hama, »dieser und eigener Erkenntnisse aus vielen Jahrhunderten an Experimenten und Veränderungen.«

Ich trank meinen Kaffee.

»Daran muß ich mich erst gewöhnen. Sie sagen, vor dreißig Jahren kamen Ihre Schiffe zum erstenmal her?«

»Oh, sie kamen seit Jahrhunderten einzeln oder zu zweit her durch Versehen, Unfall oder törichte Unternehmungen. Segeln reichte aus für den Indischen Ozean oder für das, was Ihr Mittelmeer nennt, oder für den nördlichen Küstenhandel und Westafrika. Aber für diesen westlichen Handel braucht man etwas, auf das man sich verlassen kann. Dampf. Somit schickte das Konsulat der Kaufleute erst, nachdem wir verläßlichen Dampf hatten, Handelsexpeditionen her.«

»Und Dauerte-seine-Zeit wurde vor zwanzig Jahren von einer solchen Expedition entführt? Weshalb er Griechisch spricht?«

»Was kann ich sagen?« El Hama breitete die Arme aus. »Wie bei allen grenzerweiternden Operationen geschehen im Namen des Handels skrupellose Dinge. Viele der illegalen Händler begingen um des Vorteils willen solche Taten. Entführten junge Menschen, hielten sie in echter Sklaverei, benutzten sie als Übersetzer und so weiter.«

»Wie sieht es jetzt hier aus, hier auf diesem Kontinent?«

»Ich bin sicher, Dauerte-seine-Zeit hat Euch so viel erzählt, wie wir wissen. Im Nordosten: kleine Jäger-, Fischer- und Bauernstämme. Im Süden – Eurem Osten – sind die Hügelbauer, wie Dauerte-seine-Zeit und sein Volk. Sie reichen vom Südosten der Halbinsel bis knapp westlich des Großen Flusses, auf dem wir sind. Im Nordwesten: Völker, ärmer als die ärmsten Nomaden der ägyptischen Wüste, ein paar von ihnen wurden von den Illegalen als Kuriositäten mit in unser Land gebracht.

In Eurem Westen und Südwesten liegt auf lange Strecken das Land der Huasteken. Sie sind das gemeinste Volk, das wir in dieser Welt kennengelernt haben, obwohl ihre Kultur der unseren näher ist. Wir haben ein paar Handelsstationen im Süden, aber wir mögen wirklich nicht besonders gern mit ihnen handeln. Euer Volk auch nicht. Aber sie machen so hübschen Schmuck.«

»Und Sie handeln jeden Frühling den Fluß hinauf und hinunter?«

»Das ist derzeit meine Mission, obwohl bald andere kommen werden. Der Handel ist so profitabel für beide Seiten, daß genügend für alle da ist, und der Handel ist so neuartig für beide Seiten, daß es so bleiben wird. Andere Märkte ändern sich, Preise steigen und fallen. Man sagte mir, daß man in Afrika Baumwolle derzeit eher verbrennen kann, als sie an den Mann zu bringen. Aber bringt Messer in die Neuen Länder oder Felle nach Ägypten, und der Markt findet sich von selbst.«

»Und doch beschränken Sie Ihren Handel in gewisser Weise.«

»Ihr sprecht von Feuerwaffen, Explosivstoffen, bestimmten Tieren?«

»Ja.«

»Nicht wegen fehlendem Profit, das versichere ich Euch. Aber das Konsulat der Kaufleute lernte im westlichen Afrika eine wichtige Lektion. Innerhalb von zwanzig Jahren unbeschränkten Handels dort führten wir zehn Kriege, kümmerten uns um Tausende von Flüchtlingen und blickten auf nacktes, nutzloses Land. Die Gegend war zur Wüste geworden, die sich Jahr um Jahr weiter in den Dschungel schiebt. Das war vor sechs Jahrhunderten, und inzwischen wissen wir es besser, als den Fehler zu wiederholen.«

»Deshalb waren wir so erstaunt, Euer Pferd zu sehen«, sagte Ali. »Es ist, soweit wir wissen, das einzige auf dem Kontinent. Und falls es das einzige ist, wird es nie mehr geben.«

Zum erstenmal richteten sie eine Frage an mich. Ich leitete meine Geschichte damit ein, daß ich sagte, ich würde nicht alles verstehen, was sich zugetragen habe, und erwarte sicher nicht, daß sie es könnten.

Ich berichtete ihnen, was sich in der Welt, aus der ich kam, ereignet hatte, so gut ich mich an deren Geschichte erinnerte. Ich erzählte von Alexander, von Rom, vom Aufstieg des Islam (mit dem Vater ihres Propheten als dessen Führer), vom Christentum und von Europa, zuerst vereint, dann durch Religion gespalten, erzählte von Seuchen, Kriegen, Wissenschaft, von allem, was mir einfiel.

Je mehr ich erzählte, je mehr klang es für mich wie eine Geschichte von Gier, Torheit und Unglück, wie ein Märchen, erzählt von einem verrückten, rachsüchtigen Geschichtenerzähler mit einem Groll auf die Menschheit.

Ich berichtete von dem letzten, schrecklichen Krieg, von Tod und Sterben und dem letzten, tapferen Versuch, dessen Teil ich war, all die schrecklichen, zum Krieg führenden Dinge zu ändern.

Als ich endete, dachte ich, sie würden applaudieren. Ihre Gesichter waren ein wenig traurig, aber ehrfürchtig, als wäre ich ein Entertainer, der einen alles übertreffenden Trick vorgeführt hatte.

»Allah arbeitet mit jedem von uns auf seine eigene Weise«, sagte Ali der Arzt.

»Kommt mit uns zurück!« sagte el Hama plötzlich. »Man erzählt von einem Mann in Bagdad, der eines Tages mit einer Geschichte wie der Euren auftauchte. Er ist jetzt tot, aber einige der Gelehrten, die mit ihm sprachen, leben noch. Kommt mit uns zu den Stätten der Gelehrsamkeit und redet mit ihnen.«

»Ich bezweifle, daß ich etwas anderes tun könnte, als sie zu verwirren«, erwiderte ich. »Ihre Einladung ist verführerisch. Fragen Sie mich noch einmal, wenn Sie wieder den Fluß herunterkommen. Bis dahin denke ich darüber nach.«

Ich fragte mich, ob weitere aus dem Projekt in diese Welt gestoßen worden waren. Oder gab es andere von irgendwoanders, aus einer anderen Zeit als meiner, oder aus der Zukunft oder der Vergangenheit dieser Welt oder auch einer anderen?

Ich war müde. Mein Verstand konnte nur begrenzt Dinge behalten. Ich hatte meine Grenze für Neuigkeiten und Kulturschock erreicht.

Trügerische Morgendämmerung färbte den Himmel über dem Fluß.

»Sie waren sehr hilfreich«, sagte ich. »Ich kann Ihnen gar nicht genug danken.«

»Falls Ihr mit uns kommen wollt, wenn wir zurückkehren, seid Ihr herzlich willkommen«, sagte el Hama. Er schüttelte mir beidhändig die Hände. »Wir werden zur Hälfte des nächsten Mondes zurück sein, randvoll mit Waren. Und vielleicht können wir Euer Pferd wieder reiten? Man wird des Schiffes so müde.«

»Jederzeit«, sagte ich. »Danke. Und danke Ihnen, Ali.«

»Nehmt das, wenn Ihr geht«, sagte el Hama. Einer der Nordmänner reichte mir einen Drei-Kilo-Sack gemahlenen Kaffee.

Als ich ging, hätte ich heulen mögen – um mich, darum, daß ich mich verirrt hatte, darum, daß ich in dieser fremden, verrückten Welt gelandet war, um die Menschheit. Wegen des Kaffees. Es war alles zu viel.

Als sie das Fallreep für mich herabließen, damit ich ans Ufer kam, hörte ich einen der Nordmänner niesen.

BESSIE X

Kriegsministerium
21. Juli 1929

        Betr.: Nummern von Dienstmarken,
        möglicherweise von Angehörigen der
        US-Army, Ihr Brief v. 18. Juli, 1929

Kincaid
Bergungsexpedition
c/o Dixie Hotel,
Suckatoncha, Louisiana
via Baton Rouge

Dr. Kincaid:

Veteranen-Büro d. US-Innenministeriums führt drei Namen: einer aus Mexikanischem Krieg, starb im aktiven Dienst, Gebiet Nevada 1852. Zwei, Veteranen der Republikanischen Armee, einer starb April 1872, Abrams, Massachusetts, einer im Old Soldiers Home, Seip. Va., Geb.-Daten stimmen in keinem Fall überein. Liste mit Einzelheiten, per Post.

    Daughters Confederacy, Ges. amerik. Kriegsveteranen, Navy Marine Corps, Untersuchungen des Schatzamtes noch nicht beendet.

    Geschätzte Ankunftszeit Cpt. Thompson, dieses Kommando, Nachtpost 22.00 Uhr, heutiges Datum, Hotel Dixie.

                      Jillian,
              diensthab. Asst. AGC

DIE KISTE XII

Smithes Tagebuch

12. April

Heute morgen, gleich nach Anbruch der Dämmerung, brachten sie Lewison und neun der Leute, die vor vier Monaten zur Erkundung rausgegangen waren, an den Rand der Lichtung. Ihre Hände waren auf dem Rücken zusammengebunden, und sie waren in schlechter Verfassung.

Die Indianer töteten sie, indem sie ihnen von hinten die Kehlen durchschnitten und ihre Körper als Schilde benutzten, während sie wieder in Deckung gingen.

Wir konnten nichts tun. Jemand ballerte einen Patronenstreifen los, doch das veranlaßte einen der Indianer lediglich, den Körper eines Soldaten fallen zu lassen.

Den Rest nahmen sie mit in Deckung. Wir wissen nicht, was sie ihnen angetan haben. Einige schlugen noch um sich und bluteten zu Tode, während sie sie in den Wald zurückschleiften.

Beim ersten Morgenlicht war der Leichnam, den sie fallen gelassen hatten, fort.

Alle empfinden wir stille Wut, was genau das ist, was die Indianer wollen.

Ich möchte eine Weile nichts mehr schreiben.

LEAKE XII

»But who knows the fate of his bones, or how often he is to be buried? Who hath the oracle of his ashes, or whither they are to be scattered?«*

– BROWNE, *Urn Burial*

Der Bote kam durch die wachsenden Maisstengel ins Dorf und brachte die ersten geschriebenen Worte, die ich seit fünf Monaten gesehen habe.

Er trug ein Stück Papyrus in einem gespaltenen Stock. Dauerte-seine-Zeit forderte den Boten auf, sich zu setzen, und Sonnenblume füllte ihn mit frischem Eichhörnchen-Eintopf ab. Er kam von flußaufwärts, drei Dörfer entfernt, und hatte es eilig zurückzukommen.

Ich öffnete das Papier, mußte mich bei einigen Textpassagen jedoch anstrengen, sie zu entziffern. Es war Griechisch, aber mit Schnörkeln; ein paar Worte mußte ich raten.

Freund Yazoo, (begann es)

Wir von den Handelsgefährten senden Euch herzliche Grüße. Das Geschäft, der Prophet segne uns, geht besser denn je.

Wir kehren in weniger als einer Mondwende flußabwärts zurück und hoffen, Euch dann zu sehen.

Wir bitten Euch, dem Sonnenmann und all Euren Leuten zu sagen, sie sollen auf der Hut sein. (Etwas) ist in Aufruhr westlich des Flusses. Die Tigermenschen

---

* »Doch wer kennt das Schicksal seiner Gebeine oder weiß, wie oft er begraben werden wird? Wer kennt das Orakel seiner Asche, oder weiß, wohin sie verstreut werden wird.«

(ihr Name für die Huasteken, sagte Dauerte-seine-Zeit mir) wurden häufiger gesehen als in der Vergangenheit und setzen ihre (Blumenkriege?) eifrig fort.

Wir hörten, daß in einem der Dörfer östlich des Flusses, in dem wir handelten, jetzt viel Krankheit herrscht, somit werden wir dort auf dem Rückweg nicht anhalten.

Inzwischen paßt gut auf Euch auf. Allah beschütze uns alle, und ich hoffe, Euer schönes Pferd bald wieder zu reiten.

Euer geschäftiger
el Hama

Ich dankte dem Läufer. Er sollte nicht auf Antwort warten (der Brief, sagte er, käme aus seinem Dorf, sechs Tage flußaufwärts). Ich gab ihm eine meiner Pfeifen, die beste, die ich gemacht hatte, mit einem Katzenfisch, der einen Frosch verschluckt. Er dankte mir und trottete davon.

»Gehen wir, reden wir mit dem Sonnenmann«, sagte ich.

»Er macht sich für die Zeremonie des Schwarzen Tranks bereit«, sagte Dauerte-seine-Zeit. »Er muß bei Sonnenuntergang mit Fasten anfangen.«

Wir gingen zwischen den Hütten und Hügeln zur Plaza.

»Übrigens«, sagte Dauerte-seine-Zeit. »Alle fragen, ob du an der Zeremonie teilnehmen wirst.«

Ich blieb stehen und sah ihn an. »Das würde bedeuten, sie halten mich für einen der Krieger, oder?«

»Kein anderer brachte so schöne Köpfe aus dem Blumenkrieg mit zurück«, sagte Dauerte-seine-Zeit und schüttelte bei der Erinnerung an meinen verschwenderischen Akt am Bach traurig den Kopf.

»Was passiert in der Zeremonie?« fragte ich.

»Also, zuerst das Übliche. Gebete an die Ernte und den Specht. Dann trinken alle Krieger den Schwarzen Trank, und man scheißt und kotzt zwei oder drei Tage.«

»Klingt wunderbar.«

»Säubert von unreinen Gedanken. Sorgt für eine gute Ernte. Letztes Jahr war ich eine Woche lang krank, aber wir haben sicher gut gegessen im ersten Teil des Winters, oder?«

»Warum ich?«

»Also, Hamboon Bokulla und seine Bande unterstellen, daß du allen möglichen Kriegerspaß haben willst, ohne seine Verpflichtungen zu übernehmen.«

»Kotzen ist eine Verpflichtung?«

»In diesem Fall«, sagte Dauerte-seine-Zeit, »ja.«

»Also, okay«, sagte ich.

»Okay«, sagte er. »Kein Frühstück morgen, und es wird dir leid tun, wenn du heute viel zu Abend ißt.«

Wir gingen ein bißchen weiter.

»Als nächstes«, sagte ich, »werden alle wünschen, daß ich mein Ding beschneiden lasse.«

»Also«, sagte Dauerte-seine-Zeit, »man hat darüber gesprochen ...«

»Ohne mich.«

Wir gingen zum Sonnenmann und sagten ihm, was in der Botschaft der Händler stand.

Wir saßen alle in einem großen Kreis und sprachen Gebete. Mein Geist war neutral. Irgendwie war ich zwischen Moe und den Träumenden Killer geraten. Die waren wirklich bei der Sache, wiegten sich und sangen. Der Sonnenmann oben an der Spitze des Kreises war in eine andere Welt weggetreten, so heftig und schnell betete er.

Meistens dankten sie dem Specht und der Ernte, und dann brachten zwei Priester diesen großen kochenden Kessel voll irgendwas heraus. Es sah aus wie Rohöl und roch wie heiße Anilinfarbe. Sie tauchten drei große Schüsseln ein, hielten zwei und gaben eine dem Sonnenmann. Er erhob sich mit der Schüssel.

»Großer Specht«, sagte er, »Große Erntefrau. Mit diesem Trank säubern wir uns von Unreinheiten und unseren Geist von bösen Gedanken. Wir werden alle an eine gute Ernte denken. Laßt niemanden hier unwürdig sein. Laßt jeden mit unreinen Gedanken an die Saat tot umfallen, wenn er den Trank nimmt. Große Erntefrau, Großer Specht, hört uns!«

Dann trank er zwei große Schlucke.

Sie reichten die anderen beiden Schüsseln herum, jeder Mann nahm einen Trunk, ihre Gesichter verzogen sich in Abscheu und Qual, während ihre Kehlen arbeiteten.

Dauerte-seine-Zeit hatte mir gesagt, daß es, ungeachtet dessen, *was* Magen und Darm taten, als höflich galt, mindestens so lange im Kreis sitzen zu bleiben, bis die Schüsseln ganz herumgereicht waren. Ich saß auf der Hälfte des Ringes, also würde ich es nicht so schwer haben wie diejenigen neben dem Sonnenmann. Dauerte-seine-Zeit hatte schon getrunken und sagte ungerührt etwas zu seinem Nachbarn.

Hamboon Bokulla, der Träumende Killer, schluckte seinen Teil, etwas von den öligen schwarzen Tropfen ergoß sich wie dünner Teer über die Tätowierungen seiner Schulter.

Er stellte die Schüssel ab und langte mit der Hand nach seinem Lederbeutel.

Moe sagte etwas zu mir und scherzte über einen der Priester, der offenkundig bereits in Nöten war.

Der Träumende Killer stupste mir die Schüssel gegen den Arm. Ich wandte mich ihm zu und nahm sie ihm aus der Hand. Er sah mich desinteressiert an.

Ich hielt den Atem an, brachte die Schüssel mit dem tintenartigen Gebräu an meine Lippen und nahm einen Schluck.

Es war wie Tinte und Öl und Feuerzeugbenzin. Ich wollte würgen, schluckte jedoch. Kehle und Mund wurden Gott sei Dank betäubt, als hätte ich Novocain geschluckt. Alles war besser, als das zu schmecken.

Dann standen alle aus dem Kreis auf und kamen auf mich zu. Da stimmte doch was nicht!

Ich stand auf. Die Schüssel kippte um und sprang vom Boden hoch, eine lange, behäbige schwarze Linie in der Luft hinter sich herziehend. Die Welt drehte sich langsam zur Seite und ich mit ihr. Die Welt waren Gesichter, dann Oberkörper, dann Beine dann Dreck. Ich spürte meine Arme lange Zeit nach meinem Kopf aufschlagen.

Sie drehten mich herum. Ich sah blauen Himmel, an den Rändern grau werdend.

»Seht ihr«, sagte der Träumende Killer langsam, jedes Wort bildete sich in meinem Hirn, »er war böse. Er hätte die Ernte getötet.« Der Träumende Killer war über mir und wies mit dem Finger nach unten.

»Nein«, sagte Dauerte-seine-Zeit. Der Träumende Killer schwamm fort. Dauerte-seine-Zeit paddelte in Sicht, grauer und kleiner, dann schwamm meine Sicht weg.

Weinen. Hände, die mich berührten.

Hände, die mich berührten. Weinen. Ich konnte nichts sagen. Ich konnte nichts sehen. Ich konnte nicht atmen.

Ich roch Zeder. Ich versuchte, mich zu bewegen. Jammern. Ich konnte mich nicht bewegen. Die ersten Körbevoll Erde wurden geworfen.

Nein, sagte ich.
Erde kam herab.
Nein, sagte ich.
Erde kam herab.
Erde kam herab.

Ich hörte Feuer. Ich hörte Rennen. Ich hörte Schreie. Ich hörte nichts mehr.

DIE KISTE XIII

```
ARMEE FORM. 1              1400Z 13. April 2003

Komp: 147                  Gesamtzahl: 148

Angetr. z. D.

56

Gefallen

49

Get. i. Aus. d. D.

8

Verm. i. K.                für: S. Spaulding

30                         Col. Inf.

Verm. i. Aus. d. D.        Kommandeur

1                          von: Atwater, Willey

Verwundet, Hosp.           CPT. Armor

3

Total: 147                 Adjutant
```

```
ARMEE FORM. 1              2206Z 15. April 2003

Komp: 147                  Gesamtzahl: 148

Angetr. z. D.

49

Gefallen

61

Get. i. Aus. d. D.

8

Verm. i. K.

13                         Für: Robert Putnam

Verm. i. Aus. d. D.        Major, AGC

2                          Kommandeur

Verwundet, Hosp.           von: M. Smith

11                         CWO1

Unentschuldigt abwesend

1                          assist. Adj.

Total: 147
```

BESSIE XI

»Mehr wissen wir nicht«, sagte Jameson zu Captain Thompson.

Thompson war groß und dünn, mit einem schmalen, gestutzten Schnäuzer. Er trug Ausgehuniform, und von seinem zivilen Regenmantel tropfte es auf die Bodenplane des Sortierzeltes.

»Die Nachforschungen der Navy und des Schatzamtes verliefen ähnlich negativ wie unsere«, sagte er. »Ein paar Namen stimmen überein, aber alles andere nicht, die Ränge, die Geburtsdaten. Darf ich die Sachen jetzt sehen?«

»Sicher«, sagte Jameson. Er öffnete die Ölplane auf dem Tisch. »Benutzen Sie diese Zangen. Hier ist das Vergrößerungsglas.«

Es war still im Zelt bis auf das ständige Prasseln des Regens auf das Zeltdach.

»Wissen Sie, was das ist?« fragte Thompson.

»Blechstücke mit Namen darauf.«

»Nein, ich meine, die Erkennungsmarken selbst. Hundemarken. Sie sehen aus wie die, die Franzosen und Briten im Großen Krieg benutzten. Es ist eine Bewegung im Gange, daß wir sie in Kriegszeiten übernehmen sollen. Die trugen sie um den Hals. Wenn ein Leichnam gefunden wird, soll der Finder die Marke zwischen die Schneidezähne des Toten stecken und mit dem Gewehrkolben hineintreiben.«

»Wunderbar«, sagte Bessie.

»Manche Tote liegen monate- oder jahrelang auf dem Schlachtfeld. Wissen Sie, das Metall zwischen den Zähnen wird so ungefähr das letzte sein, was verschwindet. Wo sind die Inschriften?«

»Halten Sie sie schräg. Sie sind ziemlich zerfressen vom Rost.«

»Ich hab's. Ihre Augen sind viel besser als meine. Sie haben die fünfundsiebzig Inschriften von denen hier?«

»Es sind zweiundachtzig Marken«, sagte Bessie.

Thompson las: Putnam, Robert NMI RAO 431-31-1616 Geb.-Dat. 06-01-73 Katholik.

»Keine Mittelinitiale. Offiziersrang. Die Nummern stimmen nicht. Das sind nicht unsere. Wir benutzen sieben Ziffern. Die Geburtsdaten machen uns wirklich zu schaffen. Die meisten sind aus den Siebzigern und Achtzigern. Wir haben nie solche Identifikationsmarken benutzt. Ich bin nacheinander alle Personal-Befehle bis weit zurück durchgegangen, um festzustellen, wann und wo die ausgegeben worden sein könnten. Nichts, nirgendwo. Und natürlich stehen die letzten Jahre des vorvorletzten Jahrhunderts außer Frage.«

»Dann können Sie sie auch nicht besser erklären als wir?«

»Ich weiß nicht einmal, wonach ich suche. Wo genau wurden die gefunden?«

Jameson seufzte. »Bessie wird Sie in ein paar Minuten hinunterführen, sobald wir ein Paar hohe Gummistiefel für Sie gefunden haben. Kincaid ist noch da unten mit Perch und den Fotografen.«

»Da ist ein konischer Aufsatz auf einem Plattformhügel. Das ist ungewöhnlich. Mit dem Boden des Plattformhügels ist ein weiterer Hügel verbunden, gefüllt mit Skeletten von Pferden, die anscheinend erschossen wurden.

Der untere Plattformhügel ist mit kopflosen Skeletten gefüllt. Es gibt wahrscheinlich so viele Skelette wie Erkennungsmarken, vielleicht mehr. Sie liegen mit den Füßen nach außen und füllen den gesamten Hügel. Wir glauben, daß es sich um etwas handelt, das man gewöhnlich einen Trophäenhügel nennt.«

»Das deutet normalerweise auf irgendeinen großen

Sieg hin«, sagte Bessie. »Wenn ein Anführer einen großen Sieg errang, ließ er gewöhnlich seine Feinde töten, enthaupten und an einem Ort begraben. Das hier ist einer der größten Begräbnishügel dieser Art, der je gefunden wurde.«

»Was geschah mit den Köpfen?«

»Der Häuptling behielt sie in der Regel als Trophäen, solange er lebte.«

»Ziemlich bizarr.«

»In diesem Fall«, sagte Jameson, »begruben Sie ihren großen Anführer oben auf seinem eigenen Trophäenhügel.«

»Sie sind sicher, es ist derselbe Indianer?«

Bessie sah Jameson an. »Ziemlich sicher. Erstens, die Verbindung zwischen dem Hügel voller Pferde und dem mit den menschlichen Skeletten. Auf dem mit den Skeletten errichteten sie einen zweiten Hügel und benutzten andere Erde. Der Boden des oberen Hügels war mit vielen menschlichen Schädeln gepflastert. Darauf war eine Pfahlgruft mit einem aufrechten Grab. Das reservierten sie in der Regel für ihre Könige. Das Grab war mit Beigaben gefüllt. Einige waren anomal.«

»Was meinen Sie mit ›anomal‹?«

»Sie hätten nicht dort sein sollen. Jedenfalls, um das aufrechte Skelett lag eine Kette mit diesen aufgereihten Erkennungsmarken daran.«

»Und das überzeugt Sie, daß er es war?«

»Nichts überzeugt uns von irgend etwas«, sagte Jameson.

»Erinnern Sie sich, daß ich sagte, die Pferde seien erschossen worden?«

»Ja.«

»Also, der Häuptling, der in aufrechter Position begraben wurde, hatte eine Schußwunde im Ellbogen. Die Wunde war schlecht verheilt. Es sieht so aus, als hätte die Person nach der Verletzung noch weitere zwanzig Jahre gelebt. Warum sonst sollten sie dich auf einem

Hügel voller kopfloser Skelette zusammen mit einem Haufen Köpfe begraben, wenn diese Köpfe nicht zu dir gehören?«

»Damit ich das richtig verstehe. Diese Menschen wurden mit Feuerwaffen getötet, und ihre Erkennungsmarken geben die Geburtsdaten als in den Siebzigern und Achtzigern liegend an? Ich dachte, alle Indianer wären um achtzehndreißig/-vierzig von Andy Jackson hier verscheucht worden?«

»Das versuchen wir ja herauszufinden, Captain. Entweder wir haben es hier mit einem Riesenschwindel zu tun, und wenn ja, warum passen dann die Nummern nicht, wie Sie sagen, oder uns bleibt nur die einzige Schlußfolgerung, die wir haben – daß die Menschen, die diese Hügel bauten, um das Jahr 1500 A.D. ausstarben.«

»Jesus Christus auf Krücken!« murmelte Thompson.

LEAKE XIII

> »To be gnawed out of our graves, to have our souls made drinking bowls, and our bones turned into pipes, to delight and sport our enemies, are tragical abominations, escaped in burning burials.«*
>
> – BROWNE, *Urn Burial*

Ich erwachte und roch Erde, Feuer und Holz.
Zuerst konnte ich mich nicht bewegen. Dann erinnerte ich mich an den schwarzen Trank, an das Grab und an meine Hilflosigkeit.

Vorsichtig begann ich Arme und Beine zu bewegen. Ich brachte keinen Laut hervor; meine Kehle wollte nicht funktionieren. Ich drückte, spürte Holz. Ich war schwach, meine Arme waren wie Lappen, und meine Brust fühlte sich hohl an.

Ich hörte draußen etwas, Stöhnen oder Jammern. Ich brachte meine Schulter gegen einen Baumstamm über mir und drückte. Er gab etwas nach, Borke kratzte meine Haut. Sie hatten einen dieser verdammten Kupferkragen auf meine Brust gelegt; er grub sich in mein Fleisch. Ich ruckte daran und schnitt mir an der Kette, die ihn festhielt, fast die Kehle durch.

Eine Keule und ein Beil waren mit mir hier drin, und Gott weiß, was sonst noch. Ich räumte sie aus dem Weg.

Ich drückte wieder. In der Dunkelheit rann Erde in

---

* »Daß wir aus den Gräbern genagt werden, daß zur Freude und Unterhaltung unserer Feinde unsere Seelen zu Trinkschalen werden und unsere Gebeine zu Pfeifen, sind tragische Greuel, denen man in Feuerbestattungen entgeht.«

mein Gesicht. Ich bekam eine Hand in den Zwischenraum, drückte. Ein winziger Streifen Tageslicht erschien. Ich hob den Balken und bekam einen faustgroßen Erdklumpen ins linke Auge. Blind, zwang ich meinen Arm hinauf, krallte mich fest, setzte mich auf.

Bei dem Versuch, die Augen zu reinigen, wischte ich mir mehr Erde hinein. Ich ruckte einen weiteren Balken fort.

Der Hügel um mich herum war weniger als einen Meter hoch, nur der Beginn eines Hügels.

Sobald ich sehen konnte, bemerkte ich, daß die Pfähle der Umfriedung im Osten verkohlt und schwarz waren. Es waren nur noch fünf oder zehn Häuser übrig, wo einst fünfzig gestanden hatten. Rauch hing über dem Dorf. Krieger standen an den Mauern, schwer bewaffnet.

Zehn oder zwanzig Leute standen etwa zehn Meter entfernt und sahen mich an, einige mit offenem Mund.

Ich zerkratzte mir beide Beine an der Baumrinde, griff zurück und zog meine Keule und meinen Speer heraus. Dazu mußte ich in zerbrochenen Töpfen und Pfeifen wühlen.

Mein Magen war eine leere Grube. Einer der Männer hatte eine reife Passionsfrucht in der Hand.

»Essen«, sagte ich, meine Stimme so erdverschmiert wie ich selbst.

Er reichte mir die Frucht. Ich schlang sie mit zwei Bissen hinunter. Ein Junge gab mir einige Pflaumen. Ich aß sie mit Kern und allem. Ich trank aus irgend jemandes Wasserfell.

Der Sonnenmann eilte mit zwei oder drei seiner engen Anhänger herbei, alle bewaffnet.

»Wie lange war ich da drin?« fragte ich.

Er betrachtete mich. »Drei Tage«, sagte er. Er streckte die Hand aus und berührte mich. »Es ist gut, dich wieder zu haben«, sagte er.

Zwei der Bussard-Kult-Burschen, ganz Tätowierung

im Morgenlicht, standen die halbe Plaza von uns entfernt. Sie deuteten auf mich, stießen Kriegsschreie aus und liefen auf die Hütten im Norden zu.

Das halbe Dorf war von Feuer zerstört, Gebäude eingerissen, Waren verstreut. Vor dem Tempelhügel lagen Leichen in drei ordentlichen Reihen. Zwei Männer in der Nähe zerhauten Hausbalken. Andere zogen steckengebliebene Pfeile und Speere aus Boden und Häusern.

»Was ist passiert?« fragte ich die Menschen. Jemand reichte mir getrockneten Fisch.

»Wir waren dabei, dich zu begraben«, sagte der Sonnenmann. »Viele spürten noch die Wirkung des Schwarzen Tranks. Die Huasteken griffen uns am Abend an. Wir haben zwei Tage lang gegen sie gekämpft. Sie sind jetzt fort. Sie haben viele getötet und viele Gefangene gemacht. Zweimal kamen sie in die Umfriedung.«

»Sie haben einfach angegriffen, ohne Warnung?«

»Keinerlei Warnung. Ihre Ehre ist dahin. Ihr Gott hat sie verrückt gemacht.«

Sonnenblume lief mit ausgestreckten Armen weinend über die Plaza auf mich zu. Sie warf sich an mich. Ich fing sie auf, und sie küßte mich. Der Sonnenmann sah weg.

»Dauerte-seine-Zeit wurde gefangengenommen«, sagte sie. »Sie haben ihn verschleppt. Ich dachte, ich hätte euch beide verloren.« Sie legte den Kopf an mich. »Ich habe gerade gehört, daß du wieder ins Leben zurückgekommen bist.«

Ich war schwach und fühlte mich einen Moment lang schwindelig. Ich brauchte viel mehr zu essen, Wasser, ein Bad.

»Wie lange sind sie fort?«

»Die letzten gingen vor der Morgendämmerung. Wahrscheinlich sind sie letzte Nacht mit den Gefangenen abgezogen. Wir konnten nicht viel tun, sie aufzuhalten«, sagte der Sonnenmann. Er sah sehr müde und alt aus. Sein halbes Dorf war tot oder gefangengenommen.

»Lebt mein Pferd noch?«

»Der Große Hund? Ja.«

»Könntest du jemand schicken, mir Essen zu holen? Ich bin in wenigen Minuten am Tempel.«

Ich führte Sonnenblume auf die Hütte zu. Die stand noch, obwohl das Dach verbrannt war. Drüben, am Nordende des Dorfes begannen die Bussard-Kult-Leute einen ihrer Tänze.

»Sie klingen glücklich«, sagte ich. Ich ging zu meinen Fellen, griff darunter und holte meinen wasserdichten Beutel hervor. Ich zog den Karabiner heraus, setzte ihn zusammen, lud alle meine Extra-Magazine und setzte die Patronengurte zusammen.

»Du willst hinter ihnen her?« fragte Sonnenblume.

»Ja.«

»Dann werde ich euch beide wieder verlieren«, sagte sie.

»Ich hoffe nicht. Ich bringe ihn zurück. Ich bringe sie alle zurück.«

»Nein, das kannst du nicht«, sagte sie. »Du bist nur ein Mann. Die sind mehr, als wir je sein werden.«

»Ich werde tun, was ich kann«, sagte ich. Ich sammelte meine Ausrüstung ein.

Ich zog Sonnenblume an meinen schmutzigen Körper. Sie küßte mich. »Ich werde ihn zurückbringen. Bleib hier. Kümmere dich um die anderen.«

Ich ging zurück, vorbei an der Plaza und hinaus zum Fluß. Ich legte meine Sachen ab, sprang hinein und wusch mir die Erde und den Sand des Grabes ab.

Mehrere Dutzend Menschen beobachteten mich, als ich im Drillichanzug wieder ins Tor kam. Ich ging hinüber zum Verschlag, sattelte mein Pferd und brachte es vor den Tempelhügel.

Ich passierte die Reihen von Leichen. Curly und Larry waren darunter, ihre Tätowierungen im Tod so grell, wie sie es im Leben gewesen waren. Larrys Kopf war falsch herum gedreht. Curly hatte zwei oder drei Löcher in Brust und Bauch.

Der Träumende Killer lag nicht allzuweit entfernt.

Ich gab einem der Priester die Zügel. Er zuckte zurück, aber er hielt sie. Das Pferd war nervös.

»Was ist mit Moe?« fragte ich den Sonnenmann und benutzte Moes wirklichen Namen.

»Gefangen. Ich glaube, er wurde niedergeschlagen, als sie ihn packten. Sie wollten viele Gefangene haben.«

Eine Frau trat heran und gab mir genügend Proviant für vier Tage.

»Es sind vier harte Tagesmärsche genau nach Westen«, sagte der Sonnenmann. »Es ist eine große Stadt. Sie werden dich umbringen, bevor du die Tore erreichst.«

Ich drehte mich um und ging die Treppe zum Tempel hinauf, der nach dem Feuer durch das Unwetter letzten Herbst wieder aufgebaut worden war. Ein Priester wollte mich aufhalten. Der Sonnenmann hob eine Hand. Er winkte den Priestern oben zu. Sie traten beiseite.

Während ich hinaufging, hörte ich den Klang von Äxten, die Stämme für Grabstätten schlugen. Menschen kratzten am entgegengesetzten Ende der Plaza Erde los, Vorbereitungen für die Bestattungsriten und den Beginn eines neuen Hügels. Das Dorf ringsum, einst auf seine Weise schön, war jetzt verkohlt und verwüstet.

Ich ging in die Dunkelheit des Tempels. Ich ging in das innere Heiligtum. Ich nahm das Kostüm des Specht-Gottes aus seinem Kasten und stopfte es in mein Bündel. Dann steckte ich mir das Kopfstück mit seinem hellen Skalp und dem glänzenden Schnabel unter den Arm.

Ich kam wieder heraus oben auf der Plattform. Der Himmel war blau, die Sonne schien hell im Osten. Es war ein schöner Morgen hochdroben.

Jemand schrie auf, als sie sahen, was ich hatte. Der

hohe Priester fiel wie ein Stein zu Boden und lag still.
Die Priester auf den Tempelstufen regten sich nicht.

Ich ging die Stufen hinunter zu meinem Pferd.

Ich schwang mich in den Sattel und band das Bündel am Sattelhorn fest.

Alle Menschen verneigten sich, mit Ausnahme vom Sonnenmann.

Ich wendete das Pferd und ritt quer über die Plaza zum Westtor hinaus. Es schlug hinter uns zu.

Ich ritt, daß der Schatten vor uns lag.

BESSIE XII

Die Motorräder und die glänzenden weißen Autos hielten oben auf dem Steilufer. Es gab eine Pause zwischen den Gewittern. Die Wasser des Bayou plätscherten gegen die Sandsäcke des Kastendamms, nagten an ihm.

Männer in schwarzen Anzügen mit Ausbeulungen unter den Armen sprangen aus den Wagen, beäugten die Menschen mit flinken echsenkalten Blicken und schoben ein paar Leute zurück.

Perch und Kincaid gingen zum mittleren der fünf Autos. Ein Mann im weißen Anzug und mit weißem Hut lümmelte auf der Rückbank. Er setzte sich auf das zusammengefaltete Kabrioverdeck und blickte auf Zelte, Damm, Hügel und Bayou.

Bessie sah von ihrem Zelt aus zu. Sie war müde, sie wollte wochenlang schlafen. Sie sah Kincaid und Perch auf die Bayou-Wasser, die Hügel, den Damm zeigen. Sie wiesen auf die Arbeiter, die Sandsäcke füllten, auf den im Schlamm steckenden Traktor und auf Planen und Zelte über den Hügeln.

Dann redeten sie, wie sie es noch nie zuvor gesehen hatte; ihre Hände formten Hügel, Kronen, Könige, verlorenes Erbe, Jahrtausende, Mysterien. Sie redeten zehn geschlagene Minuten lang.

Bessie kam aus ihrem Zelt und ging auf den Männerknubbel zu. Einer der Leibwächter nickte ihr zu. Sie war bis auf wenige Fuß an Kincaid herangegangen, als er seine Bitte beendete.

Der Mann im weißen Anzug zog eine lange Zigarre aus seiner linken Sakkotasche, zog das Cellophan ab, ließ die Banderole jedoch dran. Er schnippte die Zigarrenspitze von der Größe eines Fingernagels mit einem Taschenmesser ab. Er blickte auf den Hügel hinunter und hinüber zum Bayou.

Er zündete die Zigarre an.

»Bodeaux?« sagte er, Zigarre im Mund.

»Jou, Kingfish!«

»Ruf das Straßenbauamt an. Gib diesen Leuten, was sie brauchen.«

»Jou, Kingfish.«

Dann zwinkerte der Mann im weißen Anzug Bessie zu. Sie errötete.

Reihauf, reihab sprangen Männer auf Laufplanken. Sirenen heulten los. Die Motorräder fuhren voraus. Die Wagen holperten zur Straße zurück, der Mann im weißen Anzug paffte seine Zigarre.

Während das Kabrio seine Speichenräder auf die Straße nach Baton Rouge lenkte, schnippte er die Zigarre auf den Highway hinaus und legte die Hände hinter den Kopf.

LEAKE XIV

»Tote treiben keine Scherze mehr.«
- Thomas Fuller

Ich ritt westlich, der Spur war leicht zu folgen. Sie mußten in Achterreihen gegangen sein, als sie die Belagerung beendeten. Wo sie den Pfad verließen, sah es aus, als hätte jemand Viehherden durchs Gras getrieben.

Ich war erbärmlich schwach. Der Wurf des Pferdes machte es nicht besser. Ich hielt es in stetigem Trott und machte etwa alle zwei Stunden Pause zum Ausruhen und Tränken.

Als es zu dunkel wurde zum Sehen, rastete ich für die Nacht. Ich hobbelte das Pferd und fiel in Erschöpfungsschlaf, ein Gratis-Buffet für die Moskitos.

Die Morgendämmerung zog auf wie Donner, und das Geräusch verursachte mir einen Kopfschmerz zum Bersten. Ich aß die Hälfte des Proviants, den ich für die ganze Reise hatte, bekam etwas schmutziges Wasser für mein Kochgeschirr und ritt weiter.

Bald verließ ich das mir bekannte Gelände. Wir kamen durch Flachland mit hohem Gras, Wasser, Pinien. Der Traum jedes Reisbauern, falls es in diesem Teil der Welt schon Reis gegeben hätte.

Ich fieberte und hatte Schmerzen, war jedoch in ziemlich guter Verfassung für jemand, den man als tot aufgegeben und der drei Tage im Grab gelegen hatte.

Ich mußte die Huasteken einholen. Vielleicht hatten sie den Verstand verloren, wie der Sonnenmann nach der Schlacht gesagt hatte. Sie griffen nie Dörfer an, ausgenommen ihre eigenen, die in ständiger Rebellion gegen sie waren. Sie waren nie so weit östlich gekommen. Sie hatten nie auf den Tod gekämpft bis zu jener Schlacht, die wir im letzten Mond mit ihnen hatten.

Zum Teufel. Fällt alles auseinander, sobald ich auftauche? Vielleicht hatte der Träumende Killer recht; vielleicht ist der Todeskult auf dem richtigen Weg. Vielleicht wird der Tod die nächste große Sache in dieser Welt nach Jahrhunderten des Status Quo.

Ich denke an Dauerte-seine-Zeit, Moe, die anderen. Auf dem Weg in den Kannibalentopf oder was sonst die Huasteken benutzen. Ich treibe das Pferd zu schnellerer Gangart an.

Wieder Nacht, obwohl ich blind weiterreite, viel länger als ich sollte. Das Pferd spürt den Weg. Er ist immer noch wie ein zweispuriger Highway durch das Gras. Ich halte an, als das Gras zu einem festgestampften Erdpfad wird.

Morgen. Stille. Außerhalb des Gehölzes, in dem wir übernachtet haben, führt der Weg kerzengerade nach Westen. Das Land in der Richtung ist flacher. Ein Lagerhaus duckt sich an den Weg. Jemand lehnt sich auf einen Speer.

Ihr Land beginnt also hier. Ich kann nicht mehr als dreißig Kilometer von ihrer regionalen Hauptstadt entfernt sein. Ich bin nur ein paar Stunden hinter ihnen. Sie müßten die Stadt vergangene Nacht erreicht haben. Ich bezweifle, daß sie sich von den Gefangenen aufhalten ließen, da sie soweit gekommen waren.

Das ist also der Stand: ein Mann gegen eine verrückt gewordene Gesellschaft in einer Welt, die er nicht erschaffen hat. Ich mache Pistole und Karabiner bereit, während das Pferd grast. Ich setze meinen Helm auf, und darüber und über Rücken und Schultern drapiere ich das Kostüm des Specht-Gottes.

Sein gigantischer Schnabel hängt über meiner Stirn. Ich binde die Riemen um meinen Hals. Ich besteige das

Pferd, beruhige es und beobachte das hundert Meter entfernte Steinhaus. Ich hänge meine drei Granaten an den Tragriemen meines Karabiners.

Ein nackter Bursche verläßt das Wachhaus in zügigem Trott Richtung Westen. Ein Bote, und was er zu sagen hat, lautet: alles ruhig an der Ostfront. Ich warte, bis er außer Sicht ist.

Dann wende ich das Pferd zum Pfad hin und reite auf das Wachhaus zu.

Der Bursche, der sich auf den Speer lehnt, kommt heran, sieht mich an, Verblüffung im Gesicht. Dann beginnt er zu schreien, und Männer mit verschlafenen Gesichtern und erhobenen Speeren schwärmen aus wie Bienen um einen Bären. Ihre erwachenden Gesichter wandeln sich zu Os, nur Mund und Augen. Während sie starren, reite ich über sie hinweg.

Ein Speer kommt vorbei, fällt bereits. Ich bin weg.

Etwa anderthalb Kilometer hinter ihnen sehe ich den Läufer vor mir, immer noch in seinem lässigen Trott. Er hört den Hufschlag, er dreht den Kopf, er macht einen kleinen Sprung, und als er herunterkommt, wird er zu einem kupfernen Streifen.

Der Abstand zwischen uns vergrößert sich tatsächlich einen Moment. Der Bursche ist echt schnell. Dann machen die Pferdehufe Boden gut. Vor dem Läufer, zur Rechten des Weges, ist irgendein kleiner Steinunterstand, vielleicht für Reisende, die vom Regen überrascht werden.

Wir beide nähern uns ihm. Ich habe meine Keule, und ich hebe sie. Er sieht über die Schulter zurück zu mir; er prescht wieder vor; ich beuge mich hinüber, um ihn zu treffen, sobald wir auf einer Höhe sind.

Ein dumpfes Krachen, und er verschwindet, als die Ecke des Steinhauses vorbeiflitzt. Wie ein Verteidigungsspieler auf dem linken Spielfeld nach einem Linienfoul sah er mich an und nicht die Straße und rannte, Gesicht voraus, in die Wand.

Ich wende und sehe ihn einmal abprallen, seitlich in den Weg hinein. Ich hebe meine Keule und achte auf mein Reiten.

Es ist, als wäre ich der Schmerz in einem Körper und die Läufer die Nervenimpulse, die dem Körper zu sagen versuchen, daß etwas nicht in Ordnung ist. Nur bewege ich mich schneller als sie. Meine Absicht ist es, den Huasteken Zahnschmerzen zu bereiten bis runter zum Fußrist.

Ich passiere weitere Wachhäuser und auch andere Häuser. Ich treffe einige Läufer. Ein paar Wachen können tatsächlich einen Pfeil oder Speer abschnellen, bevor ich vorbei bin.

Am knappsten wird es, als ich einen der lässigen Läufer etwa einen halben Kilometer vor einem Wachhaus überhole. Ringsum sind jetzt kultivierte Felder, aber niemand scheint auf ihnen zu arbeiten. Ein Feiertag? Natürlich. Kommt, seht, wie die Götter die Hügelbauer fressen. Nehmt einen Happen, wenn ihr schon da seid.

Ich denke all das, während der Läufer vor mir in geduckter Laufhaltung ist. Er sieht aus wie eine Karikatur, nur Arme, pumpende Beine und aufblitzende nackte Füße. Und er hat noch Luft genug zu schreien, so daß man ihn im Wachhaus hören kann.

Dort sind vier oder fünf von denen, sie sind genügend vorgewarnt, sie sind wach. Einer erteilt Anweisungen, sie schwärmen aus und stützen ihre Speere auf der Straße ab, die jetzt vier Meter breit und gelegentlich gepflastert ist. Der Typ, der die Orders gibt, ist ängstlich, aber entschlossen.

Der Läufer vor mir legt einen letzten Spurt ein, biegt ab ins Feld, trampelt Mais nieder, pflichtvergessen.

Ich treibe das Pferd an und reite auf die wartenden Wachen zu.

Die Anweisung, was mit einem Pfeil zu tun ist, der keine lebenswichtige Stelle getroffen hat, lautet: ihn durchschieben, bis der Kopf herausguckt, den Schaft abbrechen und ihn durch das Einschußloch zurückziehen.

Auf dem Pferderücken ist das nicht so einfach, wie es klingt. Der Pfeil steckte im Fleisch meines linken Arms. Er hatte bereits ein Austrittsloch. Ich spornte das Pferd an, kam bis einen Kilometer hinter das Wachhaus und zügelte es.

Ich drückte den Pfeilkopf das restliche Stück heraus und schrie die ganze Zeit. Mir war, als durchbohre der Welt schlimmster Pickel-Quetschschmerz meinen Körper. Der Arm wurde taub. Ich nahm mein Bajonett, schnitt den Pfeilkopf ab und versuchte dann, den Schaft rückwärts herauszuziehen.

Ich konnte das unmöglich tun. Ich schloß die Augen und riß. Der Schaft kam aus meinem Arm; ich kam aus dem Sattel.

Irgendwie hielt ich mich.

Hinter mir hatten sie ein Feuer entfacht. Mutige und findige Wachen übermittelten der Stadt die Botschaft. Der König der Huasteken würde sie wahrscheinlich mit meinem Kopf belohnen, wenn sie mich fingen.

Ich klatschte ein Lokalanästhetikum und ein Adstringens auf das Loch, befestigte mit der anderen Hand einen Verband um den Arm und wendete das Pferd ab durch die Felder, parallel zur Straße.

Die Stadt war wie ein weißes Oz. Die Vororte, Maisfelder, Sonnenblumenstengel, alte Kürbisranken und kleine Adobehütten hatten meinen Blick lange genug blockiert. Als ich in einem der Dörfchen zu einer offenen Plaza kam und die Stadt sah, dachte ich, ich wäre auf einem anderen Planeten.

Sie hatte ringsum eine Mauer, allerdings keine sehr hohe. Ein Fluß davor, verhinderte Angriffe. Über den Mauern zeigten sich strahlende braune und weiße Gebäude, drei bis vier Stockwerke hoch. Darüber erhoben sich die Gipfel flacher Pyramiden. Auf der im Zentrum war irgendein Trubel. Sie war mein Ziel.

Der Dammweg über den Fluß zu meiner Rechten bestand massiv aus Speeren, Schilden und Kopfschmuck. Der zu meiner Linken (dort war der Arm mit dem rasch zurückkehrenden Schmerz) wurde kaum verteidigt, obwohl auch da Burschen bereitstanden und warteten.

Ich ritt zwischen beiden Brücken in den Fluß. Das schäumende Pferd sprang hinein. Das Wasser war nicht tief; ich glaube nicht, daß das Pferd mehr als ein paar Sekunden schwamm, bevor es wieder Grund fand, hochkam und vorwärtsstrebte. Die Brücke zur Rechten leerte sich, da die Wachen in die Stadt zurückliefen, um mir den Weg abzuschneiden.

Aus dem Stadtinnern drangen gedämpfte Hörner- und Trommelklänge.

Das Pferd fand Kies und buckelte vorwärts. Die Wachen zur Linken machten sich bereit. Von der linken Mauer und von oben flogen Pfeile an mir vorbei.

Wir stürmten über den schmalen Strand. Die Vororte und Felder lagen an meiner linken, die Stadtmauer an der rechten Schulter. Die Wachen auf dem Dammweg liefen durcheinander, einige rannten zurück in die Stadt, einige zum Brückenende auf der Strandseite.

Ich trieb das Pferd an, und wir gingen, in der Luft hängend, schaudernd, hinauf zur Straße und auf das Tor zu. Speere flogen vorbei; einer glitt am Nacken des Pferdes entlang und fiel ins Wasser zurück.

Dann waren wir oben, im Tor und ritten zwei Bogenschützen nieder, die uns aufhalten wollten.

Ehe wir ankamen, hatte es ausgesehen, als erwarte uns die ganze Stadt, doch während wir weitergingen, wurde mir klar, daß wir für die Bevölkerung insgesamt nur eine unbedeutende administrative Ungelegenheit darstellten.

Die Straßen selbst waren verlassen; die Hufschläge des Pferdes hallten von leeren Häusern zurück. Hinter mir wurde geschrien, und Hörner wurden geblasen, andere Laute kamen aus einer Seitenstraße. Auf der Hauptplaza ertönten gedämpfter Trommelschlag und ein zeremonielles Horn.

Es war Mittag.

Nicht einmal durch *Ben Hur* war ich auf die Szene vor mir gefaßt. Ich parierte das Pferd zum Trab durch. Ich kam aus der engen Torstraße auf einen Promenadenplatz, hinter dem die Plaza lag.

Im Zentrum der Stadt, sie überragend, stanzte die große weiße Pyramide ein Stück aus dem blauen Himmel. An ihrer Spitze spien zwei Feuer vor dem Tempel Rauch in die Luft.

An den Stufen auf dem Weg hinauf standen bewaffnete Wachen.

An ihrer Basis standen weitere Wachen, Dauerteseine-Zeits Volk und andere Hügelbauer aufgereiht. Die Huasteken, Tausende und Abertausende, sahen von der Plaza aus zu, ein grellbunter Klecks aus Kopfputzen, rot und purpur, Jaguarfellen, schwarzem Haar, Gold, Kupfer, Papageien und Obsidian, Reihe, um Reihe, um Reihe.

Einige von Dauerte-seine-Zeits Leuten waren in einer Reihe die Pyramide hinauf aneinandergebunden. Oben warteten fünf Priester. Als ich das Pferd zügelte, erreichte ein Hügelbauer die obere Stufe. Vier Priester packten ihn, rissen ihn, Brust nach oben, zurück auf einen abgerundeten Stein. Der fünfte Priester, angetan mit etwas wie flatternden grauen Lumpen, hob ein großes schwarzes Messer.

Er ließ es niedersausen. Blut spritzte. Er hackte und riß. Ein weiterer Klumpen Blut flog in die Luft. Der Priester wühlte mit der Hand in der offenen Brust, hackte wieder mit dem Messer. Etwas glitt über die Beine des Hügelbauers auf die Steinplatte. Der Priester bückte sich und nahm es auf. Blut tropfte herab; es glitt ihm durch die Finger auf den Körper des Opfers.

Der Priester schnappte es sich wieder, hielt es hoch und warf es dann in das linke der beiden Feuer.

Als das Herz in die Flammen fiel, schrie die Menge: »Huitzilipochtli!«

Die anderen vier Priester stießen den Körper nach links über die Pyramidenkante, wo die Wächter ihn über die Stufen hinabrollen ließen.

Die Festivitäten hatten soeben begonnen. Ein Körper hatte den Boden bereits erreicht, zwei weitere waren halbwegs unten. Huasteken mit nichts als einem Lendenschurz an, nahmen den ersten auf und trugen ihn fort hinter einen Schirm, Bühne rechts, wo ein Feuer brannte.

Die Reihe von Dauerte-seine-Zeits Leuten und anderer Gefangener erstreckte sich quer über die Plaza und zurück hoch in ein Gebäude. Die Menge würde sehr müde sein, bis die Show vorüber war. Der Priester und der abgerundete Felsblock waren bereits glitschig von Blut.

Aufruhr und Hornsignale hinter mir, als sich die Torwachen näherten. In meiner Nähe drehten sich einige aus der Menge um und sahen:

Den Specht-Gott von Dauerte-seine-Zeits Volk rittlings auf einem riesigen Hund, auf der Straße, am Rande ihrer Plaza.

Ich zog den Karabiner aus seiner Hülle und öffnete den Mechanismus etwas, um das partielle Vakuum zu brechen, und ließ Flußwasser aus dem Lauf rinnen. Die Menge in meiner Nähe wich zurück, verwirrt, schreiend.

Die Laufschritte hinter mir kamen näher.

Das nächste Opfer hatte die Spitze der Pyramide erreicht. Eifrige Hände griffen nach ihm.

Der Oberpriester hob das Messer, sowie der Hügelbauer über den Stein gelegt wurde.

Ich schoß dem Priester die Schädeldecke weg. Ich sah die Reaktion der anderen Priester, sobald sie das Geräusch erreichte: Warum läßt unser Boss seinen Kopf explodieren und fliegt gegen die Tempelwand?

Er glitt die Alabasterwand herab, Haar blieb an der blutbesudelten Oberfläche kleben.

Die übrigen Priester wandten sich dem Gewehrschuß zu. Ich schoß den beiden den Kopf weg, die den linken Arm und das rechte Bein hielten. Die anderen beiden ließen los.

Es gab einen Höllenlärm. Die ganze Menge in der Plaza war auf den Beinen. Dauerte-seine-Zeits Leute drehten sich um, sahen mich, deuteten auf mich und schrien.

Ich trieb das Pferd an und ritt auf die Pyramide zu. Die Menge teilte sich wie das Rote Meer, eine wogende Wand aus Mündern, Augen und Geschrei zu beiden Seiten.

Um mir Platz zu schaffen, feuerte ich ein paarmal in die Menge, dann steuerte ich die Wachen auf den Pyramidenstufen an.

Dauerte-seine-Zeits Leute lösten sich als erste aus der Menge. Etwas wie ein Ruck war durch sie gegangen; sie drehten sich um und sprangen jeden in der Nähe an, der eine Waffe hatte.

Die zum Opfer Ausersehenen entlang der Pyramide duckten sich, während ich in die sie umgebenden Wachen feuerte.

Dann war ich am Fuß der Stufen und ritt hinauf.

Wachen lehnten sich von den anderen Pyramidenseiten herüber, warfen Speere oder schossen Pfeile und rannten weg.

Dauerte-seine-Zeits Leute sammelten sich um mich, als ich die Treppen hinauf ritt. Moe kam von weiter oben heruntergesprungen. Er hob einen Speer auf und drehte sich um, die Plaza zu beobachten.

Dauerte-seine-Zeit schrie unten aus der Menge. Ich drehte das Pferd zur Seite, sah ihn und winkte. Die Stadt war eine wirbelnde, chaotische Masse. Im hinteren Teil des Plazazentrums standen zu viele Krieger still um einen Sonnenschirm mit weißen Pfosten.

Dort mußte es sein, wo sie ihre *Kahuna* hielten.

Ich feuerte hinein.

Einige Sekunden lang standen die Wachen mit grimmigen Gesichtern da, während ich schoß, dann brachen sie nach rechts und links weg und ließen üppig gekleidete Burschen zurück, die Deckung suchend über Tote kletterten. Ich schoß in den am buntesten aussehenden Haufen.

Zwei oder drei Wachen sprangen vor einen der Männer. Ich erschoß sie, doch das Magazin war leer, bevor ich freies Schußfeld auf den Burschen in der Mitte bekam.

Ich knallte ein zweites Magazin rein, schaltete auf Automatik und beharkte die sich leerende Plaza.

Wir waren auf der Pyramide, und die waren hinter sämtlichen Gebäuden. Das Dach des größten auf der anderen Straßenseite war mit Bogenschützen bedeckt.

»Wie kommen wir hier raus?« fragte ich.

»Wie wär's mit dem Weg, den du reingekommen bist?« fragte Moe.

Ich sah in die Richtung. Sie war voller Schatten von Speeren und Schilden.

»Ziemlich hart«, sagte ich. »Wie wär's mit da drüben?«

Schreie von unten, während Pfeile heranflogen. Jede Minute, die wir hier oben blieben, würde jemand getötet werden.

Ich saß noch auf dem Pferd, das kaum Platz hatte zum Stehen. Die Männer und Frauen von unten drängten gegen uns an und versuchten, von der Plaza wegzukommen. Ich verübelte es ihnen nicht.

Ich fühlte einen dumpfen Schlag, und ein Pfeil steckte vibrierend im Schnabel des Specht-Gottes. Ich brach ein Stück davon ab.

»Es sieht böse aus«, sagte Dauerte-seine-Zeit direkt unter mir. Ein weiterer Schwarm Pfeile flog herein und löste Rennerei aus, da jeder hinter die paar Schilde kommen wollte, die wir hatten. Die meisten Leute auf der Pyramide hatten nur Speere, Keulen oder Messer.

Ich wollte Dauerte-seine-Zeit irgendwann fragen, was seine Leute von gefügigen Opfern zu Kämpfern gemacht hatte, die ein paar Dutzend ihrer Entführer töteten und deren Waffen an sich nahmen.

Es wurde heiß auf der Pyramide. Ich war sicher, die Huasteken planten, uns einen kühlenden Schauer Pfeile zu schicken.

»Wähle einen Weg, verdammt noch mal!« sagte ich zu Moe.

»Der Weg, den du gekommen bist«, sagte er. »Sobald wir das Tor erreichen, jeder für sich!« Die Losung wurde auf den Stufen weitergegeben.

»Dann folgt mir«, sagte ich. Ich drehte das Pferd, um das *Teocalli* hinabzureiten. Ich feuerte in die Straße, auf die wir zugingen. Die Seiten eines Gebäudes explodierten zu Steinstaub. Ein Huasteke schrie – ein Laut, der mir Spaß zu machen begann.

Der erste Hügelbauer kam von der Pyramide herunter. Die Huasteken rannten hinter den Gebäuden hervor, Speere, Keulen und Äxte werfend. Sie hielten inne, und die Schützen auf den Dächern sandten einen weiteren Pfeileregen auf uns herab. Viele von uns fielen.

Dann erneuerten die Huasteken ihren Angriff.

Immer noch auf den Stufen, schwang ich im Sattel herum und feuerte rechts und links.

Die Hügelbauer und die Huasteken prallten aufeinander. Die Huasteken, die in der Torstraße gewartet hatten, kamen ins Freie gerannt. Ich feuerte in sie hinein. Sie blieben stehen, sprangen zurück, rannten weg.

»Lauft! Lauft! Lauft!« schrie ich zu unseren Leuten auf der Plaza hinab.

Sie rannten auf die Straße zu, ängstlich, kämpfend, schreiend, kreischend.

Weitere Huasteken kamen von überall her.
Das Pferd erreichte die Plaza.
Drei Pfeile wuchsen aus seinem Nacken. Es brach zusammen. Ich rollte mich ab auf die Füße, feuerte nach allen Seiten.

DIE KISTE XIV

Smithes Tagebuch

15. April

Colonel Spaulding verduftete während der Nacht.

Keiner sah ihn gehen. Es wurden keine Schüsse abgefeuert in der Nacht, und es gab keinen Aufruhr von den Indianern, wie sie ihn immer machen, wenn sie einen von uns gefangennehmen.

Major Putnam hat das Kommando. Durch Spauldings Desertierung ist er mehr demoralisiert als durch alles andere, was uns bisher widerfahren ist.

Spaulding war in seinem Bunker geblieben. Ich sah ihn einmal vergangenen Nachmittag. Er hatte sein Buch Mormon geöffnet vor sich. Ich bemerkte, daß die Seiten jedesmal verschlissener waren, wenn ich sie sah, was oft der Fall war. Spaulding schien niedergedrückt vor Sorge. Wir hatten mehr als die halbe Gruppe verloren, seit die Grippe bei den Indianern ausgebrochen war und sie die Belagerung begannen.

Ich war gekommen, um zu berichten, daß Sergeant Croft sich vor ein paar Minuten einen Pfeil im Fuß eingefangen hatte. Er hatte sich herausgelehnt, um einen Sandsack aufzufüllen. Der Pfeil war aus dem Wald gekommen, und traf ihn in den Stiefel. Wir machten uns nicht die Mühe, zurückzuschießen.

Wir wußten, daß sie mindestens elf unserer Waffen hatten. Sie hatten sie nur ein paarmal benutzt. Einer der CIA-Männer glaubte, das käme daher, weil sie es nicht könnten. Drei unserer Leute starben an Schußverletzungen, und einige unserer Pferde sind verwundet worden, bevor wir genügend Bunker für sie bauen konnten. Die Indianer sparen sich die

Karabiner für etwas Großes auf. Außerdem haben die Pfeile auf diese kurze Belagerungsdistanz eine ebenso gute Wirkung.

»Wie geht es Croft?« fragte Spaulding.

»Er ist okay, aber es wird Wochen dauern, bis er wieder Dienst machen kann.«

»Wochen!« sagte Spaulding. »Bald sind Sie und ich die einzigen, die noch Dienst tun.« Er starrte auf sein Buch hinab.

»Einige der Männer möchten das Gehölz um weitere fünfzig Meter auf jeder Seite wegschlagen.«

»Wie stehen die Chancen, das zu tun, ohne weitere drei oder vier Opfer hinzunehmen?«

»Nicht sehr gut. Sie sind überall, und es werden immer mehr.«

»Lamaniten«, sagte Spaulding.

»Wie bitte?«

Er deutete auf sein Buch.

»Oh«, sagte ich.

»Sie werden bald alle hier sein. Alle Nationen. Wir müssen sie alle umbringen. Es ist so schlimm.«

Ich sagte nichts.

»Also gut«, sagte er und gewann seine Haltung zurück. »Sie sollen täglich aufs Geratewohl jeden Peripheriequadranten mit zwei Granaten belegen. Vielleicht verhindern wir damit sowieso ein bißchen das Schießen aus dem Hinterhalt. Könnten Sie den Versorgungsoffizier zu mir schicken? Ich bin sicher, wir müssen bald das letzte unserer Pferde essen.«

Ich ging. Splevins, der CIA-Mann, kam an mir vorbei und ging auf Spauldings Zelt zu. Er sah nicht glücklich aus. Ich nahm meinen Weg huschend und kriechend zwischen Bunkern hindurch.

Das war das letzte Mal, daß ich Spaulding sah.

Ich war im Kommandobunker, als der Versorgungsoffizier heute morgen hereinkam, um dem Major Bericht zu erstatten.

»Es fehlen ein paar Sachen«, sagte er zu Putnam. »Wichtige Sachen.«

»*Ich dachte nicht, daß sie seit Weihnachten mit der Inventur auf dem laufenden sind*«, sagte der Major.

»*Bei einigen Sachen ja, bei anderen nicht. Wir haben gerade Spauldings Anforderungen von gestern überprüft. Sie waren heute nicht mehr da.*«

Der Major seufzte. »*Was hat er mitgenommen?*«

Der Versorgungsoffizier hatte eine Klemmkladde. Er las die erwarteten Dinge zuerst – Munition, Proviantrationen, Granaten, zwei Ponchos, Überlebensausrüstung. Dann:

»*Rasterkarten. In Serie. Von hier durch Mississippi, Tennessee, Kentucky, West Virginia, Pennsylvania, New York. Als wüßte er genau, wohin er gehen will.*

Blechscheren. Zwei Ringbücher. Dünnes Weißblech, das wir für Reparaturen hatten. Stahlmeißel. Blitzlichter. Eine kleine, montierbare Funkeinheit. Tacker.«

»*Was, zum Teufel, will er mit dem Zeugs?*« *fragte Putnam.*

Der Versorgungsoffizier zuckte die Achseln. »*Ich war an Spauldings Privattruhe und habe sie geöffnet. Die meisten seiner Sachen waren noch da, persönliche wie militärische.*«

»*Nicht mal eine Nachricht*«, sagte der Major. »*Ich habe schon nachgesehen. Allerdings ist seine Bibel weg.*«

»*Wie sollen wir ihn im Morgenbericht aufführen?*« *fragte ich.*

»*Vermißt in Ausübung seines Dienstes*«, sagte Putnam.

»*Sehr gut, Sir*«, sagte ich und ging.

LEAKE XV

> »The certainty of death is attended with uncertainties of time, manners, places.«*
>
> – BROWNE, *Urn Burial*

Wir kämpften sie aus der Stadt hinaus und in die Dörfchen hinein. Es wurden immer mehr von ihnen und weniger von uns. Allerdings waren wir auch längst nicht so viele gewesen.

Wir durchstreiften eines der Gartendörfer und dessen Bohnenfelder. Die Huasteken dicht hinter uns; Pfeile und Speere kamen durch die Bohnen wie Schlangen.

Ich hatte nur noch zwei Magazine und vielleicht zehn Runden lose in meiner Tasche. Der Karabiner hielt sie zurück, aber sie ließen sich sowieso nicht mehr viel sehen.

Ein ganzer Schwarm Pfeile kam auf uns herab. Wir sahen weitere Huasteken aus der Stadt kommen.

Der Schnabel des Specht-Kostüms fing einen Pfeil ein. In all diesen Federn war es heiß wie die Hölle. Ein Huasteke trat hinter einem dürren Busch hervor, um seine Atl-atl zu benutzen. Ich schoß ihm irgendwo unten hin.

Dauerte-seine-Zeit sammelte drei von den Speeren auf, die man gegen uns geschleudert hatte.

»Die wollen uns in Schichten verfolgen«, sagte Moe und deutete auf eine Reihe Huasteken auf der Straße, die Aufwärmübungen machten. »Die sind reif für die große Offensive.«

»Großartig.«

---

* »Die Gewißheit des Todes ist begleitet von Ungewißheiten über Zeit, Art, Ort.«

»Also, du hast ihrem Gott ins Gesicht gefurzt«, sagte Dauerte-seine-Zeit. »Wir täten dasselbe mit ihnen. Sie haben es nie bis zu unserem Tempel geschafft.«

Die Krieger auf der Straße entkleideten sich bis auf ihren Lendenschurz und nahmen die Waffen zu Hand.

»Ich halte sie eine Weile auf«, sagte ich wie im Film.

»Scheiße wirst du«, sagte Moe.

Er beobachtete sie. »Erst schnappen sie dich, dann den Rest von uns. Wir müssen rennen, zumindest so lange, wie wir können.«

Ein paar der Hügelbauer waren schon Richtung Heimat aufgebrochen. Ihre Wege durch die Bohnen sahen aus wie Kaninchenspuren.

»Wir sehen uns zu Hause«, sagte Moe. Er legte sich Dauerte-seine-Zeits Arme auf die Schultern und umarmte ihn, dann machte er dasselbe mit mir, wobei er dem Spechtschnabel auswich. Dann war er durch die Bohnenstangen verschwunden.

Dauerte-seine-Zeit holte tief Luft. »Gehen wir!« sagte er.

Fünfzehn Kilometer später sank die Sonne in unseren Rücken. Meine Lungen waren am Zerreißen. Vor sechs Monaten wäre ich nach der Hälfte der zurückgelegten Distanz bereits tot gewesen. Meine Füße waren zu Automaten geworden. Ich machte kleine, kurze Schritte, stolperte.

Gelegentlich drehte ich mich um. Ich hatte nur ein paar Schüsse abgegeben, als ein Meshica besonders töricht war. Ich verfehlte ihn nur wenige Male.

Die Huasteken schienen in drei Wellen zu kommen. Die Läufer lagen einen halben Kilometer zurück. Dann kam ein größerer Stamm, und noch weiter zurück die halbe Stadt. Soviel sahen wir von der kleinen Anhöhe aus, über die wir liefen.

Ich sah auch ein paar von unseren Leuten auf gleicher Höhe mit uns blitzartig zwischen Büschen und Pflanzen auftauchen. Die Huastekenläufer nahmen uns langsam in die Zange. Die war noch zwei Kilometer breit, aber ich spürte es.

Wenn wir weiter so rannten wie jetzt, würden wir in einen Baumstamm krachen und deren Arbeit für sie erledigen. Wir wurden etwas langsamer und versuchten zu sehen, was vor uns war.

»Wie lange werden sie dranbleiben?« fragte ich.

»Bis sie uns haben«, sagte Dauerte-seine-Zeit.

Ein Pfeil prallte von einem Baumstamm ab, um uns aufrecht zu halten.

Irgendwann in der Nacht wurden wir langsamer, aber die Huasteken auch. Sie wollten ebenfalls niemanden verlieren, doch sobald wir offenes Terrain überquerten, schrien sie und kamen näher. Ich konnte absolut nichts sehen, aber sie konnten.

Wir hörten Siegesschreie zur Linken, als jemand in Schritt verfiel und sie ihn fingen. Ich kann nicht sagen, ob sie ihn gleich töteten und auf der Stelle aßen oder ihn als echtes hochkarätiges Opfer zu dem gerundeten Felsblock zurückbrachten. Ich hatte nicht mehr den Atem, Dauerte-seine-Zeit zu fragen.

Ich wußte nur, daß ich nicht mehr viel weiter laufen konnte. Ich würde bald in Schritt verfallen, und sie konnten mich schnappen. Ich würde mir in den Kopf schießen und ihnen den echten Spaß verderben, aber sie bekämen den Rest. Und zuerst müßte ich Dauerte-seine-Zeit das Specht-Kostüm geben; ich hatte dem Sonnenmann gesagt, er würde es zurückbekommen.

Es war inzwischen wahrscheinlich sowieso ziemlich zerrissen. Sein Schnabel hing herab, und das raschelnde Geräusch, das es machte, war nicht mehr so gedämpft wie zuvor.

Dauerte-seine-Zeit blieb stehen, und ich lief fast in ihn hinein.

»Hier lang, folge mir.« Er deutete nach links. Wir kamen zu drei knorrigen alten Bäumen, dick wie drei Männer, mit langen, niedrigen Ästen.

»Rauf!« sagte er. Wir stiegen auf den ersten. Ich folgte ihm zum Ende des niedrigen Astes. Er trat hinüber auf die hereinragenden Äste eines zweiten geduckten Riesen, dann eines dritten. Ich sah gar nichts, ich spürte nur einen Ast von einem halben Meter Breite unter meinem Fuß.

Wir erreichten einen vierten Baum im Zentrum des Ganzen. Dauerte-seine-Zeit schob mich auf einen schmaleren Ast. Wir mußten sechs Meter hoch sein.

Ich zog mich zum Bündel zusammen und versuchte, meine Atmung zu beruhigen. Der Ast schwankte in der leichten Brise. Meine Kehle und meine Nase waren wund. Ich war bleiern müde.

Wir hörten die Läufer unter uns hindurchrennen, unermüdlich, gleichmäßig, wahrscheinlich eine frische Abteilung. Ein paar Minuten später kam die zweite Welle durch, ihr Tempo lag zwischen Trott und schnellem Gehen. Sie redeten miteinander. Sie passierten uns lange Zeit; es waren viele.

Dann warteten wir. Es schien wie eine Stunde; wahrscheinlich waren es nur wenige Minuten.

Diese Leute hatten ein Fest. Sie lachten, redeten, flüsterten; sie bewegten sich kaum. Einer lehnte seinen Speer an den Nachbarbaum und pinkelte. Ich konnte nicht viel sehen, aber ich blickte auch nicht hinab, als ein paar von ihnen mit Fackeln vorbeikamen. Der größte Haufen sang irgendeinen Kriegsgesang. Wir hörten das Klirren ihrer Waffen, das Stampfen von Füßen, das Knarren hölzerner Schilde.

Es waren Hunderte, und sie brauchten eine Ewigkeit vorbeizuziehen.

Ich konnte Dauerte-seine-Zeit kaum ausmachen. Er hielt seine Finger an die Lippen. Wir warteten weiter. Der Wind bewegte den Ast, kein angenehmes Gefühl.

Die Geräusche erstarben in der Nacht. Ich sah den schwachen Schimmer der Fackeln gen Osten ziehen.

Ich wollte etwas sagen, doch Dauerte-seine-Zeit legte wieder die Hände an die Lippen.

Ich hörte unten ein verstohlenes Geräusch, und durch die Dunkelheit sah ich einen Huasteken, nackt und mit dunkler Körperfarbe bemalt, unten zwischen den Baumstämmen durchschleichen. Er durchsuchte die Wälder, blieb stehen, lauschte zwei oder drei Minuten lang, ging weiter und blieb ein paar Dutzend Meter weiter wieder stehen.

Nach sehr langer Zeit sagte Dauerte-seine-Zeit: »Versuch zu schlafen. Morgen kommen sie mit Hunden zurück.«

Ich band mir den Karabiner um die Brust und schlief ein.

DIE KISTE XV

```
ARMEE FORM. 1              2206Z 15. April 2003

Komp: 147                  (geändert 1206Z
                           16. April 2003)

angetr. z. D.              Gesamtzahl: 148

41 Kriegsopfer

Gefallen

69 Kriegsopfer

Get. i. Aus. d. D

8 Kriegsopfer

Verm. i. K.

13 Kriegsopfer

Verm. i. Aus. d. D.        Für: Robert Putnam

2 Kriegsopfer              Major, AGC

verwundet, Hosp.           diensthab.
                           Kommandeur

10 Kriegsopfer             von: M. Smith

Unentschuldigt abwesend    CWO1 RA

1 Kriegsopfer              diensthab. assist. Adj.

Total 147
```

DIE KISTE XVI

Smithes Tagebuch

16. April

Ich habe das Kommando.

Atwater wurde getötet, als sie den Arbeitstrupp überrannten. Es war eine dumme Idee, und das habe ich ihm auch gesagt. Dann ließ Atwater sich umbringen.

Ein paar Stunden später feuerten sie eine Granate, die auf dem Kommandobunker landete.

Putnam wurde von einem Stück Holz, so groß wie ein kleiner Finger, umgebracht. Es drang unmittelbar unter seinem Ohr ein. Es hat nur wenig geblutet, aber er war tot.

Compson ist aus dem Rennen, und das seit Wochen. Bleibe nur ich.

Wir haben nicht einmal mehr fünfzig Leute, die etwas ausrichten können. Die CIA-Leute wollen ihr eigenes Kommando, von mir aus gern. Sie weigern sich, einen Stabsfeldwebel als Kommandeur zu akzeptieren.

Ich habe Hennesey beauftragt, eine Signalbox zu machen, so werden wir vielleicht irgendwann gefunden. Alle Berichte und Disketten kommen da rein, auch dieses Tagebuch, falls wir genügend Zeit haben. Er hat eine alte Munitionskiste, etwas Schellack und Pech. Wir versiegeln alles, zusammen mit dem Sender und bringen diese Sache zu Ende.

Ich habe es nicht so gewollt.

•

LEAKE XVI

>»Who knows, whether the best of men be nown? or whether there be not more remarkable persons forgot, than any that stand remembered in the known account of time?«*
>
> – BROWNE, *Urn Burial*

Ich erwachte mit einem Ruck und fiel fast aus dem Baum. Die Sonne war aufgegangen.

Dumpfes Hundegebell hatte uns aufgeweckt. Dauerteseine-Zeit wies nach Osten zur aufgehenden Sonne. »Gehen wir. Sei vorsichtig. Sie sind vor uns.«

Wir stiegen vom Baum herunter, die Hunde zur Linken wurden lauter. Wir gingen nach rechts, der Sonne entgegen.

Als wir die nächsten Bäume erreichten, sah ich nördlich von uns eine Reihe Huasteken, die sich langsam bewegten.

Ich hatte immer noch ein Magazin, plus ein paar Runden im Karabiner und die lose Munition. Das verdammte Specht-Kostüm war ein Ärgernis. Meine Muskeln waren verkrampft. Tau war noch auf dem Gras, durch das wir hindurchliefen. Das Kostüm war durchweicht. Aber ich hatte dem Sonnenmann gesagt, er würde es zurückbekommen.

Der Atem kratzte bereits in der Kehle, und die Pfeilwunde vom Vortag war hart und brannte.

---

* »Wer weiß, ob man des besten Menschen gedenkt? Oder ob nicht bemerkenswertere Menschen vergessen werden, als jene, denen man in der bekannten Zeitrechnung gedenkt.«

Sie waren uns nicht gefolgt, sie durchkämmten nur auf der Suche nach Versprengten in weiten Bögen das bereits durchlaufene Gebiet. Wir wußten das, bevor wir zwei Kilometer zurückgelegt hatten. Wir wurden langsamer und etwas vorsichtiger. Dauerte-seine-Zeit blieb stehen, wühlte im Boden herum und holte unter einer abgestorbenen Bullennessel ein paar erdnußartige Früchte hervor. Sie schmeckten wie Holzbrei, aber ich aß sie trotzdem.

Wir fanden ein tiefes Piniengehölz, dunkel und trocken, und eilten hindurch. Die Sonne war schräg einfallendes, weißes Licht zwischen den Stämmen. Wir folgten ihm, obwohl es uns nach Süden führte. Aber die Huasteken hätten wie wir hier drin sein müssen, um uns zu sehen.

Dann stießen wir auf einen Bayou voller Luftwurzeln von Zypressen und verrotteter Bäume. Der Mist reichte uns bis zu den Knien; wir durchquerten ihn so leise wir konnten. Ich will nicht an den Geruch denken, der aus Wasser und schwarzem Schlamm aufstieg. Er erschöpfte uns völlig. Keuchend krochen wir auf das erste trockene Land, das wir fanden. Ich war erledigt.

»Wir sind fast durch«, sagte Dauerte-seine-Zeit japsend. »Wir gehen nach Osten bis zum Fluß, dann nördlich oder südlich nach Hause. Sie werden uns nicht weiter verfolgen als bis einen Tagesmarsch ans Dorf heran.«

»Vor vier Tagen haben sie das Dorf selbst angegriffen«, erinnerte ich ihn.

»Weil sie heimtückische Bastarde sind. Diesmal sind wir vorgewarnt. Der Sonnenmann ist wütend wie sonstwas, wahrscheinlich hat er alle östlich des Mes-A-Sepa auf diese Seite gebracht, und erwartet sie, wenn sie es noch mal versuchen.« Er wollte sich aufrichten, überlegte es sich jedoch anders. »Es sind die nächsten paar Stunden, über die wir uns Sorgen machen müssen.«

»Großartig. Es sind die nächsten paar Stunden, die ich hier liegenbleiben möchte«, sagte ich.

Nicht weit entfernt war das Bellen der Hunde zu hören.

Wir sprangen auf und rannten.

Fast Abenddämmerung. Jeder in weniger als einem Kilometer Entfernung konnte uns atmen hören. Wie das Schnauben von Güterzügen. Wir hatten eine Horde Huasteken auf dem anderen Weg zurückgehen sehen, entweder hatten sie frei von der Jagd, oder sie begleiteten Gefangene oder irgendeinen Edelmann. Ich hatte nicht genügend Schuß für alle, also gingen wir weiter.

Wahrscheinlich waren ein paar Tausend von ihnen zwischen uns und daheim.

Sobald es dunkel wurde, hielten wir bei einem einzelnen Baum. Für sich genommen war er groß genug, aber war er auch groß genug, uns beide zu tragen? Die Äste waren nicht breit. Mir gefiel das nicht.

»Ich lausche zuerst«, sagte Dauerte-seine-Zeit. »Ich wecke dich nach einer Weile.«

Ich schloß die Augen. Als nächstes weiß ich nur, daß er mich schüttelte. »Du bist dran«, sagte er und schlief ein.

Ich wartete. Ich lauschte. Ich beobachtete, obwohl ich nicht mal den Baum sehen konnte, auf dem wir saßen. Der Wind war kühl. Ich fröstelte. Es schien wie eine Ewigkeit hier oben. Ich hatte keine Ahnung, wieviel Zeit verstrich. Ich versuchte zu zählen, kam bis tausend und ließ es bleiben. Als ich einzunicken drohte, weckte ich Dauerte-seine-Zeit auf.

»Ich bin halb eingeschlafen«, sagte ich. Es klang, als riebe er sich die Augen. Ich legte mich so gut ich konnte auf dem Ast zurück.

Ich erwachte mit einem Ruck, weil Dauerte-seine-Zeit meinen Arm ergriff.

Die Hunde kamen.

Wir stießen gegen Bäume. Ich stürzte. Die Hunde waren lauter, näher. Die Sonne ging auf. Wir liefen auf weitere Zypressensümpfe zu, rannten hindurch. Einmal ergriff ich einen Ast am Ufer. Er *bewegte* sich. Ich sah nicht mal zurück, als die Schlange hinter uns ins Wasser fiel.

Jetzt hörten wir Schreien auf beiden Seiten, und ein Hornsignal. Sie arbeiteten sich heran.

Trockenes Land, mehr Wasser, dann wieder Land. Wir rannten der Morgendämmerung entgegen, vom Jagdlärm mehr nach Norden gedrängt.

»Sie ... versuchen ... uns ... im ... Kreis ... laufen ... zu ... lassen«, keuchte Dauerte-seine-Zeit. »Hier lang.« Er steuerte auf die Geräusche im Südosten zu. »Ich begegne ... lieber Menschen ... als Hunden.«

Ich wollte keinem von beiden begegnen.

Wir gelangten auf einen bewaldeten Hügel und begegneten beiden.

Die Huasteken kamen hinter Büschen hervor, warfen Speere mit ihren Atl-atls und hetzten die Hunde auf uns. Die Speere sollten uns aufhalten, damit die Hunde uns den Arsch aufreißen konnten.

Es waren zwanzig Hunde in allen Größen und Formen, von solchen, die aussahen wie Kreuzungen zwischen Dobermann und Riesenratte bis zu Chihuahuas. Ich sah nur Augen und Zähne.

Ich begann zu schießen, und Dauerte-seine-Zeit und ich preßten unsere Rücken gegen den nächsten Baumstamm. Ich war bei meinem letzten vollen Magazin angelangt. Dauerte-seine-Zeit hielt den Speer vor sich; er stieß ihn einem großen Hund in die Brust. Ich erschoß drei oder vier. Sie kamen unter meinem Feuer durch, und etwas packte sich mein Bein. Ich knallte meinen Gewehrkolben darauf. Es quiekte und ließ los.

Pfeile und Speere wuchsen aus den Bäumen hinter uns. Ich erschoß die zwei größten Hunde. Dann war das Magazin leer.

Die Huasteken sprangen auf, rannten speereschwingend auf uns zu und riefen die Hunde zurück.

Ich zog eine Handgranate ab, stieß Dauerte-seine-Zeit zu Boden und warf sie auf den nächsten Huasteken. Ich sah ihn lächeln und sie auffangen, während ich mich hinwarf.

Er verwandelte sich durch die Explosion, die alles im Hain zerriß, in einen feinen roten Nebel.

Ich drückte mein letztes Magazin mit sechs Runden hinein und stand auf.

Ein Bursche stand immer noch, hielt, was von seinem Magen übrig war, mit dem, was von seiner Hand übrig war, Augen leer. Tote Huasteken und Hunde lagen ringsum. Ein paar Verwundete beider Arten zuckten.

Hunde bellten, kamen näher aus einer anderen Richtung.

»Gehen wir«, sagte ich. Ich sah Dauerte-seine-Zeit an.

Er sah mich an. Ein halber Meter Speerschaft, durch die Explosion gebrochen, ragte aus seiner Brust, genau unterhalb des Schlüsselbeins.

»Oh, Scheiße!« Ich richtete ihn auf, rollte ihn herum. Der Speer ging nicht ganz durch. Es war kein Schaum im Blut: keine saugende Brustwunde. Ich zog den Speerschaft langsam heraus und drehte ihn ein bißchen, als er an Knochen schabte. Ich riß das Erste-Hilfe-Päckchen vom Gurtband unter meinem Kostüm auf, klatsche Antiseptikum auf die Wunde und stopfte die Wundbandage in die Ränder des Lochs.

»Halt das«, sagte ich. Er hob die Hand und drückte auf den Verband. Seine Augen wurden wieder normal.

Die Hunde wurden lauter.

»Diese Burschen«, ächzte Dauerte-seine-Zeit, »müssen ein Kanu gehabt haben.« Dann verfiel er wieder in Schweigen.

Ich sprang auf und lief an dem Blutbad vorbei. Der Huasteke, der immer noch stand, ging von der Lichtung, weder mich noch seine Wunden beachtend. Er ging einfach weiter.

Drüben, wo das nächste Wasser begann, lagen drei Einbäume. Ich lief zu Dauerte-seine-Zeit zurück und half ihm auf. Wir schafften es zu den Kanus, als der erste Hund an den toten Männern vorbeikam.

Ich schob das Kanu hinaus. Etwas Heißes, Scharfes

stach in meine Ferse. Ich schrie. Kleine Knurrlaute ertönten an meinem Bein.

Ich ergriff meinen Karabiner und wandte mich um.

Einer der Chihuahuas hatte mich gepackt. Seine Zähne waren wie Nadeln. Ich versuchte, ihn wegzutreten. Größere Hunde kamen. Das Ding kam zurück, packte wieder zu. Es wollte nicht loslassen.

Ich benutzte Schuß Nummer eins für den Chihuahua.

Nummer zwei für einen der großen Hunde.

Nummer drei für einen mittelgroßen, der in das Heck des Kanus biß und es wieder an Land zu ziehen versuchte, während ich paddelte.

Dauerte-seine-Zeit paddelte mit einer Hand und benutzte die andere, um die blutige Bandage zu halten. Wir trieben hinaus und schafften hundert Meter in den Bayou hinein. Die Hunde schwammen in einem langgezogenen V im Kielwasser hinter uns her.

Ich benutzte Schuß Nummer vier für den ersten Huasteken, der zu den Kanus kam. Er fiel tot um. Der Rest von ihnen blieb im Unterholz, bis wir außer Sicht waren.

Ansonsten war es ein schöner Frühlingsmorgen.

Wir hatten das Kanu in eine Alligatorgrube hinaufgeschoben, die Büsche hinter uns geschlossen. Es war nach Mittag. Dauerte-seine-Zeit lag im Bug des Einbaums. Ich hatte vor einer Stunde den anderen Verband für seine Schulter benutzt. Er war bereits durchweicht.

Gelegentlich hörten wir Kanus vorbeifahren, die Paddel tauchten gleichzeitig ein.

»Ich sage dir das nicht gern«, sagte Dauerte-seine-Zeit, »aber ich glaube nicht, daß der Bayou zum Fluß führt. Ich war schon mal als Kind hier, noch bevor die Händler kamen. Es sei denn, du kannst das Kanu auf den Schultern tragen, müssen wir es ein paar Stundenmärsche von hier entfernt verlassen.«

»Zumindest können wir es so weit benutzen«, sagte ich.

Dauerte-seine-Zeit sah mich lange an. »Was hält dich aufrecht?« fragte er.

»Nun, zum einen habe ich keine Speerwunde in meiner Brust. Deine Aussichten werden sich bessern, sobald du ein paar Tage Ruhe und etwas zu essen bekommen hast«, sagte ich mit einer Munterkeit, die ich nicht empfand.

»Sie werden uns erwischen«, sagte er. »Ich habe das Gefühl.«

»Nun, vielleicht. Ich habe immer noch zwei Granaten und zwei Schuß.«

»Einen für dich, einen für mich?« fragte er.

»Mir gefällt das auch nicht besser als dir«, sagte ich.

»Es wird besser sein als der Opferstein.«

»Ich wollte dich nach etwas fragen.« Ein Vogel schrie und flog auf. Wir warteten. Nichts geschah.

»Deine Leute schienen wirklich bereit zu sein, auf der Plaza zu sterben. Sobald sie mich sahen, bekamen sie ihren Mut zurück.«

»Wenn du in der Hauptstadt deines Feindes auf dem Weg zum Opferstein bist, kannst du auch gehen, wie es sich für jeden Mann und jede Frau schickt. Wenn dein Gott kommt, um dich zu retten, kämpfst du.«

»Aber das war nur ich in dem Specht-Kostüm, das wußtest du.«

»Ich wußte es, und du wußtest es«, erwiderte er. »Aber der Specht-Gott wußte es auch.«

»Und er war einverstanden?«

»Ich weiß nicht, ob er einverstanden war oder nicht, aber er ließ es dich tun«, sagte er. Dann verzerrte er vor Schmerz das Gesicht.

»Sobald wir an den Huasteken vorbei sind, gebe ich dir etwas gegen die Schmerzen. Es gibt dir das Gefühl zu fliegen. Aber wenn ich es dir jetzt schon verabreiche, bist du einen Tag lang bewußtlos. Ich kann dich tragen, wenn wir an ihnen vorbei sind, aber nicht, solange sie in der Nähe sind.«

»Wir werden in der Abenddämmerung weiterfahren«, sagte er. »Nach Norden, dann nach Osten. Wenn wir zu den Magnolien kommen, müssen wir das Kanu verlassen und wieder über Land gehen. Die letzten Meshicas müßten wir vor Mitternacht passieren.«

Er legte sich im Boot zurück, nickte ein, erwachte ruckartig, schlief unruhig. Die Sonne kroch wie eine helle Metallkugel über den Himmel.

Einmal trampelten Füße am Ufer vorbei. Der Alligator kam zurück, roch uns und krachte ins Wasser zurück.

Die Sonne sank, dann war es Nacht.

Wir schoben das Kanu wieder ins Wasser und fuhren in die nach Magnolien duftende Nacht hinaus.

»Zu Hause liegt da«, sagte Dauerte-seine-Zeit und deutete. Ich konnte nicht erkennen, wohin er wies. »Wir nehmen den Weg, dem wir letzten Monat gefolgt sind, als wir zum Blumenkrieg zogen, erinnerst du dich?«

»Wie weit?«

»Die ganze Nacht. Dann nach Hause.«

Ich drehte mich um und umarmte ihn, wobei ich auf seine Schulter achtete. Wir benutzten aus meinem Hemd gerissene Streifen, um die Blutung zu stillen.

»Wir schaffen es«, sagte ich. »Ich spüre es.«

»Die Nacht ist lang, Yaz«, sagte er.

Wie aufs Stichwort sauste ein Pfeil vorbei, dann war die Nacht voller Huastekenschreie und Gejohle.

Es waren fünf oder sechs, und ich erwischte sie mit meiner letzten Splittergranate. Allerdings weckte das alle auf. Die Nacht füllte sich mit Geräuschen, als das Echo der Explosion erstorben war.

»Welchen Weg gehen wir?« fragte ich Dauerte-seine-Zeit. Ich hatte ihn ins Boot niedergedrückt, und seine Schulter blutete wieder.

»Den da.« Er deutete hin. Der böige Wind von hinten blies im Winkel von etwa 30 Grad Abweichung in die Richtung.

»Sie werden zwischen uns und zu Hause sein, nicht wahr?«

»Ja.«

»Dann sollten sie außer uns noch weitere Probleme bekommen. Bleib unten.«

Ich nahm meine letzte Granate heraus, eine Wooly Pete. Ich watete an Land und ging ein paar Meter ins offene Terrain bis zu einem Punkt, etwa 20 Meter von der Stelle entfernt, wo Gras und Unterholz am dichtesten waren. Ich zog sie ab, warf sie, rannte zehn Meter und ging hinter einem Baum in Deckung.

Diese Phosphorgranaten sind schwer, man kann sie nur zwanzig Meter weit werfen, aber sie haben einen Sprühradius von dreißig.

Ein Feuersturm blühte auf. Es war so hell, daß ich durch die Haut die Knochen meiner Hand sah. Ich hoffte, daß die Huasteken im Umkreis von Kilometern direkt hineingeblickt hatten; sie würden bis zum Morgen blind sein.

Das Feuer kroch Bäume hinauf, über Gras, den Boden entlang, eine große, orangerote und weiße Wand. In kürzester Zeit war sie hundert Meter breit und dehnte sich aus, angefacht vom böigen Wind.

»Leg dich nicht mit dem Specht-Gott an«, sagte ich zu mir.

»Puh!« sagte Dauerte-seine-Zeit, er war aufgestanden und sah vom Boot aus zu. Die Flammenwand wanderte nach Osten, krönte Bäume, leckte an ihren Stämmen.

»Laß uns heimgehen«, sagte ich.

Wir fanden den Weg zur gleichen Zeit, als die Huasteken uns fanden.

Sie waren zu unserer Linken, das Feuer brannte zur Rechten in einem strahlenden, etliche Kilometer langen Bogen. Die Luft war voll mit flüchtenden Vögeln. In den Wäldern glitzerten die Augen von Tieren, die stehenblieben und dann davonstoben.

Die Huasteken schrien. Wir sahen sie im Licht der Flammen. Sie sahen uns auf dieselbe Weise. Ein Dutzend von ihnen war einen halben Kilometer entfernt.

»Verträgst du den Rauch?« fragte ich Dauerte-seine-Zeit.

»Vielleicht.«

Wir liefen zum Feuer, begegneten Wild, das uns entgegenkam. Bevor wir auch nur in die Nähe des Feuers gelangten, versengten uns Rauch und heiße Luft die Lungen. Ein Pfeil flog vorbei, seine Federn gingen in Flammen auf, als er von einem brennenden Ast abprallte.

»Hier rein folgen sie uns nicht«, sagte ich.

Dauerte-seine-Zeit wurde langsamer, sprang über glühende Asche, glitt aus, fiel in einen rauchenden Busch. Die Luft war voller Funken; glimmende Blätter verbrannten meine Wange, als ich mich über ihn beugte.

Schaum war auf dem Blut aus der Wunde. Ich nahm den Morphium-Injektor, drückte ihn an seinen Arm und zog ab.

Dauerte-seine-Zeit schlief ein.

Ich preßte weitere Tuchstreifen auf die Wunde, nahm ihn und legte ihn mir quer über die Schultern. Mit meiner Last schritt ich durch die gezackten Flammentürme, die uns von allen Seiten einschlossen.

Bäume ächzten und stürzten, Funken sprühten, feurige Äste regneten herab. Eine rauchende Eule flog vorbei. Ein Waschbär lief in eine Hecke aus Feuer. Rauch kringelte unter meinen Füßen.

Die Welt war orange, rot und voller Rauch. Die Federn am Spechtkostüm begannen sich zu kringeln. Ich trat auf etwas Lebendiges; ich glaube, es hat mich gebissen. Ich stolperte in Sackgassen aus Hitze und Feuer und wieder hinaus. Ich ging, bis das Unterteil meines Kostüms um meine Taille herum aufschwamm.

Ich war erstaunt, mich im Wasser wiederzufinden.

Ich trug Dauerte-seine-Zeit lange, lange Zeit. Ich war wie betäubt, meine Lungen waren verbrannt, meine Beine hatten jedes Gefühl verloren. Ich schleppte mich weiter durchs Wasser.

Zahllose Tiere waren um mich. Jede kleine Anhöhe war vom Boden bis zu den Spitzen kleiner Bäume mit Augen gefüllt, die das Feuer reflektierten.

Schlangen und Alligatoren schwammen in rotgoldener Glut vorüber, stießen gegen meine Beine, wichen zurück und umschwammen mich. Etwas Riesiges verdeckte auf einer Seite den Feuerschein, verschwand aber, bevor ich sehen konnte, was es war.

Je tiefer ich in den Sumpf ging, desto fremder wurde er. Das Glühen kam jetzt von beiden Seiten. Das Feuer hatte irgendwo den Bayou umringt oder überquert. Nebel stieg auf. Ich konnte nicht mehr das Wasser vor mir sehen, sondern nur einen sich bewegenden zwei Meter hohen Vorhang. Die Sterne über mir waren durch aufwallende Rauchschwaden verdeckt.

Mir wurde kalt, trotz des Feuers. Meine Zähne klapperten. Ich war so erschöpft, daß ich während des Gehens einnickte. Schemen huschten durch mein Blickfeld. Sobald ich ruckartig aufschreckte, waren sie fort.

Weiter vorn war ein dritter Lichtstreifen; als sich der Nebel für ein paar Sekunden lichtete, sah ich im Osten einen blutroten Mond hängen, von dem ein Stück fehlte, einem halbgeschlossenen Kaninchenauge ähnlich.

Ich trug Dauerte-seine-Zeit durch dicke, engwachsende Zypressenwurzeln und Stümpfe. Der Nebel schloß uns wieder ein. Ich wußte, ich hielt die Richtung, solange ich auf das Glühen des aufgehenden Mondes zuging.

Ich kam in flaches Wasser. Dauerte-seine-Zeit war ein eisernes Gewicht auf meinem Rücken. Ich bewegte ihn und verschob ihn nur wenige Zentimeter. Ich war zu müde, um ihn abzusetzen und dann erneut aufzunehmen.

»Ist er nicht schwer?« fragte eine tiefe, donnernde Stimme durch den Nebel.

»Er ist nicht schwer«, sagte ich, »er ist mein Bruder.«

Der Mond war fort. Vor mir lag ein langer schwarzer Schatten auf dem Wasser.

Ich sah auf. Eine riesige Zypresse stand vor mir. Auf halber Höhe wuchs ihr ein Ast gerade vom Stamm weg.

Ich blickte so schnell ich konnte wieder nach unten. Etwas saß auf dem Ast, etwas, halb so groß wie der Baum, etwas, das das Mondlicht verdeckte und den Schatten über mich und die halbe Lichtung warf.

»Wer bist du, daß du es wagst, das Gewand eines Gottes zu tragen?« fragte die Stimme. »Du glaubst nicht!«

Mein Mund funktionierte nicht.

»WER BIST DU?« fragte es wieder. Der lange, mit einem Federschopf versehene Schatten vor mir drehte sich, als begutachtete mich sein riesiges Auge.

»Ich glaube jetzt«, sagte ich. »Ich glaube an *das hier!*«

»Du hast meine Wälder verbrannt!« sagte die Stimme streng. »Der Blitz kann meine Wälder verbrennen. Ganze Nationen von Menschen können meine Wälder verbrennen. Ein einzelner Mann aber kann meine Wälder *nicht* verbrennen!«

Der Schatten bewegte sich bedrohlich. Ich sprang zurück. Dauerte-seine-Zeit wimmerte.

»Nicht mehr«, sagte ich. »Nie wieder.«

Der Schatten bewegte sich nach links und rechts, als überschaue er den Schaden ringsum.

»Ich wollte deine Wälder nicht verbrennen«, sagte ich. »Ich bringe Dauerte-seine-Zeit nach Hause. Ich bringe das Gewand in den Tempel zurück. Ich werde es nie mehr anrühren, solange ich lebe.«

»Das kannst du leicht sagen«, sagte die Schicksalsstimme. Sie schwieg einen Moment lang.

»Sag ihnen«, begann die Stimme erneut, und sie hatte sich geändert, »sag ihnen allen, ein großes Gericht ist über sie gekommen, und daß ich ihnen nicht mehr helfen kann.

Alle Götter gehen heute nacht. Wir kommen nicht zurück. Sag ihnen, sie sind von nun an auf sich selbst gestellt, sag ihnen...« Und hier änderte sich die Stimme wieder und wurde ein bißchen weniger göttlich, »sag ihnen, Hamboon Bokulla hatte recht, er und die anderen. Sag ihnen, der Tod ist jetzt ihr Gott; er lebt, er geht um. Sag ihnen, Yazoo, daß ich ihnen alles Gute wünsche.«

Der große Schatten erhob sich vom Wasser. Der Mond kehrte zurück. Das Geräusch schlagender Flügel, riesig, nah, wurde schwächer, entfernte sich nach Westen, war fort.

Ich hörte seinen Schrei aus weiter Ferne, einmal, zweimal, es klang wie: »Guter Gott, guter Gott.«

»Guter Gott!« schrie ich. »Guter Gott!«

Die Sonne ging auf. Das Feuer ringsum erstarb. Ich zog Dauerte-seine-Zeit von meiner linken Schulter, um ihn auf die rechte zu legen.

Er war tot.

BESSIE XIII

Sie waren dabei, den Kampf gegen die Fluten zu verlieren.

Trotz der Straßenbaumannschaft und der Maschinen kroch das Wasser den Damm hinauf.

Die Leute vom staatlichen Wasseramt würden weder die Tore flußaufwärts schließen, noch die flußabwärts öffnen. Flüsse waren meilenweit über die Ufer getreten, Farmen wurden überflutet und waren verloren. Das Crimstead Haus auf der anderen Straßenseite wurde verschluckt – tags zuvor war die Staatspolizei gekommen, um bei der Evakuierung zu helfen.

Seit der Gouverneur seinen Besuch abgestattet hatte, kamen Menschenmassen und gafften. LaTouche knöpfte ihnen fürs Zugucken einen Dime pro Kopf ab. Man schickte Polizei, um die Leute davon abzuhalten, vom Steilufer zu den Hügeln herunterzukommen.

Perch hatte sich eine schlimme Erkältung zugezogen. Sie hatten ihn überredet, ins Dixie Hotel zurückzukehren. Ihre eigenen Crews verstärkten den Damm. Die Straßenbaumannschaft wurde abgezogen; sie wurde gebraucht, um Leben zu retten und Brücken intakt zu halten.

»Nur noch zwei Tage«, sagte Jameson. »Vielleicht können wir in zwei Tagen mehr herausfinden.« Er blickte zu den Regenwolken hinauf. »Bis dahin haben wir beide Hügel bis zum Boden geschafft. Es ist nur zu verdammt naß, um es gründlich zu machen!«

Keiner von ihnen, Thompson eingeschlossen, hatte in den letzten zwei Tagen mehr als ein paar Stunden Schlaf gehabt.

Kincaid und Jameson hatten den konischen Aufsatz

entfernt und mit der Plattform begonnen. Alle Grabbeigaben waren jetzt in zwei Zelten untergebracht. Scherben von Tongefäßen, Pfeifen, Waffen, Brustplatten und Kopfputze aus getriebenem Kupfer, unidentifizierbare verrostete Dinge, weitere Patronen, Patronenhülsen und getriebene Goldornamente waren im Sortierzelt.

Das zweite Zelt war voller Skelette: das erste, das sie aus dem Plattformhügel freigelegt hatten, eines der Pferde und das Skelett des aufrecht beigesetzten Häuptlings. Darunter waren einige der Schädel, die Austrittsverletzungen aufwiesen.

Das Wetter hatte die anderen in Schlamm verwandelt, sobald sie freigelegt worden waren.

Das Küchenzelt bedeckte jetzt den Plattformhügel. Kincaids Zelt und ein anderes lagen über dem Pferdehügel.

Wasser hatte durch die Sandsäcke hereinzutröpfeln begonnen. Kincaid schickte die Arbeitsmannschaften los, mehr Säcke zu füllen und aufzulegen.

Die Zuschauer auf dem Steilufer quiekten und wichen zurück. Ihre Autos, Trucks und Lieferwagen verstopften die Highwayabfahrt. Gerüchte liefen zehnmal am Tag durch die Menge – man habe einen Hügel voll mit Gold, Elefanten, Riesen oder einem Wagen aus Silber gefunden. Washington überbrachte ihnen etwa stündlich den neuesten Klatsch.

»Wie so etwas anfängt, weiß ich nicht«, sagte Bessie.

Thompson studierte ein langes Stück Rost. »Das hätte ein Schwert sein können«, sagte er.

»Oder ein Gewehr«, sagte Bessie.

Thompson sah sie an. Sie blätterte ihr Feld-Notizbuch durch und vergewisserte sich, daß jedes Fundstück mit seiner exakten Feldmarkierung katalogisiert war. Sie legte das Buch auf den Campingtisch.

»Verdammt! Wir wissen nicht mehr als am ersten Tag!« sagte sie.

»Sie haben den Häuptling und die Erkennungsmarken.«

»Das ist keine Antwort. Das bedeutet nur noch mehr Fragen«, sagte sie. Uuuh-Laute kamen von draußen. Dann Schreie in der Nähe der Hügel. Sie stand auf und öffnete die Zeltlasche. Der Himmel war grau und regenverhangen. Unten, nahe dem Pferdehügel, rannten mehrere Arbeiter vom Damm weg. Ein kleiner Wasserstrahl sprudelte im Bogen aus ihm hervor.

»Brecht die Zelte ab!« schrie Kincaid nahebei. »Holt alle hier rauf!« Er trat ein, naß wie ein Otter, die Augen rotgerändert. Er warf seinen nassen Regenmantel ab.

»Es ist alles verloren«, sagte er zu Bessie. »Mehr als das, was wir haben, können wir da unten nicht finden. Der Damm bricht. Wir werden ein paar Pferdeknochen verlieren, einige Skelette, vielleicht weitere Grabbeigaben. Aber da unten liegt keine Antwort. Wir müssen uns aus dem, was wir hier haben, eine basteln.«

»Ich bin zur selben ...« begann sie.

Geschrei und Gejohle unten am Steilufer. Kincaid trat in den Regen hinaus und schrie: »Holt die Kinder da raus! Der Damm bricht! He, ihr da! Holt ...« Er begann zu husten, heftige Hustenstöße, die zu einem rauhen Schluchzen wurden.

Bessie hielt ihn, während er weinte.

»Jameson, ich brauche einen Drink«, sagte Kincaid nach einem Moment. »Die Leute lassen ihre Kinder da runterklettern. Vermutlich sollen sie umkommen. Ich nehme jetzt einen großen Drink und sehe zu, wie der Damm bricht. Kommen Sie mit?« Er und Jameson gingen.

Nach einer Minute hörte sie, wie ›Potato Head Blues‹ auf dem Phonographen angekurbelt wurde.

Sie drehte sich um. Thompson hielt den Kopf in einem seltsamen Winkel. »Was ist los?« fragte sie.

Er ging zum Tisch und drehte ihr Feld-Buch zu sich herum.

»Oh, ich sehe. Es sind die Zelte. Einen Moment lang

dachte ich, Sie hätten einen Verteidigungsring gezeichnet.«

Etwas durchzuckte Bessie wie in der Nacht, als Bob Basket im Unwetter verschwunden war.

»Was haben Sie eben gesagt?«

»Ich sehe jetzt. Es ist nichts.«

»Was haben Sie *gesagt*?«

»Ihr Notizbuch. Ich habe von oben daraufgesehen, es sah wie ein Verteidigungsring aus, ein Pentagramm. In der Mitte der Kommandoposten, fünf Bunker drum herum. Um Terrain wie dieses zu verteidigen. Ich sehe jetzt, es sind die Hügel und zwei der Zelte auf dem Steilufer und diese drei Markierungen, die Sie ›flache Gruben‹ nennen.«

»Wenn Sie in einem von denen wären und etwas verstecken möchten, wo würden sie das tun?« fragte sie.

»Sie meinen im Kampf? Unter Belagerung?«

»Ja.«

Er sah einen Moment auf das Blatt. »In einen der Bunker. Unter einer Bunkerwand. Da würden sie dran vorbeigehen wenn sie hereinkämen. Den Kommandoposten würden sie genau durchkämmen.«

»Schnappen Sie sich eine Schaufel!« sagte Bessie.

Sie hörten das Wasser über ihren Köpfen. Sie waren in der Dammwand, in einer der flachen Gruben, jenseits der Hügel. Der Damm erhob sich über ihnen wie eine gefrorene Welle, seine Krone aus Sandsäcken glich schlechten Zähnen.

Die Menge beobachtete sie erwartungsvoll. Abdrücke von Kinderfüßen waren überall ringsum, wo sie gruben.

»Kleine Bengel«, sagte Bessie.

»Puh, mir gefällt der Bruch in der Wand da oben nicht, Bessie«, sagte Thompson. Das kleine Rinnsal war jetzt ein ständiger schmutziger Strom. Regen fiel in ihre Gesichter. Das Steilufer oben war ein Pilzbeet aus Schirmen und Laken mit Gesichtern darunter.

»Was suchen wir?«

»Alles«, sagte sie. »Wir werden es nicht finden. Schreien Sie, wenn die Wand nachgibt.«

»Besser vorher«, sagte er.

Sie arbeiteten weiter im Regen. ›Potato Head Blues‹ wehte vom Camp herüber, ließ sie schneller arbeiten. Die Dränagegrube, die die Straßenbauleute gegraben hatten, füllte sich. Bald würde das Wasser steigen und in die Grube kriechen, in der sie schaufelten.

»Woran werden wir es erkennen, wenn wir es finden?«

»Sie haben die letzten fünf Minuten durch Pfahlabdrücke gegraben«, sagte sie. »Durch viele, mehr als für eine Wand nötig sind.«

Ein Schrei oben vom Steilufer. Einige Sandsäcke rutschten im Innern der Dammwand ab. Wasser schoß hinterher.

»Bingo!« sagte Thompson. Er legte seine Schaufel hin. »Weitergraben«, sagte Bessie. Er nahm die Schaufel wieder auf und stieß sie in die feuchte Erde.

Hinter ihnen krachte es.

Sie haben ein Jahr hier gelebt, hatte Basket gesagt. *Sie bauten eine Ernte an.*

»Vorsicht!« schrie ein Polizist von oben. Sie hörten den Damm reißen.

Sie dankten dem Katzenfisch und der Krähe, hatte er gesagt.

Ihre Schaufel kratzte an etwas.

»Helfen Sie mir«, sagte sie.

Ihre Schaufeln kratzten. »Helfen Sie mir!« wiederholte sie.

Sie fand DIE KISTE.

Sie grapschten danach, hoben sie hoch. Sie zerbarst. Wasser schoß ihnen gegen die Beine. Sie hielten die Kiste zusammen und rannten. Wasser traf ihre Kniekehlen.

»Kincaid!« schrie sie. »Hilfe!«

Der Damm barst.

Das Gesicht des Polizisten war nur Augen und Mund. Bessie fiel. Etwas zog sie an den Füßen, kopfüber die Steiluferwand hinauf. Sie ließ die Kiste nicht los.

Eine Million Gallonen Wasser schmetterten gegen das Steilufer unter ihr.

Kopfüber sah sie Skelette und Pferdeknochen herumtanzen wie Würfel in einem Würfelspiel.

Sie sah ein kleines Schild; darauf stand: BESUCHT ROCK CITY.

LEAKE XVII

> »Some bones make best skeletons, some bodies quick and speediest ashes.«*
>
> – BROWNE, *Urn Burial*

Das Dorf war still, und es waren keine Wachen draußen.

Dann sah ich die Bussarde, einige flogen tief, einige saßen still in den Bäumen, die den Wänden am nächsten waren.

Dann hörte ich leises Singen aus dem Innern.

Ich rückte Dauerte-seine-Zeit auf meiner Schulter zurecht und ging durch das Westtor hinein.

Dann traf mich der Geruch. Tod.

Eine kleine Gruppe Menschen tanzte in der Mitte der Plaza. Die restlichen Hütten schienen leer oder mit Toten gefüllte Orte zu sein.

Ich ging zu den Tänzern.

Es waren Bussard-Kult-Leute, und Moe war unter ihnen. Sie tanzten im grellen Sonnenlicht, während ich, immer noch in Spechtmontur, auf sie zuging.

Moe verließ die Gruppe und eilte mir entgegen.

»Wo sind die anderen?« fragte ich. »Haben die Huasteken wieder angegriffen?«

»Die, die übrig sind, sind jenseits des Flusses«, sagte Moe. »Sie haben das Dorf aufgegeben. Sie haben ihre Götter mitgenommen«, sagte er und deutete auf den Tempel. Die Specht-Bildnisse waren fort.

»Es waren nicht die Huasteken«, fuhr Moe fort.

---

* »Einige Knochen ergeben beste Skelette, einige Körper rasche und eiligste Asche.«

»Hamboon Bokulla hatte recht. Sieh dich um«, sagte er und wies mit einer Armbewegung auf das verlassene Dorf. »Während wir fort waren, kam der Tod, eine Krankheit. Wir fanden die letzten von ihnen. Sie niesten und husteten Blut. Ihre Haut war brennend heiß und fleckig rot. Sie phantasierten, schrien nach Wasser und starben. Es war schlimm. Du kannst sie dir ansehen, wenn du willst. Wir haben nur die letzten paar gefunden und einen alten Mann, der es überstanden hat. Die anderen sind alle östlich des Mes-A-Sepa und beginnen von neuem.«

»Sind noch Kanus übrig?«

»Nimm meines«, sagte Moe. »Ich brauche es nicht mehr.«

»Was wollt ihr tun?«

»Wir? Wir werden flußaufwärts und flußabwärts tanzen und die Botschaft, daß Gott Tod kommt, allen bringen, die zuhören wollen. Schließlich werden wir sehr viele mehr sein, sogar auf eurer Seite des Flusses. Der Tod ist hier, Tod wie wir ihn nie gesehen haben. Vielleicht nimmt er auch die Huasteken, und sie werden in unser Tanzen einfallen. Vielleicht werden wir bald alle sterben. Es ist Endzeit. Wirst du an unseren Tänzen teilnehmen?«

Ich dachte an die Worte des Specht-Gottes und blickte auf das tote Dorf. Ich spürte Dauerte-seine-Zeits Gewicht auf meinem Rücken.

»Nein«, sagte ich. »Vielleicht begegnen wir uns wieder. Ich muß Dauerte-seine-Zeit seinem Volk zurückgeben.«

»Dann einen glücklichen Tod für dich«, sagte Moe. Er entfernte sich, blieb stehen und drehte sich noch mal um. »Danke, daß du mich vor dem Opferstein gerettet hast, damit ich den Triumph von Gott Tod sehen konnte.« Dann kehrte er zu den scharrenden Tänzern zurück – zwei Schritte links, Halbschritt, zwei Schritte rechts, seine schreienden Schädeltätowierungen leuchteten in der Morgensonne.

Ich fand Moes Kanu am Landesteg, legte Dauerte-seine-Zeit in den Bug und paddelte übers Wasser, jeder Muskel schmerzte, Müdigkeitshalluzinationen blitzten an den Rändern meines Blickfeldes auf. Der Fluß war eine glänzende Scheibe aus Schlamm. Immer mehr Bussarde kreisten am Himmel westlich des Flusses. Vielleicht hielt nur das Tanzen von Moes Leuten sie aus dem verlassenen Dorf fern – oder war es etwas anderes?

Das Volk war leicht zu finden. Ein paar Fellhütten standen jenseits des Wassers auf einer kleinen Anhöhe, fünfhundert Schritte flußabwärts.

Ich lief auf den Landeplatz auf, wo die anderen Kanus lagen. Jemand blies ein Muschelhorn. Ich trug Dauerte-seine-Zeit auf den Armen die Anhöhe hinauf. Eine kleine Menge versammelte sich.

Ich sah vertraute Gesichter. Auf mich zu kam in der Robe des Sonnenmannes dessen Neffe schwesterlicherseits. Ich sah an ihm vorbei in die entlegendste Ecke der Hütten, wo eine kleine Lichtung geschlagen worden war. In der Mitte stand ein kleiner Hügel, bedeckt mit Holzkohle. Dahinter standen die drei Specht-Bildnisse nichtssagend und stumm.

Ich hörte Weinen; Sonnenblume kam auf mich zu und berührte Dauerte-seine-Zeits Körper mit ihren Händen. Ich trug ihn zum Hügel mit der Holzkohle, die noch warm war von der Beerdigung des Sonnenmannes. Sonnenblume half mir, den Körper geradezurichten. Ein paar Leute gingen in die Hütte und holten eine Handvoll von Dauerte-seine-Zeits unfertigen Pfeifen.

Wir legten sie um seinen Kopf und auf seine Brust. Jemand brachte eine Fackel. Wir legten ein paar getrocknete Äste und Späne auf ihn und zerrten etwas Buschwerk zum Hügel.

Dann zog ich das Specht-Kostüm aus, Schnabel nach oben, und legte es auf Dauerte-seine-Zeit, und man gab mir die Fackel.

»Er trug mir auf, euch zu erzählen«, sagte ich und entzündete das Kostüm, das in Flammen aufloderte, »daß Er fort ist.« Ich schob Buschwerk ins Feuer und ging zu den Specht-Bildnissen. Ich zerrte eins los und legte eines über die Flammen. Dann das zweite und schließlich das dritte. Ich schwitzte vor Anstrengung unter ihrem Gewicht.

Dann standen wir da und beobachteten den Rauch und die Flammen, wie sie in den von Bussarden getupften Himmel aufstiegen. Sonnenblume weinte neben mir. Irgendwann, bevor die Flammen erloschen, krachten sechs Tage und Nächte Müdigkeit über mir zusammen, und ich glitt in strahlend blaue Träume.

DIE KISTE XVII

Smithes Tagebuch

17. April 2003

Das wär's.
Das Tagebuch kommt in die Kiste, mit dem offiziellen Zeug und dem Sender. Ich hoffe, jemand findet es.
Es ist still da draußen und eine sternenklare Nacht.
Sie sind da draußen, mehr als wir je für möglich gehalten hätten. Sie schienen seit Tagen aus allen Richtungen gekommen zu sein, und jetzt sind sie bereit.
Sie wollen uns alle umbringen, oder Sklaven aus uns machen – was immer sie tun.
Ich kann es ihnen nicht verdenken, aber ich will auch nicht sterben, so weit weg von allem. Morgen werden wir uns gegenseitig umbringen.
Hennesey ist bereit. Gott gnade uns allen, und ihnen auch. Wir können nichts dafür, daß wir sind, was wir sind. Und sie auch nicht.
Wir haben es versucht.

ARMEE FORM. 1	2003 18. April morgens	
Angetr. z. Dienst		
34		
Gefallen		
76		
Get. i. Ausüb. d. Dienstes		
8		
Vermißt i. Kampf		
13	B. F. Jones	/ M. Smith
Verm. i. Ausüb. d. Dienst.	Ast. Sta Chie	/ CW01 RA
2	CIA Kommand.	/ diensthab.
Unentschuldigt abwesend	ziviles Kontingt.	/ US Army Gruppe
1		

BESSIE XIV

Die Kiste lag auf dem Tisch im klimatisierten Raum des Universitätsmuseums.

Das Team öffnete sie vorsichtig an einer Bruchstelle und entfernte die abgeplatzten Schellackstückchen und das Pech, bis es auf die Nähte stieß und ihren Verlauf studierte.

Das Holz löste sich in Schuppen ab, dünn und geschmeidig wie Papier.

Es dauerte Stunden, bis die Spezialisten die Kiste geöffnet hatten.

Der Inhalt bestand hauptsächlich aus Moder und verrottetem Papier, des weiteren aus dünnen harten Scheiben, die sich nicht herausnehmen ließen, weil sie sich fest mit der Innenwand der Kiste verbunden hatten.

Auch ein Buch befand sich darin. Sein Einband war bis zur Durchsichtigkeit zerfallen, die Seiten nur noch Spinnweben, aber es waren Wörter zu erkennen. Dazu ein Stapel Papier, so massiv wie der Hackstock eines Metzgers. Eine kleine schwarze Schachtel war zu einer modrigen Masse zerfallen. In ihrem Innern war ein Metallstück auszumachen, das dunkel hindurchschimmerte.

»Es wird Monate dauern, um die Seiten zu trocknen und sie voneinander zu lösen«, sagte der Kurator.

»Zeit ist alles, was wir noch haben«, erwiderte Bessie.

DIE KISTE XVIII

An der Seite der Kiste, unter dem zu einem bernsteinartigen Material gehärteten Pech und dem gebrochenen Überzug, der einst Schellack gewesen ist, hatte jemand eine Botschaft mit verschmiertem Fettstift geschrieben:

KILROY WAR HIER

und darunter hatte ein anderer geschrieben:

ABER NICHT MEHR VIEL LÄNGER

BESSIE XV

Leichter, kalter Regen prasselte oben auf das Steilufer. Der Wind kam aus Norden. Kalte Böen schlugen Bessies gummierten Regenmantel gegen ihre Beine. Das Wetter hatte sich geändert. Vor der Dämmerung würden Graupelschauer einsetzen, am nächsten Morgen vielleicht in Schneefall übergehen. Das Wetter war so verrückt, wie es der Rest des Jahres gewesen war.

Sie blickte hinab in die kalten Wasser des Bayou. Die Gipfel der Hügel lagen bereits vier Fuß unter Wasser – die ganze Arbeit des Sommers, ausgelöscht wie eine blankgewischte Tafel. Vom Grabungsplatz war nichts mehr übrig, bis auf die Fundstücke im Museum, ihre und Kincaids Notizen und die Kiste. All die Gräben und Nivellierungen, die Arbeit, der Kastendamm gegen die steigenden Fluten waren da unten – für Katzenwels und Hornhecht.

Es mußte so etwas wie ein letztes Gefecht und ein endgültiges Massaker gegeben haben. Genau da drüben hatte man die Kiste begraben. Direkt da unten waren die Hügel, wo der alte Häuptling ihre enthaupteten Leichen auftürmen ließ und ihre Köpfe mit heimnahm. Und genau dorthin brachten sie ihn zurück, als er einige Jahre später starb, und begruben ihn auf den Toten in ihren Hügeln, nahe bei ihren Pferden.

Zwei Kulturen mußten hier aufeinandergeprallt sein, unfähig, einander zu verstehen oder sich gegenseitig zu helfen. Ein kleines Drama im Plan der Dinge. Nun waren die Spuren beider verschwunden, Relikte zweier dem Untergang geweihter Gruppen. Eine ausgelöscht durch ihre Vorfahren, und die Vorfahren selbst, beiseitegefegt vom Lauf der Zeit.

Bessie zitterte um die Zukunft, um alle Zeiten der Zukunft. Sie lehnte sich gegen Captain Thompson, der in seine eigenen Gedanken versunken war.

»Nichts daran war fair«, sagte sie.

»Natürlich nicht.« Er beobachtete die graupelgepeitschten Wasser des Bayou.

»Sie hätten uns mehr herausfinden lassen sollen. Sie hätten den ganzen Staat schließen sollen. Sie hätten Baton Rouge ertrinken lassen sollen. Sie ...«

»Sie wissen alles, nicht wahr?« fragte er.

»Nein! Ich möchte herausfinden, *warum* es passiert ist. Ich möchte es verstehen!«

»Sie haben sich gegenseitig umgebracht. Sie konnten nicht miteinander auskommen.«

»Nein. Die aus der Zukunft da oben. Warum konnten die nicht weiser sein, freundlicher? Irgend etwas? Sie kamen aus einer Zeit, als ...«

»Ich weiß nicht. Warum tun Menschen etwas?« Thompson schnippte seine Zigarette im weiten Bogen vom Steilufer. Der fliegende rote Punkt erlosch, als er aufs Wasser traf.

»Eine Kopie meines Reports ist im Hotel. Sie können ihn morgen lesen«, sagte er zu ihr. »Ich habe aufgeschrieben, was passiert ist, und was Sie gefunden haben. Ich habe Fotokopien aller Dinge geschickt, die wir kopieren *konnten.* Kincaid wird eine Kopie Ihres Abschlußberichtes schicken. Mehr kann ich nicht tun.«

»Wird es etwas ändern?«

»Ich glaube nicht«, sagte er. »Für irgendeinen Archivar wird es sonderbarer Lesestoff sein. Irgend jemand möchte vielleicht etwas damit anfangen, aber was können sie damit anfangen? Sie können die Vergangenheit nicht ändern.«

»Aber die Zukunft! Die kann geändert werden.«

»Ich hoffe es. Aber wir kennen nicht einmal die Terminologie, nicht die Hälfte. Die Leute im Kriegsministerium werden fragen, was diese Dinge bedeuten könnten, und ich werde versuchen, ihnen zu sagen, was ich davon halte. Dann wird man Sie wegen dieses ganzen Buck-Rogers-Zeugs befragen. Ich bin sicher, *Amazing Stories* oder *Weird Tales* werden interessiert sein, aber sonst niemand. Das wird die einzige Reaktion sein, mit der wir rechnen können.«

»Aber Beweise. Wir haben sie.«

»Schauen Sie«, sagte er und legte ihr die Hände auf die Schultern. »Was Sie haben, ist schön und gut für ein Museum, für das, was der Durchschnittsmensch denkt. Aber wenn Sie anfangen, es in der Öffentlichkeit herumzuzeigen, kriegen Sie Schwierigkeiten. Sie wissen das. Sehen Sie sich diese ... dieses Elefantending an ...«

»Die Cincinnati-Tafel.«

»Ja, die. Damit gab's nichts als Ärger, und trotzdem ist keiner überzeugt. Alles, was Sie tun können, ist, das hier ihren Kollegen zu beweisen.«

»Und Sie?«

»Ich werde meinen Vorgesetzten gegenüber still beharren. Das ist alles, was ich tun kann. Etwas mehr, und sie hören nicht mehr zu.«

»Kincaid wird seine Ausarbeitung abliefern, sobald er sie beendet hat.«

»Ich wünsche ihm Glück. Man wird Betrug schreien, bevor er halb fertig ist.«

»Ich weiß.«

Sie schwiegen. Es graupelte heftiger.

»Wir sollten besser gehen«, sagte Thompson. »Die Straßen hier sind schon schlimm genug bei trockenem Wetter.«

Bessie kletterte neben ihn in den Armee-Truck. Thompson kurbelte ihn an und schaltete die Scheinwerfer ein. Der Truck stand zum Bayou hin. Durch Eis und Regen sah sie die Wasser des Bayou glatt und schwarz vor sich. Nächsten Sommer um diese Zeit würden sie weitere sechs Fuß höher stehen. Die ganze Landschaft würde für Hunderte von Quadratmeilen ringsum verändert sein.

Thompson schaltete die Scheibenwischer ein. »Da hinten ist eine Kanne Kaffee; holen Sie sie bitte?« Er wendete den Truck. »Ich bin durchgefroren.«

Sie tastete hinter dem Sitz herum und fand die warme Kanne. Aus dem Rückfenster blickend sah sie die Wasser sich in der Dunkelheit verlieren.

»Die haben nicht verstanden«, sagte sie.

»Nein, ich glaube nicht«, sagte Captain Thompson.

Er legte einen niedrigen Gang ein und kurvte holpernd an einem Schlammloch vorbei.

LEAKE XVIII

»them bones, them bones gone walk aroun'
them bones, them bones gone walk aroun'
them bones, them bones gone walk aroun'
nunc audite verbum dei«*

Die Dinge sind nicht normal und werden es nie wieder sein.

Jeden Tag gehen Sonnenblume, ich und ein paar andere hin und häufen etwas mehr Erde auf Dauerte-seine-Zeits Grab.

Jeden Tag arbeite ich ein bißchen an den Pfeifen, die er in grober Form zurückgelassen hat, und mache sie ein bißchen fertiger.

Jeder Tag bringt neue Schrecken, gegen die wir unempfindlich geworden sind.

Geschichten kommen von beiden Seiten des Flusses: Dörfer werden verlassen, den Wäldern übergeben.

An einem Tag letzte Woche tanzten die Bussard-Kult-Leute vorbei, immer noch am anderen Ufer. Wir haben alle zugesehen. Sich an den Händen haltend führen sie kilometerweit ihre scharrenden Schritte aus. Wir hören, sie tanzen in tote Dörfer, über die Plazas und wieder zum Tor hinaus.

Als sie Anfang der Woche auf dem Rückweg wieder vorbeitanzten, waren es weniger.

Unsere Jäger, die wieder über den Mes-A-Sepa gehen, halten sich von Dörfern, einzelnen Hütten und allen menschlichen Ansiedlungen fern.

---

* »Ihre Gebeine, ihre Gebeine gehen um...
   Nun höret Gottes Wort«

Die einzige gute Nachricht, die herüberkommt, ist, daß die Huasteken an einer neuen Krankheit, oder an derselben mit völlig neuen Symptomen, anscheinend schneller sterben, als wir je sterben werden. Für mich klingt das nach Mumps. Den haben sie sich unten am Golf geholt, wo ihre Kaufleute vorigen Winter einen dauerhaften Handel mit den Kauffahrern eingerichtet haben.

Die Händler und Nordmänner werden gejagt und getötet, wo man sie findet. Ich hoffe, ein paar von ihnen kommen davon. Die Krankheiten sind da; es ist zu spät, sie aufzuhalten. Die Überträger zu töten, ist nutzlos. Aber wahrscheinlich fühlen sich die Menschen danach besser.

Auch auf dieser Seite wächst der Bussard-Kult, aber langsam und still. Sie kommen zusammen und tanzen, dann gehen sie heim. Ohne den Specht bleibt nicht mehr viel. Der Tätowierer ist beschäftigter denn je. Weinende Augen sind der nächste große Renner, auch Hände und Augen und Klapperschlangen.

Überall ringsum herrschen Tod und Resignation.

Sonnenblume versucht, sich immer zu beschäftigen und mich glücklich zu machen. Ich muß jetzt mit den anderen Männern zur Jagd gehen. Es ist später Frühling, und wir sind nicht sicher, ob die Saat, die wir hier ausgebracht haben, aufgehen wird. Wir erlegen Wild und trocknen Fleisch, so schnell wir können. Vielleicht kommt das Mammut in diesem Winter zurück, und wenn der Pfeifenzauber wirkt, werden wir alle gut essen.

Ich schnitzte an der Pfeife und versuchte, die Stoßzähne richtig hinzukriegen, als sie draußen meinen Namen zu rufen begannen.

»Yaz! Yaz!« rief der Sonnenmann.

Ich kam mit meinem Speer heraus.

Der neue Sonnenmann war schon tiefbraun. Er trug ein kleines Reh über der Schulter, etwas, das man den alten Sonnenmann nie hätte tun sehen. Alle waren draußen, jagten und gruben nach Wurzeln.

Drei Burschen, die mit ihm jenseits des Flusses gewesen waren, standen bei ihm.

»Yaz«, sagte einer, über das Wasser zurückdeutend. »Der Ort, von dem du gekommen bist. Erinnerst du dich? Was Komisches geht da vor.«

»Was?«

»Die Luft ist sonderbar. Sie bewegt sich. Neben dem Baum, um den du das weiße Tuch gebunden, und wo du das orangefarbene Ding auf den Boden gelegt hast. Wir haben ein Kaninchen durchgescheucht, und es verschwand vor unseren Augen. Wir haben eine halbe Stunde zugesehen, wie sich die Luft bewegte. Dann fing sie an zu heulen, und wir sind weggelaufen.«

»Danke«, sagte ich. »Ich kümmere mich darum.«

»Was ist los?« fragte Sonnenblume. Sie blickte mich über die Schulter hinweg an.

»Oh, Männersachen.« Ich wühlte herum. »Der Sonnenmann möchte, daß ich etwas für ihn erledige.«

»Wirst du lange weg sein?« fragte sie.

»Ich weiß nicht.«

»Gehst über den Fluß.«

»Etwas weiter noch.«

Sie sah mich finster an. »Brauchst du was zu essen?«

»Ein bißchen.« Ich nahm ein paar Armeeutensilien, die ich vielleicht brauchen würde, aus dem Bündel.

Sonnenblume gab mir etwas zu essen mit, reckte sich und küßte mich auf den Kopf. »Komm bald zurück«, sagte sie.

Ich griff nach der Zeltlasche.

»Sag's mir, falls du für immer gehst«, sagte sie sehr ruhig.

»Ich denke, nein«, sagte ich.

Ich küßte sie. Sie sah weg.

Ich ging zum Fluß hinunter und suchte mir ein Kanu aus. Es wurden nicht viele gebraucht in diesen Tagen.

Ich hatte fast vergessen, wie die Stelle aussah, das Steilufer, der weit entfernte Bayou. Es war Mittag des nächsten Tages, als ich dort ankam. Ich hörte das Heulen schon von weitem – ein an- und abschwellender Ton, sich alle zwei Minuten wiederholend. Er sollte Tiere fernhalten und Neugierige anlocken.

Nur waren im Umkreis von zwanzig Kilometern keine Neugierigen mehr. Ich bezweifle, daß die Bussard-Kult-Leute diesseits des Flusses ihm viel Beachtung schenkten. Sie hielten ihn wahrscheinlich für eine weitere Manifestation von Gott Tod. Vielleicht bemerkten sie ihn und bauten einen Schrein dafür, wenn sie ihn fanden.

Die Luft schimmerte. Jemand war noch am Leben Da Oben. Sie mußten einen Weg ausgetüftelt haben, mich wiederzufinden. Guter alter Dr. Heidegger. Vielleicht seine Söhne oder Enkelsöhne oder Töchter. Oder jemand, zehntausend Jahre entfernt, der seine Aufzeichnungen gelesen und seine Experimente als Kuriosität wiederholt hatte.

Ich nahm einen kiloschweren glatten Stein, holte meinen Fettstift zum Kartenmarkieren heraus und schrieb drauf WER BIST DU? trat dorthin, wo die Front der Pforte sein müßte, und bugsierte ihn vorsichtig hinein.

Dann warf ich mich flach zu Boden.

Nichts geschah. Die Luft schimmerte weiter, der Ton schwoll an und ab.

Eine Stunde lang. Dann verstummte der Ton. Gänsehaut lief mir den Rücken rauf und runter.

Etwas über eine Stunde später, nach meiner Uhr, die immer noch ging, kam der Felsbrocken wieder heraus. Unter meiner Botschaft stand das hastig gekritzelte HEIDEGGER. LEAKE?

Ich schrieb EINE STUNDE VERZÖGERUNG – STEIN KAM DURCH. WAS IST PASSIERT? schob ihn zurück und wartete.

Der Stein kam nicht zurück. Dafür klatschte etwas

Leichtes ins Gras. Es war ein Labor-Notizbuch, umwickelt mit einem Verlängerungskabel als Gewicht.

HABEN DIE ANDEREN VERLOREN. MASCHINE PERFEKTIONIERT. REISE IN BEIDE RICHTUNGEN JETZT MÖGLICH. NICHT MEHR VIEL ZEIT ÜBRIG HIER, ABER REST DER GRUPPE NICHT IN ZIELJAHREN. WO BIST DU?

Ich schrieb zurück: IN IRGENDEINER WELT, DIE WIR NICHT GESCHAFFEN HABEN, DOC. KEIN CHRISTENTUM. INDIANER, ARABER, WIKINGER! ICH LEBE IN EINER LEHMHÜTTE, SCHNITZE PFEIFEN, BEKÄMPFE AZTEKEN, SCHICHTE ERDE AUF. ALLE STERBEN AN EPIDEMIE, VON DAMPFSCHIFFEN GEBRACHT. ALEXANDERS BIBLIOTHEK NIE VERBRANNT. ZURÜCK ZU DIR.

Es war dunkel, als endlich die Antwort zurückflog. KOMM DURCH ZU UNS. WIR BRAUCHEN DEINE HILFE, LEAKE. BACKGROUND LEVEL ZU HOCH, ALLE STERBEN. HILF UNS, ANDERE FINDEN UND ZUR RICHTIGEN ZEIT ZU SCHICKEN, WIE GEPLANT. TRAGE KAMPFANZUG. WIR BRAUCHEN DEINE HILFE.

Ich schrieb WARTE auf das Laborbuch und schickte es zurück.

Dann machte ich ein Feuer, das einzige kilometerweit, und starrte hinaus über die Wasser des Bayou.

Ich nahm ein Notizbuch aus meinem Bündel und begann einen skizzenhaften Bericht über mein Leben zu schreiben, seit ich Da Oben verlassen hatte. Ich war auf der dritten Seite, als ich aufhörte. Ich legte meinen Kartenmarker beiseite.

Ich dachte an die Welt, aus der ich kam, und an die, in der ich war. Beide starben. Wenn ich zurückging, konnte ich vielleicht eine Welt finden, die lebte, nicht bedroht, nicht auseinanderfallend, nicht auf dem Weg ins Chaos. Es mußte eine geben, irgendwo.

Ich blickte auf den Kampfanzug. Ich blickte auf meinen Speer. Dann blickte ich auf meine Uhr.

Ich riß ein Stück Papier aus dem Notizbuch, beschrieb es, wickelte es um einen Stein. Ich warf ihn in die schwach schimmernde Luft hinter dem Feuer und drückte die Stoppuhr-Funktion an meiner Uhr.

GEHT WEG lautete meine Botschaft. GEHT WEG UND STERBT IRGENDWOANDERS, IN IRGENDEINER ANDEREN ZEIT. HIER GIBT ES SCHON GENUG TOD. DIESE WELT IST AM STERBEN, ABER SIE IST NOCH NICHT TOT. ICH SCHNITZE GERNE PFEIFEN. ICH KÄMPFE GERNE GEGEN DIE AZTEKEN. GEHT WEG. IN EINER STUNDE UND ZEHN MINUTEN ROLLE ICH DREI GRANATEN, EINE NACH DER ANDEREN IN DIE ZEITMASCHINE. DAS SIND ZEHN MINUTEN EURER ZEIT – BEGINNEND *JETZT*!

In einer Stunde und vier Minuten hörte das Schimmern auf.

Ich hörte nur noch das Knacken des Feuers, das Quaken der Frösche und das Summen der Moskitos. Wenigstens haben wir noch keine Malaria oder Gelbfieber. Die kommen vielleicht als nächstes.

Ich stand auf und trat das Feuer aus. Ich ließ die Armeeutensilien, wo sie lagen, alles, mit Ausnahme des Verlängerungskabels, das ich beim Schmuckmacher eintauschen kann, damit er Halsketten daraus macht.

Dann auf, nach Hause. Ich werde in das neue Dorf zurückkehren. Ich werde der Pfeifenmacher werden. Ich werde Sonnenblume zur Frau nehmen, falls sie mich haben will. Ich werde mit den Männern jagen und feiern. Jeden Tag werden wir hinausgehen, ein bißchen Erde auf Dauerte-seine-Zeit türmen und den Hügel erhöhen. Eines Tages wird er höher sein als Khoka, flußaufwärts, höher als der Himmel; er wird sich in die Luft erheben, daß daneben die Anhöhe, wo Natchez liegen sollte, winzig wirkt.

Ich werde das tun, weil Dauerte-seine-Zeit mein Freund war, und wozu sind Freunde da, wenn nicht, um ein bißchen mehr Erde auf dich zu türmen, nachdem du gegangen bist?

Also werde ich ein Hügelbauer-Rotarier werden und

so lange leben, wie ich kann, und mein Bestes geben, und versuchen, das Leben für die, die um mich sind, so schön wie möglich zu machen.

Aber trotzdem *werde* ich mich nicht beschneiden lassen.

Dann auf, nach Hause!

»And being necessitated to eye the remaining particle of futurity, are naturally constituted into thoughts of the next world, and cannot excusably decline the consideration of that duration, which maketh Pyramids pillars of snow, and all that's past a moment.«*

– BROWNE, *Urn Burial***

---

* Gezwungen, die Fragmente des Zukünftigen zu begutachten, kann natürlicherweise das Betrachten dieser Dauer kaum verleugnet werden, durch welche Pyramiden zu Säulen aus Schnee werden und alles, was vergangen ist, zu einem einzigen Augenblick.
** Sir Thomas Browne schrieb *Urn Burial* im Jahr 1658 als in Norfolk in seiner unmittelbaren Nachbarschaft Graburnen gefunden worden waren. – *Anm. d. Übers.*

HEYNE BÜCHER

Michael Mc Collum

schreibt Hardcore SF-Romane, die jeden Militärstrategen unter den SF-Fans und Battletech-Spieler begeistern.

Bisher erschienen:

Treffer
06/4811

Die Lebenssonde
06/5381

Antares erlischt
06/5382

Die Wolken des Saturn
06/5383

Weitere Romane in Vorbereitung

06/5383  *06/5382*

Heyne-Taschenbücher

Douglas Adams

Kultautor & Phantast

Einmal Rupert und zurück
Der fünfte »Per Anhalter durch die Galaxis«-Roman
01/9404

Douglas Adams/
Mark Carwardine
Die Letzten ihrer Art
Eine Reise zu den aussterbenden Tieren unserer Erde
01/8613

Douglas Adams/John Loyd/Sven Böttcher
Der tiefere Sinn des Labenz
Das Wörterbuch der bisher unbenannten Gegenstände und Gefühle
01/9891 (in Vorb.)

01/9404

Heyne-Taschenbücher

HEYNE BÜCHER

Das Comeback einer Legende

George Lucas ultimatives Weltraumabenteuer geht weiter!

01/9373

Kevin J. Anderson
Flucht ins Ungewisse
1. Roman der Trilogie
»Die Akademie der Jedi Ritter«
01/9373

Kevin J. Anderson
Der Geist des Dunklen Lords
2. Roman der Trilogie
»Die Akademie der Jedi Ritter«
01/9375

Kevin J. Anderson
Die Meister der Macht
3. Roman der Trilogie
»Die Akademie der Jedi Ritter«
01/9376

Kathy Tyers
Der Pakt von Pakura
01/9372

Dave Wolverton
Entführung nach Dathomir
01/9374

Oliver Denker
STAR WARS – Die Filme
32/244
(Oktober '96)

Heyne-Taschenbücher

HEYNE BÜCHER

Das hat es noch nie gegeben!

Dreimal wurde die Autorin **Lois McMaster Bujold** mit dem begehrten HUGO GERNSBACK AWARD für den besten SF-Roman des Jahres ausgezeichnet.

Bisher erschienen oder in Vorbereitung in der Reihe

HEYNE SCIENCE FICTION & FANTASY

Scherben der Ehre
06/4968

Der Kadett
06/5020

Barrayar
06/5061

Der Prinz und der Söldner
06/5109

Die Quaddies von Cay Habitat
06/5243

Ethan von Athos
06/5293

Grenzen der Unendlichkeit
06/5452

Waffenbrüder
(in Vorb.)

Spiegeltanz
(in Vorb.)

Heyne-Taschenbücher